Stephan Wackwitz

Neue Menschen

Bildungsroman

Fischer Taschenbuch Verlag

Veröffentlicht im Fischer Taschenbuch Verlag,
einem Unternehmen der S. Fischer Verlag GmbH,
Frankfurt am Main, Dezember 2006

Satz: H & G Herstellung, Hamburg
Druck und Bindung: Clausen & Bosse, Leck
Printed in Germany
ISBN-13: 978-3-596-16696-1
ISBN-10: 3-596-16696-9

Mit Selbstironie, provozierender Ehrlichkeit und berührender Offenheit erzählt Stephan Wackwitz vom Studieren in den 70er Jahren, das weniger den Studienerfolg als die marxistische Weltrevolution und den dazugehörigen »neuen Menschen« zum Ziel hatte. Aber Wackwitz belässt es nicht beim Blick auf die eigene Verblendung. Von den pietistisch verzückten Pfarrern des 18. Jahrhunderts über die nationalistisch entzündeten jungen Männer des Dritten Reichs bis zu den islamischen Selbstmordattentätern des Jahres 2001 verfolgt er die gespenstischen Spuren der »neuen Menschen« durch die Geschichte. Und erzählt im Gegenzug von Beispielen positiver Neuerschaffung: von der »der Religion der jungen Frauen« im Berlin der 20er Jahre bis zur homosexuellen Selbstrettung in die Welt von Kunst und Kultur.

Stephan Wackwitz, geboren 1952 in Stuttgart, studierte Germanistik und Geschichte in München und Stuttgart. Er arbeitete als Lektor für Deutsch am King's College in London, danach für das Goethe-Institut in Frankfurt am Main, Neu Delhi, Tokio, München und Krakau. Zur Zeit leitet er das Goethe-Institut in Bratislava. Er veröffentlichte zahlreiche Aufsätze und Bücher, darunter der Roman »Walkers Gleichung«, die Essaysammlung »Selbsterniedrigung durch Spazierengehen« und der Familienroman »Ein unsichtbares Land«.

Unsere Adresse im Internet: www.fischerverlage.de

Inhalt

Schnee

An einem Samstag im November 1999 bin ich, einen nebligen Nachmittag lang, ins Reich der Toten geraten. Mein Reich der Toten liegt unter den neobarocken Straßenlaternen, auf den Boulevards, in den Parks und Innenhöfen des südpolnischen Nowa Huta. Die Straßen und Plätze dieser stalinistischen Musterstadt in der Nähe von Krakau sind mir bei späteren Besuchen dann wieder als eine ganz undämonische Stadtlandschaft erschienen, wenn auch jedes Mal als eine urbanistisch sehr sorgfältig inszenierte, künstliche und fast theaterkulissenhafte. In gewissen Beleuchtungen und Wetterlagen haben mich die Plätze, Durchblicke, Fassaden und Jahreszeiten von Nowa Huta, wenn ich in den folgenden Jahren dort war, an nichts so sehr erinnert wie an Gemälde des italienischen Malers de Chirico (rätselhaft spätnachmittägliche Sonne, die durch menschenleere Kolonnaden scheint; verhüllte Denkmäler und geheimnisvolle Gliederpuppen vor leeren, abschüssigen Stadtperspektiven). Aber in meiner sozusagen kanonischen Erinnerung an Nowa Huta herrscht immer die neblige Dämmerung jenes Novembersamstags, und Kohlenrauch liegt über den stillen, fast menschenleeren Straßen.

Man fährt mit der Straßenbahn von Krakau aus nach Nowa Huta. Wo man einsteigt, umgibt einen noch der Mauerring der mittelalterlichen Königsstadt. In den Fenstern der historischen Paläste leuchten die Bars, Bistros, Diskotheken und Restaurants der polnischen Jugendkultur- und Lifestyle-Metropole. Elegante Geschäfte überbieten sich gegenseitig mit ihrer Exklusivität, der Schönheit und Arroganz ihrer Verkäuferinnen, mit ihren Preisen. Die Altstadtgassen sind von morgens bis spät in die Nacht belebt durch ein Gedränge jugendlicher Hübschheit, Energie und Gesundheit, eine nicht abreißende Revue des Luxus und der Moden, zu der es im alten Europa keine Parallele gibt. Dann ein Gürtel aus Jugendstilpalästen und historistischen Mietskasernen aus dem neunzehnten Jahrhundert. Die Verwaltungshochhäuser, Zubringer- und Ausfallstraßen, Kreisverkehrsanlagen, Straßenbahnhaltestellen, Schlaglöcher und Pfützenteiche der spätsozialistischen Angestelltenwelt. Wohnblocks der fünfziger Jahre. Kein Ende nehmende Parks, in denen rostende Panzer und Kampfflugzeuge auf Betonrampen montiert sind.

Schon ganz umstanden von Apartmenthochhäusern der Sechziger stieg ich aus der Straßenbahn und verschwand in den langen, niedrigen Gängen einer Fußgängerunterführung. Vor leeren, zerbrochenen Schaufenstern boten alte Frauen und Männer Plastikblumen und billige Damenstrumpfhosen an. Zerlesene Bücher und Zeitungen standen in Kartons auf dem Boden, daneben wurde gebrauchte Kinderkleidung verkauft. Es gab geräucherte Käselaibe aus den Bauerndörfern der Tatra, die aussahen wie Handgranaten aus lackiertem Bienenwachs. Als ich wieder emporstieg, roch es nach Braunkohlenrauch und der Nebel wurde dichter. Zwei oder drei Kreuzungen weiter türmten und buckelten sich neoklassizistische Fassaden, babylonisch-assyrische Säulenreihen und Anmutungen, skylinehohe Aufgipfelungen. Eckbalkons, Arkaden, Panoramafenster. Gebäudeberge ragten und brüteten in der Dämmerung, Pyramiden, Turmbrocken, rhythmisiert durch Gesimse, Absätze und Brüstungen aus grauem Beton. Die Dachtraufen waren schon nicht mehr sichtbar. Kaputte Leuchtreklamen aus dünner 50er-Jahre-Kursivschrift warben am Zentralplatz über schlecht beleuchteten Schaufenstern für untergegangene Buchhandlungen und Restaurants (jetzt gab es dort nur noch Secondhand-Videos). In Alleen und Parks bewegten sich die kahlen Zweige der Bäume. Die ältesten waren gepflanzt worden, als Stalin noch lebte. Fenster reichten bis zum Boden. In ihrem Licht waren Menschen zu Hause (die phantasierten, für immer ungeschriebenen Romane hinter den erleuchteten Fenstern fremder Städte).

Die Wohnungen der stalinistischen Arbeiterelite von Nowa Huta gehören noch heute zu den begehrtesten Krakauer Immobilien. Sie sind preiswert, großzügig geschnitten, handwerklich hervorragend gebaut. Von den Parkettböden zu den altmodisch soliden Heizungsinstallationen und Bädern entsprechen sie höchsten Standards des in den fünfziger Jahren auch international Üblichen. Es hat vielleicht nur an dem Nebel gelegen, der das städtebauliche Ideal der polnischen Arbeiterklasse an diesem Spätnachmittag im November bis in den entlegensten Winkel verhüllte und das gelbe Licht der Straßenlaternen kaum noch zu mir herunterdringen ließ, dass es mir, je länger ich dort durch die Straßen ging, in einem fast geschichtsphilosophischen Sinn eng ums Herz wurde und ich mehr als einmal in Versuchung war, in eines der an größeren Straßenkreuzungen wartenden Taxis zu steigen und die Wagentür hinter mir zuzuschlagen.

In nicht mehr als zwanzig Minuten wäre ich dann wieder im letzten Jahr des Jahrhunderts gewesen, in dessen träumendes Gehirn ich im Nebel von Nowa Huta, wie mir auf einmal schien, in Wirklichkeit eingedrungen war. »Plötzlich fing etwas Unheimliches an. Jedes Mal, wenn ich eine Nebenstraße kreuzen musste und von dem verdammten Rinnstein hinuntertrat, hatte ich das Gefühl, dass ich die andere Straßenseite nicht erreichen könne. Es war, als ob ich hinunter, hinunter, hinunter sinken müsste und mich kein Mensch je wieder sehen würde.« So schildert Holden Caulfield in Salingers »Fänger im Roggen«, was einem in fremden Straßen an solchen

Tagen geschehen kann. Als es gegen halb vier fast schon dunkel war, flüchtete ich mich vor dem Versinken und Verschwinden (»*Versinken und Verschwinden in Nowa Huta*« *wäre auch ein guter Buchtitel*, lese ich in meinem Tagebuch aus jenem November) in eine der familiär anheimelnden »Drink-Bars«, die es in polnischen Städten noch in den düstersten Gegenden gibt. Ein Bier erwartete mich dort im verrauchten Licht. Und das freundlich erstaunte Lächeln einer Kellnerin, die so elegant angezogen, aufwändig frisiert und professionell geschminkt war, wie es der polnische Kellnerinnen-Ehrenkodex auch in verlassenen »Drink-Bars« stalinistischer Idealstädte vorschreibt.

Ich hielt, dort gestärkt und getröstet, doch noch durch. In einem fast außerirdisch armseligen kommunalen Kulturzentrum sah ich mir an den folgenden beiden Spätnachmittagen Dokumentarfilme über die Planung, den enthusiastisch schaufelnden Bau, die blumenstrauß- und fahnengeschmückte Einweihung und schließlich den Niedergang und die revolutionäre Auflösung derselben steingewordenen sozialistischen Utopie an, die ich zuvor bis an den Rand der Selbstauflösung durchwandert hatte. Im Kinosaal saßen außer mir kaum mehr als zehn Menschen. Es waren langhaarige, bärtige Filmstudenten mit ihren schweigenden Freundinnen und alte Männer, die sich bei Gesprächen über Dosenbier und Nescafé im ungeheizten, schwach beleuchteten Foyer als die Regisseure herausstellten.

Die Armut der Gegenwart. Das heroische, falsche und süße Licht aus der Geschichte, das im Dunkel des Vorführraums strahlte. Der mit einem Schmuckgitter (zeigte es stilisierte Kristalle? Blumen? Sterne?) aus verschweißten Stahlstäben umgebene Foyerkiosk, wo wir bei einer ironisch-mütterlichen Angestellten unsere Getränke kauften und die Auslagen betrachteten. Wir waren eine über die beiden Tage gleich bleibende, hier gleichsam gestrandete Publikumsgemeinschaft, die langsam miteinander ins Gespräch kam. Am zweiten Festivaltag kannten wir uns dann schon und zwinkerten uns in einer Art Verschworenheit zu, wenn wir uns im Foyer trafen (»wir *connaisseurs* spätstalinistischer Dokumentarfilme«).

Die blindfleckige Spiegelfront vor einer verlassenen Garderobe im holzgetäfelten Eingang. Ein Mosaik aus Marmor, Glas und Keramik (aufgehende Sonne an Meer). Unbequeme Polsterstühle auf zu dünnen Stahlbeinen im Dämmer an wackeligen Tischen. Dann wieder Kinonacht; die geschwungenen Spitzhacken, die weiten Kamerafahrten über unbebaute Wiesen, wo die Zukunft träumte und schlief; Lastwagen, auf denen lachende junge Menschen über staubige Landstraßen fuhren; schwere Arbeit; strahlendes, stirntollenwerfendes Aufblicken von blechernen Essgeschirren; Volksversammlungen im Sonntagsstaat der fünfziger Jahre; wackelnd einem Demonstrationszug vorangetragene Bilder des großen Völkervaters und -mörders sowie seines nationalen Epigonen. Die Renaissancezinnen der Leninhütte (sozialistisch im Inhalt, national in der Form). Nowa Huta im Luftbild: ein sozialistischer Traum Palladios, das geplante Vernunftideal. Das Verwaltungszentrum des Kombinats auf dem Hügel mit der Allee: aus der Vogelschau ein Villenkomplex in der Toskana. Die Flussebene, auf die der Zentralplatz aus hohen französischen Fenstern hinaussieht.

Mir war in dem engen dunklen Kinosaal dann plötzlich, als habe ich das alles, vor langer Zeit, schon einmal im Traum gesehen. Im März des Jahres 1975 bin ich, dreiundzwanzigjährig, als Mitglied einer »Studiendelegation« des Marxistischen Studentenbunds »Spartakus«, deren Stuttgarter Ortsgruppe mich zu ihrem »Bildungsbeauftragten«, einer Art von oberstem Ideologie- oder Schulungskommissar machen wollte, unter konspirativen Umständen in die DDR eingereist. Ich reiste in ein Land, das es (was 1975 auch klügere und erfahrenere Männer und Frauen als ich nicht geahnt haben) von damals an gerechnet nur 15 Jahre lang noch geben würde. Im Rückblick scheint es mir allerdings, als hätte ich diese Befristung des sozialistischen deutschen Staates an einer wissenden Müdigkeit, Resignation und Melancholie unseres Lehrpersonals schon spüren können. Es waren Professoren der Geschichte der Arbeiterbewegung, der Ökonomie und der »Marxistisch-Leninistischen Philosophie« aus der nahe gelegenen Pädagogischen Hochschule Potsdam, die uns in den folgenden Tagen allerlei Vorträge hielten. Ich blättere in meinem Tagebuch:

Mo. Tag der Professorin R., der Eindruck, den die DDR-Bürger auf mich machen, ist schwer zu beschreiben. Eine alte, vornehme Intellektuellendame, aber auch die Kämpferin mit dem Decknamen L., die Thälmann persönlich kannte. Persönliche Informationen aus den zwanziger Jahren: man hätte Stalin wohl absetzen wollen (und vielleicht auch gekonnt), aber die Menschen liebten ihn und die KPdSU wäre auseinandergebrochen. Über die Sowjets hier, erstaunliche Geschichten über ihre Korrektheit nach dem Krieg, ein Telephongespräch, das eindeutig Sabotage war, blieb unbeachtet, sie werden vor Luftangriffen geborgen, ein Sowjetsoldat rettet ein Kind und bricht sich die Arme dabei. Piloten, deren Maschine Feuer fing, verzichten auf die Benutzung des Fallschirms, weil das herrenlose Flugzeug dann in ein Wohnviertel stürzen würde, steuern es stattdessen aufs freie Feld und verbrennen. Das gibt's auch und hat's gegeben offenbar.

Di. Ein anderer leitender Genosse, sehr gute und sympathische Diskussionen, sehr lustig, offen, ich habe laut ihm einen Doppelgänger, der am Berliner Ostbahnhof wohnt, die Leute sind anders als wir, diszipliniert, höflich, freundlich, aber bestimmt, sehr qualifiziert und intelligent. Freier Vortrag, didaktisch sehr geschickt, man plaudert viel über interessierende Fragen.

Was die mich 1975 »interessierenden Fragen« gewesen sind, weiß ich schon lange nicht mehr. Vielleicht die nahe liegende und mir bei aller Verbohrtheit doch nicht aus dem Kopf gehende, warum der Sozialismus es nötig hatte, alle seine ideologisch nicht mit ihm einverstandenen Bürger systematisch zu drangsalieren: *Übrigens: frustrierendes Gespräch über Biermann, die Metapher »Insekt« fällt, mich im Verständnis weit zurückwerfend.* Unsere Mentoren auf diesem Lehrgang waren kluge und informierte Leute. Sie werden gewusst haben, dass ihre Untertanen ihnen die Kehlen durchschneiden würden, wenn sie könnten.

Ich sitze in einer Kneipe im Bahnhof Zoo und schaue zurück. Am So fahre ich mit C. rein, eine Pennerin, die ihre Habe im Kinderwagen schiebt, Babsi, mit der ich tags zuvor sehr schön im »Napoli« geredet habe, verabschiedet, durch die DDR, tatsächlich liegt Schnee, C. ist wie alle Genossen, die ich treffe, in Ordnung, aber mir nichtssagend, Bier und Gottfried Keller und Lenin im Zug, ich bin schwach, noch müde, mir ist schlecht, nichtssagender B. am Zoo, ich sehe lange vom Hochgleis in die Frontstadt und erhole mich stark, Einreise in die DDR mit einem brummigen Fahrer und einem holprigen Bus, fremd anmutendes Thälmannheim, Essen, ins Bett.

Der Hinweis darauf, dass meine – damals noch ganz frische – Mitgliedschaft im Marxistischen Studentenbund »Spartakus« 1975 zugleich die Mitgliedschaft in einer viel umfassenderen und vielleicht gar nicht zu verlassenden deutschen Zwangsvereinigung gewesen ist, findet sich in dem unscheinbaren Satz *tatsächlich liegt Schnee* in der Mitte dieser Aufzeichnung verborgen. Eine oder zwei Wochen vor meinem konspirativen Schulungsaufenthalt in Caputh nämlich hatte ich einen Traum von der DDR gehabt, den mein Tagebuch nicht verzeichnet, der mir aber, wie andere »große Träume« meines

Lebens, bis heute im Gedächtnis geblieben ist und aus seinen Tiefen immer wieder auftaucht.

Ich fuhr in einem Zug durch einen tief verschneiten Wald aus märchenhaft riesigen Tannenbäumen. Von einer Höhe aus aber sah ich, dass in dem Tal, in das wir nach einer weiten Biegung nun einfuhren, plötzlich eine mediterrane Landschaft sich auftat. Ein Meer war in der Nähe. Dunkle Pinien wuchsen auf Hügeln. Die Ruine eines Amphitheaters stand im Sonnenlicht. Schöne junge Frauen mit Kindern auf dem Arm winkten aus den Straßen kleiner toskanischer Landstädtchen der Eisenbahn zu. Männer in römischen Togen waren über Schriftrollen gebeugt, und im Traum wusste ich, dass dies hier die »wirkliche DDR« war, ein esoterisches Land, das sich hinter und in den Industrieanlagen, den mittelalterlichen Städten, den thüringischen und sächsischen Landschaften auftun würde und die geheime eigentliche Gestalt dieses verschlossenen Staatswesens war.

Große, andächtige, strenges Schweigen wahrende Festgemeinden der elysisch-traumhaften DDR-Bürger waren unter Felsklippen – und einmal auch um einen hohen zikkuratartigen Turm – versammelt. Von ihrer Höhe warfen sich junge Männer mit starkem Anlauf in die Luft hinaus, um kunstspringerhafte Pirouetten und Überschläge zu vollführen. Dann bremsten sie im Fall ab und kamen sanft, ohne Schaden zu nehmen, am Boden auf. Manchmal aber – das war der unheimliche Höhepunkt ihrer Kunst – begannen sie zu fliegen und landeten erst nach weiten Schwüngen und Kurven über Hügel und Meeresbuchten wieder bei uns, nachdem sie unseren Augen fast entschwunden waren. Und es wurde mir im Traum erklärt, diese Kunst des Fliegens sei in der DDR nicht nur ein Sport, sondern der eigentliche Zweck des Landes, der Sinn seiner Abgesperrtheit, Unzugänglichkeit und Eingemauertheit. Die politischen Verhältnisse dort würden nur deshalb so anders als bei uns eingerichtet und aufrechterhalten, damit die geheime Kunst (oder eigentlich eher die Religion) des Fliegens dort geübt werden könne.

An den beiden nebligen Wochenendnachmittagen im November 1999 sind mir die elysischen DDR-Bürger meines Traums von 1975 nach langer Zeit wieder in den Sinn gekommen. Am ersten Tag der Nowa-Huta-Dokumentarfilmretrospektive bekam ich gegen sechs nach all den schwarzweißen Film-Paraden, -Reden, -Fahnen, -Aufbauleistungen und -Planübererfüllungen Hunger. Als ich in einem »Dial-A-Pizza« am nahe gelegenen Hauptboulevard wohlig seufzend eine »Quattro Stagioni« und ein großes Bier zu mir nahm, waren die heroisch-sozialistischen Toten von Nowa Huta einen Moment lang um mich. Sie gingen draußen vor dem Schaufenster über den heute novemberlich verlassenen Boulevard im Licht des Völkerfrühlings zur Arbeit. Sie genossen in hellen Petticoatkleidern, spitzen Schuhen und taillierten Anzügen in heute längst verrotteten Eisdielen »kulturvoll« ihren Feierabend. Sie verwandelten am roten Maifeiertag die heute noch viel zu breiten und metropolitanen Fahrbahnen in Marschstraßen und Tanzplätze.

Mit ihnen ging die neue Zeit. In ihrem Alltag verwirklichte sich ein Jenseits, das aus den Tiefen der Geschichte zu sich selbst gekommen, aus seiner Himmelsverbannung auf die Erde gefallen war. Die Welt war zwar immer noch das schlechthin Unmenschliche. Aber der göttliche Funke, der in der Arbeit der neuen Menschen, in ihrem Lachen und Marschieren, in ihrer enthusiastischen Durchgottung auf Erden erschienen war, regierte »schon ein Fünftel des Erdballs«. Unter der weisen Führung des großen Stalin war die Menschheit dort zu sich selbst gekommen. Aus den »Schriften der Klassiker«, niedergelegt in jenen bibel- oder gesangbuchartig blauen und braunen Bänden, hatte sie das Wissen (»Gnosis«) über die Gesetze des Geschichtsgangs geschöpft. Jetzt verwandelten sie die Welt. Die Zukunft entstand um jene von Jahr zu Jahr weiter anschwellende, wissendurchdrungene Schar der Reinen, wo immer sie schuf, plante, kämpfte. »Eine erhabene Rührung hat in jener Zeit geherrscht, ein Enthusiasmus des Geistes hat die Welt durchschauert, als sey es zur wirklichen Versöhnung des Göttlichen mit der Welt nun erst gekommen.«

Es ist wohl diese enthusiastische Versöhnung mit dem Göttlichen, das schauernde Einswerden mit dem Absoluten, was einen geschulten Betrachter an den imaginären sozialistischen Bewohnern von Nowa Huta so rühren (oder abstoßen) kann. Im »Dial-A-Pizza« auf dem großen Zentralboulevard an jenem Novemberabend habe ich sie mir jedenfalls nach dem Muster jenes berühmten Zitats aus Hegels »Philosophie der Geschichte« am besten zusammenphantasieren und klarmachen können. So international es sich auf dem Höhepunkt seiner Lebendigkeit gab, dieses mittlerweile wohl wirklich ausgestorbene stalinistische Seelenvolk, so direkt stammt es aus der deutschen Philosophiegeschichte. »Ha! – an der Fahne allein soll niemand unser künftig Volk erkennen«, ruft zum Beispiel Hyperion in Friedrich Hölderlins Revolutionsroman von 1796 aus, während er seine seelenvollen revolutionären Freischaren inspiziert, »nichts, auch das kleinste, das alltäglichste nicht ohne den Geist und die Götter!«. Denn die Guerilla in Hölderlins Roman hat sich einen der stärksten und geheimsten Wunschträume der deutschen Tradition erfüllt. Sie hat den Alltag aufgehoben. Im Leben und Treiben der griechischen Freischaren Friedrich Hölderlins ist als konkrete Wirklichkeit, als Alltag erschienen, was die theologische Tradition uns übrigen Sterblichen erst als *visio Dei beatifica*, als die Gnadenschau Gottes im Moment unseres Todes in Aussicht stellt. Denn »der Augenblick der Göttereinkehr ist der Augenblick des erwachenden Volkes«, wie Max Kommerell in seinem berühmten Buch »Der Dichter als Führer in der deutschen Klassik« 1928 das Grundprinzip des deutschen Geistestotalitarismus postuliert hat.

Aber nicht nur Hölderlin und Hegel haben die Geisterbürger von Nowa Huta und ihre alltäglich gewordene *visio Dei beatifica* schon zweihundert Jahre vor meinem ersten Spaziergang dort gesehen und beschrieben. Die sozialistische Menschengemeinschaft, deren Gespenst mir an jenem Novembernachmittag vor dem Fenster von »Dial-A-Pizza« erschien, ist zugleich auch das so genannte »Normalvolk« der Deutschen aus Fichtes »Reden an die deutsche Nation«. Sie ist »die hart eingeschworene Soldateska Christi imperatoris Maximi« aus Daniel zur Höhes »Proklamationen«, dem (»ich glaube einzigen«, sagt der Erzähler) Werk eines literarischen Inflationsheiligen, den Thomas Mann erfunden hat und von dem er in seinem Roman »Doktor Faustus« komisch und traurig berichtet. Die poetischen Toten von Nowa Huta sind von Heine in »Zur Geschichte der Religion und Philosophie« prophezeit worden als jene »bewaffneten Fichteaner«, »die in ihrem Willens-Fanatismus weder durch Furcht noch durch Eigennutz zu bändigen sind; denn sie leben im Geist, sie trotzen der Materie«. Stefan George hat sie besungen als ein »jung geschlecht, das wieder Mensch und Ding/Mit echten maßen misst«. In Georges Gedicht folgen sie einem »Starken von oben«, ihrem Dichterführer, der »sprengt die ketten, fegt auf trümmerstätten/Die ordnung, geißelt die verlaufnen heim«. Und: »Er führt durch sturm und grausige signale/Des frührots seine treue schar zum werk/Des wachen tags und pflanzt das neue reich.«

Am deutlichsten aber – und zugleich am charmantesten – sprechen die enthusiastisch vergeistigten idealistischen Seelenvölker der deutschen Tradition, glaube ich, ihr Lebensgesetz und worauf es mit ihnen hinauswill, in dem berühmten »Schneekapitel« von Thomas Manns »Zauberberg« aus, das ich erst Jahre nach meinem DDR-Traum gelesen habe. Dort erscheint dieses Volk in den wirren und dann plötzlich wieder bis zur Maximenhaftigkeit deutlichen Träumen und Überlegungen des erfrierenden Hans Castorp: »Jünglinge tummelten Pferde, liefen, die Hand am Halfter, neben ihrem wiehernden, kopfwerfenden Trabe her, zerrten die Bockenden an langem Zügel oder trieben sie, sattellos reitend, mit bloßen Fersen die Flanken der Gäule schlagend, ins Meer hinein, wobei die Muskeln ihrer Rücken unter der goldbraunen Haut unter der Sonne spielten und die Rufe, die sie tauschten oder an ihre Tiere richteten, aus irgendeinem Grund bezaubernd klangen.«

Und bezaubernd ist auch hier wieder die Durchdrungenheit des Seelenvolks mit ihrer Idee, mit einem nur ihnen zugehörigen, ohne Rest oder Ironie in ihnen verkörperten Absoluten: »Wie hübsch, gesund und klug und glücklich sie sind! Ja, nicht nur wohlgestalt – auch klug und liebenswürdig von innen heraus. Das ist es, was mich so rührt und ganz verliebt macht: Der Geist und Sinn, so möcht' ich sagen, der ihrem Wesen zugrunde liegt, in dem sie miteinander sind und leben!«, schreibt Thomas Mann. Das Lebensgesetz der Sonnenleute (der Grund der Verliebtheit unserer Tradition in sie) liegt darin, dass sie mit ihrem Absoluten so unmittelbar und reflexionslos eins sind, wie es einem Mann in der Betrachtung einer Frau scheinen mag, wenn er – mit welchem Recht auch immer – durch ihre Bewegungen und Blicke auf den Grund ihrer Seele sehen zu können glaubt. Denn die deutschen Seelenvölker sind nach langer Verfallszeit, nach weltgeschichtlichem Irren und Wirren, zum Ursprung zurückgekehrt. Zur Reinheit. Zum Kraftquell der unverfälschten Rasse. Oder zur freien Weltaneignung durch unentfremdete, vom kapitalistischen Demiurgen nicht verhexte (»entfremdete«) Arbeit. Sie sind zu Hause. Wenn auch *with a little help* jener Führergestalt: »der geißelt die verlaufnen heim«.

Erst spät im Verlauf der hier nachgezeichneten Forschungen habe ich verstanden, dass die Neigung unserer Geistesgeschichte und meines eigenen Lebens zu diesen gnostischen

Heimkehrervölkern aus der kabbalistischen und pietistischen Spekulation stammt (die in Hegels Schulzeit und Universitätsausbildung so geisterhaft wirksam war wie noch in meiner eigenen). In diesen kämpfenden Reinheitsscharen ist der verlorene Ursprung Fleisch geworden, dessen Wiederauffindung die deutsche Tradition jahrhundertelang fast bis zur Besessenheit beschäftigt hat. Die pietistische Wiederbringung aller Dinge und Wesen (»Apokatastasis panton«) des schwäbischen Böhme- und Swedenborgschülers Friedrich Christoph Oetinger. Das *second coming* aller Dinge und Toten im Gefolge des Heilands, im Zeichen seines Endreichs. Kein Wunder, dass die Bewohner meiner Seele 1975 nach ihrer Heimkehr in den Ursprung dann sogar fliegen konnten. »Seit Hegel haben wir uns vorstellen können, in unserem Inneren wohne der fleischgewordene Logos, wir würden eins mit dem wachsenden Selbstbewusstsein Gottes, seiner Selbstverwirklichung in der Geschichte des Menschengeschlechts. Seit Hegel bezeichnet der Name ›Weltgeschichte‹ das beflügelnde, verschwommene Gebilde, das entsteht, wenn man die Unterschiede zwischen dem Immateriellen und dem Materiellen, zwischen dem Unzeitlichen und dem Zeitlichen, zwischen dem Göttlichen und dem Menschlichen verwischt« (Richard Rorty).

Ich weiß nicht mehr recht, wie ich an jenem Wochenende im November 1999 aus der politischen Erotik Nowa Hutas und seiner imaginären Bewohner herausfand und aus dem abgeschabten Kulturzentrum an jener nebligen Straßenecke wieder nach Krakau gekommen bin. Ich werde wohl, als das Dokumentarfilmfestival am Sonntagabend zu Ende war, in Gottes Namen in eins der nicht weit entfernt am Zentralplatz wartenden Taxis gestiegen sein und meine Adresse genannt haben. Die Apartmenthochhäuser der sechziger Jahre am modernen Rand von Nowa Huta werden vor dem Fenster an mir vorbeigezogen sein, die Parks mit den rostenden Panzern. Wohnblocks, Schneeluft und Braunkohlengeruch, Kreisverkehrsanlagen, Straßenbahnhaltestellen, Schlaglöcher und Pfützenteiche. Schließlich dann, schon fast wieder heimatlich, die Jugendstilpaläste und historistischen Mietshäuser aus dem neunzehnten Jahrhundert im inneren Stadtring, der von Stadtautobahnen (die man in Krakau »Alleen« nennt) eingefasst ist.

Ich denke, dass ich mich zu Hause, wieder in meinem eigenen Jahrhundert, geduscht, umgezogen und mich mit meiner Freundin im »Pauza«, im »Corleone« oder im »Mezzanine« verabredet habe, irgendwo eben, wo Menschen hinkommen, die zwar hübsch, gesund und klug und glücklich aussehen, aber nicht deswegen, weil sich die Weltgeschichte, das Selbstbewusstsein Gottes, eine Idee oder das Absolute in ihnen ausdrückt. In ihren schönen Augen wird vieles sichtbar gewesen sein, ein Grund ihrer Seele aber nicht. Sie wird, wie immer, einen Martini bianco mit pürierten Erdbeeren getrunken haben, ich einfallsloserweise ein Bier, und sie wird mich wieder einmal wegen meiner realsozialistischen Forschungen (»ausgerechnet in Nowa Huta!«) ausgelacht haben. Um uns, in den unzähligen Bars, Restaurants und Clubs, in den Diskotheken und Bistros der alten Stadt, ging das Leben weiter und vor sich, so geistlos und fern aller Ideen, wie es in Wirklichkeit Gott sei Dank ist. »Die hoch zivilisierte Atmosphäre des ›Berghofs‹ umschmeichelte ihn eine Stunde später. Beim Diner griff er gewaltig zu. Was er geträumt, war im Verbleichen begriffen. Was er gedacht, verstand er schon diesen Abend nicht mehr so recht.«

Höhere Wesen

Ich stand vor der Leinwand und wollte einen Blumenstrauß malen. Da erhielt ich von höheren Wesen den Befehl: Keinen Blumenstrauß! Flamingos malen! Erst wollte ich weiter malen, doch dann wusste ich, dass sie es ernst meinten.

Sigmar Polke

In der geweißten Kammer meiner Studentenunterkunft drang 1974 der Schein der Lampe ein Stück weit in das sommerliche Blattwerk hinaus. Der vernachlässigte kleine Garten gehörte zu einer Villa aus den fünfziger Jahren auf dem Stuttgarter Killesberg (meiner Kindheitsgegend). Parterre-Gitterstangen vor dem Fenster, die neu gekaufte Schreibmaschine auf dem Holztischchen dahinter. Im Lichtfeld lagen, sorgfältig aufgeräumt, gespitzte Bleistifte, ein Radiergummi, ein Tintenfass, ein Füllfederhalter. Der junge Besitzer und Betrachter dieser akademischen Selbständigkeitsidylle erlebte einen flüchtigen, aber unvergesslichen Augenblick des Größenwahns: Mehr braucht es nicht zur Weltherrschaft! Und zugleich das Gefühl, von allen guten Geistern verlassen zu sein.

Vielleicht werden zukünftige Mentalitätshistoriker es als für Lebensläufe gerade des letzten Jahrhunderts typisch erkennen, dass in ihnen abgekapselte Episoden politischer, lebensreformerischer oder religiöser Verrücktheit besonders häufig vorgekommen sind. Rechtschaffene, freundliche, scheinbar harmlose Verbrechen und Dämonie auf den ersten Blick ganz abgeneigte Bürger des zwanzigsten Jahrhunderts machen im Rückblick dann den Eindruck, als sei es über Jahre, Jahrzehnte und manchmal bis zu ihrem Tod nicht ganz geheuer mit ihnen gewesen. Als hätten sie damals so etwas wie außerirdische Vorgaben und Befehle befolgt. Vielleicht hat es mit der Zugänglichkeit und Virulenz so vieler (fast aller) global und welthistorisch bekannter Sinndeutungsmöglichkeiten in einer einzigen Zeit zu tun, wie viele Überzeugungs- und Richtungswechsel, was für seltsame ideologische Volten und Unbegreiflichkeiten so verschiedene Zeitgenossen wie Horst Mahler, Jean-Paul Sartre, Alfred Döblin, Benito Mussolini oder Rainer Langhans in ihrem Leben hinter sich gebracht haben. Aber auch wenn man von solchen Virtuosen des Richtungswechsels einmal absieht, ist es zum Erstaunen und Gruseln, wie viele von uns, wie viele unserer Väter und Großväter sich in bestimmte Zeiten ihres Lebens und Meinens überhaupt nicht mehr hineindenken und nur froh sein können, wenn diese oder jene Periode meist sehr hochgemuten Irrsinns nicht zu irgendwelchen dann tatsächlich nicht mehr rückgängig zu machenden Taten und Schäden geführt hat.

In der Stuttgarter Landesbibliothek. War es noch 1974? Oder schon ein Jahr darauf? Von dem Tischchen mit der festgeschraubten Lampe aus, durch das fast quadratische Fenster im elegant unverputzten Beton, zwischen zwei Bücherregalen hindurch, auf denen die Werkausgaben der Romantiker standen, war vor der rosagelben Fassade des Stuttgarter Schlosses eine große Platane zu sehen. Morgensonne schien in ihre Blätter und Zweige. Frühe Leser kamen über die Fußgängerbrücke, erste Einkäufer gingen der Stadt zu. Autos rauschten. Weit entfernt, auf der gegenüberliegenden Seite des Tals, standen elaborierte Villen. Aus Parks ragten undeutlich Baumkronen am Abhang.

Während »Geschichte und Klassenbewusstsein«, die »Theorie des Romans«, die großen, mehrbändigen Alterswerke Georg Lukács' damals in hellen Taschenbüchern bei Luchterhand zu haben waren, kam es mir in diesem Sommer auf seine Aufsätze aus den fünfziger Jahren an. Sie tauchten aus dem Magazin der Landesbibliothek auf, in braune Pappe und glänzende, irgendwie abwaschbare Ölfolie gebunden, gedruckt auf das holzige, an den Rändern gebräunte, schwach chemisch duftende Papier der frühen DDR mit einem Rotschnitt auf der oberen Kante. Nachmittagelang studierte ich vor dem quadratischen Fenster unter der hohen Decke des Lesesaals die Polemiken, Klarstellungen, Richtlinien und Ableitungen eines Stalinisten. Ich legte lustvoll Feuer an die Innerlichkeitstrümmer meiner bildungsbürgerlichen Seelenstadt.

Es war, als sei eine Erstickungsgefahr groß gewesen. Das Frühlingsgefühl jetzt bestand darin, dass beispielsweise ein ganz anlässlicher tagespolitischer Text Lenins auf Grundfragen der Philosophie führte und in ihnen begründet war. Es gab nichts Nebensächliches mehr (»nichts, auch das kleinste, das alltäglichste nicht ohne den Geist und die Götter!«). Bücher hatten Konsequenzen. Der intellektuelle Smalltalk war vorbei (meine Eltern hatten verloren). In den gesangbuchbraunen unansehnlichen Bänden wurden die Konstruktion der Welt und meiner selbst als noch so kleinen, doch integralen Partikels verhandelt. Der Genuss der Komplexitätsreduktion (es war in Wirklichkeit ja alles ganz einfach; Handeln längst möglich) verband sich mit der Luft des Frühlingsmorgens; mit dem Geschmack des Kaffees, den ich im nahe gelegenen »Café Nast« am Charlottenplatz mit dem linken Gottfried-Keller-Forscher G. trank. Er saß an seiner Dissertation, nahm mich als Gesprächspartner aber schon ernst. Er war der erste Mentor meines einundzwanzigjährigen Lebens, der nicht aus jener Seelenstadt kam.

Dass die »Genossen« des »MSB Spartakus« (»Genossinnen« gibt es in meiner Erinnerung eigentlich gar nicht) mir in meinem ersten Semester als höhere Wesen erschienen sind, wenn sie nach dem Seminar beieinander standen und sich (mit Hilfe gezückter roter Terminkalender, in die sie angestrengt hineinsahen und -schrieben) für eine Sitzung, eine Flugblattaktion oder eine andere Agitpropmaßnahme verabredeten, das allerdings will ich nicht behaupten. An ihren schwarzen Ledermänteln und blauen Jeansjacken war das Emblem des MSB Spartakus als Anstecknadel sichtbar. Es stellte eine rote, in groben Zügen stilisierte, sich leicht nach rechts neigende, von ihrer Innenseite her gesehene Faust dar, an die sich rechts, mit einem nicht ganz logischen Bildeinfall (wie eine Fahne, die an einem Mast weht) ein aufgeschlagenes Buch anschloss. Ich war einerseits froh, im Gegensatz zu ihnen nach dem Seminar jetzt meiner Wege gehen zu können. Und doch war die Verlorenheit des ersten Semesters angesichts ihrer routinierten und zielstrebigen Kameradschaftlichkeit womöglich noch ein bisschen größer: Die Angst vor all der freien Zeit, die ich jetzt plötzlich hatte; vor der Verantwortung nicht nur für meine Lernfortschritte, die mir auf einmal ganz allein aufgebürdet war.

Und während ich meine Zeit einzuteilen und selbständig zu arbeiten lernte, während ich erfuhr, wie man sich Bücher und Informationen verschaffte, dass man bei wissenschaftlichem Arbeiten seine Quellen angeben musste; indem mir klar wurde, dass man viel, eigentlich ununterbrochen lesen sollte – unter all dem lebte ich mich in jene (damals allgegenwärtige) Überzeugung ein, derzufolge es neben der Überlieferung der Macht, neben der Tradition der herrschenden Klassen, der Staaten, Reiche und Konzerne eine zweite Weltgeschichte gab. Es war die Geschichte der Unterdrückten, ein oft unterdrücktes, aber unbesiegbar und wie aus himmlischen Quellen gespeistes Feuer, das durch die Welt und die Zeit reiste.

»Wer hat mich in das Leid der Welt geworfen? Diese Welt wurde nicht nach dem Wunsche des Lebens geschaffen, nicht nach dem Willen des großen Lebens bist du hier. Wer hat mich in die böse Finsternis versetzt? Erlöse uns aus der Finsternis dieser Welt, in die wir geworfen sind.« So heißt es in einem der wenigen auf uns gekommenen spätantiken Originaltexte der gnostischen Häresie. Den Flug der gnostischen Himmelsfunken galt es nun in den Zügen mittelalterlicher Bauernheere zu entziffern, in den Protokollen der Hexenprozesse, in den stündlich wechselnden Konstellationen während der Sankt Petersburger Tage, die die Welt veränderten. Aber auch literarische Figuren und ihr Geschick, Kellers »Grüner Heinrich«, Hölderlins Hyperion, Goethes Wilhelm Meister, vielleicht sogar die Blicke, Tänze und Streiche der reizenden und verantwortungslosen Philine, die mir in seinem Roman so gut gefiel, bewegten sich entlang der Linien unsichtbarer (von uns jetzt zu erforschender) Magnetfelder, die sich zwischen der Welt der Macht und der feurigen Inspiration der Unterdrückten ausgespannt hatten.

Ein großes Grübeln war angesichts dieser Perspektiven über mich gekommen. Etwas wie ein historisches Gigantenduell schien sich durch die Welt und ihre Geschichte zu ziehen, eine dynamische Doppelkonstruktion, kompliziert manchmal, dann wieder so verblüffend einfach wie die Tatsache, dass große Konzerne das Staatswesen lenkten, das nächtens glitzernd im Tal lag, wenn ich grübelnd in meinem Zimmer saß und in den kleinen Garten hinaussah. Die Umrisse einer vernünftigen, lebendigen Realität und einer reinen Genossenschar erschien, indem ich tage- und wochenlang immer weiter las, eine zweite Weltvernunft, die kämpfte, die alt war und von der mir niemand je etwas erzählt hatte. Eine Art Zärtlichkeit für diese Weltvernunft erfasste mich. Sie war ja auch auf Abwege geraten (das Täuferreich von Münster, Stalin, Georg Lukács' Aufsätze aus den fünfziger Jahren, die Kommunistische Partei der Sowjetunion unter Breschnjew). Wer sollte das Reine in der Geschichte retten, wenn nicht, zusammen mit vielen anderen, auch ich?

Seltsam an meinen – in so vieler Hinsicht seltsamen – ersten beiden Grübelsemestern scheint mir im Rückblick jedoch vor allem, dass nichts ihre Atmosphäre so zuverlässig aus meiner Erinnerung heraufbeschwört wie die Melancholie und Exaltation des deutschen Kunstlieds. Dessen berühmte (wie seine entlegenen) Werkzyklen habe ich das ganze Jahr 1974 lang im Gartenzimmer jener kleinen Killesberg-Villa praktisch pausenlos angehört, auf einer der unförmigen Stereoanlagen, wie sie damals zur Grundausstattung jeder Studentenunterkunft gehörten. Dunkel ist das Leben, ist der Tod. Schubert, Schumann, Brahms, Mahler, Silcher, Zelter. Auch die literarischen Textgrundlagen dieser im neunzehnten Jahrhundert blühenden deutschen Kunstform (es gibt sie in dieser Form nirgendwo sonst auf der Welt, und sie ist der musikalische Ausdruck des deutschen Bildungsbürgertums und seiner Sonderwege), spielten damals eine große Rolle in meiner Arbeit und in den mit ihr verbundenen unaufhörlichen Grübeleien.

»Krähe, lass mich endlich sehn/Treue bis zum Grabe!« Spätnachts, die kokosnusshälftengroßen robocop-runden Kopfhörerschalen mittels eines meterlang spiralig aufgerollten, lakritzschwarz glänzenden Kabels an jene Stereokomponentenanlage angeschlossen. Die Rotweinflasche bis ins untere Drittel hinein geleert, der Aschenbecher voll gerauchter Zigarillos. Eigentlich aber ist es nicht der persönliche, sondern ein geschichtlicher Schmerz gewesen, den ich damals im deutschen Kunstlied und eigentlich auch in jedem anderen Kunstgenre gesucht habe. Es war ein unbestimmter, weltweit und geschichtstief ausgebreiteter Schmerz, Nachhall einer namenlosen, lang vergangenen Erniedrigung und Beleidigung. Später, unterm Einfluss meiner marxistischen Mentoren und Lektüreerlebnisse, habe ich sie meist mit dem Großen Deutschen Bauernkrieg von 1525 identifiziert, einem Ereignis, das dann um das Jubiläumsjahr 1975 herum als Quellpunkt unserer geschichtlichen begründeten Übellaunigkeit, Beleidigung und Erniedrigung den Status einer Urszene innehatte. »Geschlagen ziehen wir nach Haus/Unsere Enkel fechten's besser aus.« Oder eben gleich: »Fremd bin ich eingezogen, fremd zieh ich wieder aus.«

Eine andere Materialsammlung künstlerisch-geschichtlicher Urszenen war für den dreiundzwanzigjährigen Schmerzensmann Peter Weiss' damals Band auf Band silbergrau bei Suhrkamp erscheinende »Ästhetik des Widerstands«. Nächtens, bei Schuberts »Winterreise«, schwerem chilenischen Rotwein aus dem Tengelmann und Henri Wintermans Slim Panatelas, gab ich mich über diesem Buch dem Tiefsinn und der Trauer hin. Hier wurde das wichtigste nationale Schmerz- und Beleidigungserlebnis neben dem Großen Deutschen Bauernkrieg abgehandelt: Der vergebliche Widerstand gegen Hitler. Auch hier war beisammen, was den jungen *connaisseur of pain* unweigerlich in seine düstere Begeisterung versetzte. Stephan-Hermlinartig edle kommunistische Epheben. Bamberger-Reiter-haft wohlgestalte adlige Klassenverräter. Kam nicht Claus Graf Stauffenberg wie ich selber von der Schwäbischen Alb, aus Lautlingen, gar nicht weit von meinem heimischen Blaubeuren? Italowesternhaft blutrünstige Lagergräuel. Plötzenseer Drahtschlingen. Das innere Drama der Konversion, das dem Akt der Selbstopferung vorausgehen muss. Die inhärente Erfolglosigkeit all jener selbst gemalten und irgendwo angeklebten Parolenzettel, der in Universitätsaulas verstreuten Flugblätter, der verschobenen Attentate und durch eichene Kartentische von der rechten Wirkung abgehaltenen Bomben. Das alles hatte Schönheit. Denn deutsch sein heißt ja bekanntlich, eine Sache um ihrer selbst willen tun.

Wobei mein persönlicher Schmerzgeschmack sich je länger, desto mehr von Hermlin und Stauffenberg weg und über die Vermittlung der Gedichte Stefan Georges vor allem auf die Lektüre und identifizierende Wesenschau von Leben und Werk Friedrich Hölderlins hinbewegte; vor allem aber auf dessen Spätwerk. Über die hymnischen Gesänge des großen deutschen Girondisten, die seltsame Mischung aus persönlichem Erniedrigtsein und geschichtsgesättigter Enttäuschung über das unbegreifliche Ausbleiben des Reichs Gottes im Gefolge der Französischen Revolution konnte ich mich abende-, tage- und schließlich dann jahrelang sozusagen nicht mehr einkriegen. »Wildharrend in der furchtbaren Rüstung, Jahrtausende.« »Auf falbem Laube ruhet/Die Traube, des Weines Hoffnung, also ruhet auf der Wange/Der Schatten von dem goldenen Schmuck, der hängt am Ohre der Jungfrau//Und ledig soll ich bleiben …«

Weder ich wusste, noch weiß sonst irgendjemand, was all das im Einzelnen bedeutet. Wodurch in der Folge auch ich zu den abenteuerlichen philosophisch-philologischen Spekulationen verleitet wurde, zu dem hemmungslos galoppierenden Irrsinn philologischer Deutungssucht und philosophischen Beziehungswahns, der sich seit den siebziger Jahren um das Werk Hölderlins spinnt. Erst durch das Verfassen einer Staatsexamens-, einer Doktorarbeit sowie schließlich einer umfänglichen Monographie über den polymorph erniedrigten und beleidigten deutschen Romantiker habe ich mich, dann aber ziemlich gründlich, von dieser so lange mein Leben bestimmenden und verkorksenden Hölderlin-Infatuation lösen können.

Es war nach diesen nächtlichen Exzessen dann geradezu beruhigend und erfrischend, auch andere (und entschiedenere) Linke als den Gottfried-Keller-Forscher G., mit dem ich im »Café Nast« Butterbrezeln zum Kaffee zu frühstücken pflegte, einzeln und außerhalb ihrer jungscharhaften Eingebundenheit nach dem Seminar näher kennen zu lernen. Bei Gesprächen anlässlich des »Rote-Blätter-Verkaufs« zum Beispiel. Oder wenn sie mir für 50 Pfennig wenigstens den »Roten Faust« verkaufen wollten, wie ihre überraschend gut geschriebene und gestaltete »Fachbereichszeitung« hieß (bald würde ich in diesem Blatt selbst journalistisch debütieren). Drei oder vier unter ihnen stellten sich dabei als diejenigen älteren Studenten heraus, denen ich mich auch dann gern angeschlossen hätte, wenn sie nicht ihre merkwürdigen (aus ihrer Persönlichkeit wie herausgestanzten) politischen Anliegen und Agenden verfochten hätten. Mit denen sie mich dann aber unvermeidlich behelligten und auf die alle Gespräche zwanghaft hingesteuert wurden. Ob ich denn zum Beispiel schon gegen die »Berufsverbote« unterschrieben habe? Ob ich mich an den Vorbereitungen zur »BaföG-Rallye« beteiligen wolle? Man brauche noch jemanden, der sich in den »Fachschafts-Ausschuss« wählen lasse. Undsoweiter.

Das allerdings war widerwärtig. Ein Teil der Arbeiten und Obliegenheiten, mit denen sie überhäuft waren und die sie mit Hilfe jener roten DKP-Terminkalender organisierten, hing einem nach jeder Begegnung mit ihnen an wie ein Schleim oder Pilz. So albern mir ihre politische Geschäftigkeit aber damals schon vorkam (und bis zum Ende meiner späteren Mitgliedschaft eigentlich immer vorgekommen ist) – jene drei oder vier meiner künftigen »Genossen« machten im Vergleich zu den demonstrativ verwahrlosten und schon in offenen Wahnsinn übergetretenen Angehörigen der maoistischen KPD wenigstens den Eindruck, aus denselben Elternhäusern zu kommen wie ich; sie formulierten gut; sie argumentierten geschickter als ich und hatten viel gelesen; das Sektenflackern im Blick fehlte.

Vor allem aber schienen sie und ihre »politische Arbeit« einen Ausweg aus den von Schubert, Eichendorff und Müller untermalten Geschichtsgrübeleien bei Rotwein und Zigarillos zu eröffnen. F. zum Beispiel, dessen spatenhaft kantiges St.-Just-Gesicht eine Marc-Bolan-Aura aus feingelocktem Haar umlohte. Er berührte es zart oder strich es mit spinnenhaft feinen und spitzen Fingern zurück, wenn er seine unwiderleglichen Fakten über die Sowjetunion herbeizitierte und als unsichtbare Phalanx um mich herum aufstellte. Die »unwiderstehliche Kraft seiner Logik« nahm mich jetzt in ihre »mächtigen Fangarme« (so hat Stalin in einer Gedächtnisfeier für Lenin 1924 das Ideal des marxistischen Zwangsredners beschrieben). In ihrem Griff wurde der politisch eher unbedarfte und überhaupt vollkommen weltfremde einundzwanzigjährige evangelische Klosterzögling und Bildungsbürgersohn, wie Stalin es sagte, dann »ohnmächtig« (die Überschätzung der Logik und der Konsequenz durch alle diese politischen Wahnsysteme).

Der bebrillte und bärtige, ununterbrochen an Filterzigaretten saugende K., der mich immer an den ältesten und geierartigsten der drei »Furry Freak Brothers« des amerikanischen Comic-Zeichners R. Crumb erinnerte. Die Autorität, die er in Sektendingen über mich ausübte, hatte er sich durch die Sensibilität erworben, mit der er (wohlgemerkt: *vor* meiner formellen Konversion) meinen Ekel vor der DDR und meine politischen Zweifel an der Weisheit ihrer Regierung einerseits unter vier Augen teilte; diese Mängel aber andererseits als Auswirkungen des »internationalen Klassenkampfs« erklärte, dessen Härte die am wenigsten differenzierten und in gewisser Weise, wie er mir zugestand, unklügsten Funktionäre begünstigt und in den Vordergrund geschoben habe. Das sei jedoch ein weiterer Grund, auch hier im Westen die Front zu eröffnen. Dadurch werde die Weltlage verbessert und jene Betonköpfe stürben langfristig dann aus (die nächste Begegnung mit der Konsequenzmaschine der Sektenlogik).

Auch M. war Kettenraucher. Er kannte sich mit Popmusik aus, und seine Wohnung beherbergte schon in seiner Studentenzeit eine Büchersammlung von seminarbibliothekshaften Ausmaßen. Wir redeten stundenlang, ohne politische Fragen zu berühren. Ich mochte ihn unglaublich gern. Ich wollte ihn nicht allein lassen mit den Pflichten und Sprachregelungen, denen er sich sichtlich so ungern unterwarf wie später dann ich auch. Vielleicht hat er in mir insgeheim jemanden zu finden gehofft, der ihn aus dem Studentenbund befreien könnte, statt sich dann gleichfalls zu ihm zu bekehren. Wenn es so war, habe ich es nicht verstanden. H. wiederum war ein schwäbischer Kämpfer ohne alle eigenen Bedürfnisse und ohne jeden Hintergedanken. Jemand, dem man ohne Bedenken viel Geld leihen könnte. Und als ich am Ende meiner Studienzeit, als ich

Lehrer werden wollte, vor einen staatlichen Untersuchungsausschuss zitiert wurde, wo ich mich politisch nicht ganz lupenrein aus der Affäre zog, sagte von allen meinen ehemaligen Genossen nur er sofort, das sei meine Angelegenheit – und lud mich im nächsten Satz zu seiner Neujahrsfeier ein.

Am schönsten an den »Genossen«, das glaube ich im Rückblick zu erkennen, war mein Eindruck, in ihrem Studentenleben werde eine alte, ehrwürdige, reine Theorietradition der Unterdrückten (jene zweite Weltgeschichte des Denkens und Handelns) in etwas Konkretes und Entschiedenes übersetzt (geballte Faust an Fahnenbuch). Ich konnte zwar nicht erkennen, wie sich die originellen, glanzvollen und geheimnisvollen Bücher von Hegel und Marx im Verlauf dieses Übersetzungsprozesses in die ungeschickten und langweiligen Verlautbarungen von Steffen Lehndorff, Herbert Mies und Erich Honnecker verwandelt haben sollten. Es wollte mir nicht in den Kopf gehen, wie sich so etwas Albernes wie die »BaföG-Rallye« aus den strengen und leuchtenden Sätzen des »Kapitals« herleiten lassen sollte (niemand kann sich heute mehr vorstellen, welches *Mana* dieses Buch, gelesen und ungelesen, damals auf jedermann ausstrahlte).

Aber in mir und vielen anderen Jungen und Mädchen meines Alters war eine tiefe und deutsche Ehrfurcht vor solchen Traditionen und Tradierungen erwacht. Ein närrisches und überwältigendes Bedürfnis nach theoretisch anspruchsvollster Begründung eines aktiven und konsequenzenreichen Alltags. Ein Hunger nach »theoretisch« begründeter »Praxis«. Nach streng und von weither aus den Tiefen der Zeit »hergeleiteten« Handlungsmaximen (auch in dieses Bedürfnis sich wirklich noch einmal hineinzudenken, ist fast unmöglich; so überwältigend es vor noch nicht dreißig Jahren gewesen ist). Es war die steinbrockenschwere Aktentasche voller Bücher von Lenin, Hilferding, Wittfogel und Lukács, die Rudi Dutschke der Legende zufolge überallhin mit sich herumschleppte. Mit Buntstiften hieß es, habe er in jeder freien Minute das alles »durchgearbeitet«. Es entging uns, wie unfreiwillig komisch es war, wenn er zur Letztbegründung seiner politischen Kaspereien jene Schwarten herausgezogen und aus ihnen vorgelesen hatte.

Das große deutsche Denken war in uns gefahren. Es sprach aus uns. Vor ihm mussten wir uns jetzt als würdig erweisen. »Wir wollten mit den Toten reden«, sagte Christian Semler kürzlich irgendwo über seine Zeit als KPD-Gründer. Der gnostische Dualismus meiner angetrunkenen nächtlichen Grübeleien wurde auf meinem »Weg zum Marxismus« – so scheint es mir im Rückblick – umgearbeitet in eine eher neuplatonisch als gnostisch inspirierte Emanationstheorie, in der jedes geschichtliche Ereignis seinen abgestuften Platz fand und sich in ein Moment des weltgeschichtlichen Ganges verwandelte. Der große, verrückte Hegel beschrieb diesen Lauf der Welt als dialektischen Tanz, »an dem kein Glied nicht trunken« ist. Jeder meiner Gedanken und jede Handlung war ein notwendiger Teil des großen, unendlich inspirierten Bildungsromans, mit dem die Welt zu sich und an ihr Ende kommen würde: den Kommunismus.

Sie saß auf meinem Sofa mit dem kratzigen grünen Bezug. Sie hatte die Beine untergeschlagen und sah mich aus schmalen, sehr schwarz geschminkten Augen an. Zwischen uns auf dem Tisch lag eine angebrochene Schachtel HB, aus der wir uns zu oft bedienten. »Würdest du meinen Namen verraten, wenn du in Chile gefoltert würdest?«, fragte sie. »Mit den Berufsverboten zeigen sie uns schon die Instrumente«, antwortete ich und erzählte von einem alten Genossen und Spanienkämpfer, den ich auf einer Schulung kennen gelernt und der von anarchistischen Republikanern im spanischen Bürgerkrieg berichtet hatte. Sie waren hinter franquistische Maschinengewehrstellungen geschlichen und hatten die Soldaten mit bloßen Händen erwürgt, um ihre Waffen zu erobern. Als wir eine Stunde später in eine Kneipe gingen, trug sie einen alten

Hut von mir. Während wir eine Partie Billard spielten, behielt sie ihn auf. Sie sah aus wie ein Gangster (»Gangster of Love«). Ich liebte sie, weil ich glaubte, jeder unserer gemeinsamen Gedanken müsse lebenslange, möglicherweise auch schlimme Konsequenzen haben. Ein Jahr später trennten wir uns. Und als sei damit ein über mich verhängter Zauberspruch ungültig geworden, verlor ich langsam, fast unmerklich, über Jahre hinweg, den Glauben, mein Leben könne nur etwas wert sein als Teil jener unzerstörbaren, kämpfenden, mich zu allem verpflichtenden zweiten Weltvernunft.

Grade der Verzweiflung

Im Unterschied zu gleichzeitigen und scheinbar gleichgearteten Parteien und Bewegungen faschistischer oder sozialistischer oder kommunistischer Art, die alle, wenn sie nur einen bestimmten Grad der Radikalität erreicht haben (der meist nur von dem Grade der Verzweiflung ihrer Mitglieder abhängt), Propaganda mit Terrormethoden unterstützen, macht die totalitäre Bewegung mit ihrer Propaganda wirklich Ernst, und dieser Ernst äußert sich sehr viel furchtbarer in der Organisation ihrer Anhänger als in dem Einschlagen der Köpfe ihrer Gegner.

Hannah Arendt

Vorerst aber hatte ich dann jahrelang überhaupt keine Zeit mehr. Und gleichzeitig fühlte ich mich immer schuldig. Seit ich am eigenen Leib und am Beispiel meines eigenen Lebens erfahren habe, wie wirksam eine zur totalitären Neugestaltung und Umarbeitung von Menschen eingerichtete Organisation sein kann (dass diese Organisationen meist tatsächlich zustande bringen, wozu sie gedacht sind), seither kann ich nicht mehr fassungslos darüber staunen, wie jemand in den illegalen Kampf der »Rote Armee Fraktion« oder in die Fänge der »Scientology Church« hineingerät und darin untergeht. Wie der eigene Bruder in die Waffen-SS eintreten konnte (als hätte das alles mit mir nichts zu tun; als könne mir so etwas nie passieren; *als wäre es mir damals nicht passiert*).

Das politische Zentralphantasma der 1968 als DKP neugegründeten Kommunistischen Partei der Bundesrepublik war die »Antimonopolistische Demokratie« – eine Art Volksfrontregierung unter den Bedingungen der modernen Industrie- und Konsumgesellschaft, die in unbestimmter Zukunft, angeblich gewaltfrei, in einen westdeutschen Sozialismus übergehen sollte. Kerntruppe und soziale Grundlage der antimonopolistisch-volksdeutschen Bundesregierung sollte die Arbeiterklasse sein, organisiert in einer zur Massenpartei gewordenen DKP und einer revolutionierten und mit den Kommunisten verbündeten SPD. Wobei (auch das war theoretisch neu) zur Arbeiterklasse jetzt eigentlich fast jeder gehörte. Die herrschende Bourgeoisie, so schien es, hatte sich verflüchtigt. Durch den Konzentrationsprozess des Kapitals in immer mächtigeren »Monopolen« bestand sie eigentlich nur noch aus einer Hand voll von Großmanagern, die im System des »Staatsmonopolistischen Kapitalismus« (wie das damals auch in der SPD verbreitete theoretische Schibboleth meiner Fraktion hieß) eng mit einer ebenfalls ganz kleinen und irgendwie isolierten Gruppe staatlicher Funktionäre verbündet und identisch war.

Mit denen würden wir fertig werden. Diesen ausgestopften Anzügen galt es eine breite, das ganze Volk umfassende Phalanx von Volksmännern und -frauen entgegenzusetzen. Und tatsächlich traten aus der Konkursmasse der Massenbewegung der späten sechziger Jahre jetzt plötzlich überall diese oft sehr gut aussehenden, belesenen und sympathisch entschlossenen jungen Kommunisten hervor. Der Ingenieur C., den ich manchmal auf seinem Rennrad in den Schlossanlagen traf, war einer von ihnen. Ich hatte ein paar Mal erlebt, wie er unter vollkommener intellektueller Beherrschung auch ganz entlegener Fakten, witzig, konzentriert zuhörend, überraschend mit dem einen (dem entscheidenden) Argument zuschlagend in Diskussionen aufgetreten war. Ich bewunderte ihn, auch wenn eigentlich nichts an ihm (außer vielleicht seiner wundervollen schwarzen Lederjacke) mir für mich selbst vorbildlich erschien. An einem Sonntagnachmittag im Sommer saß er auf einer Bank unter den großen Platanen im Stuttgarter Schlossgarten. Ich radelte an ihm vorbei und grüßte beiläufig. Sein Rennrad stand neben ihm. Er trug die Lederjacke. Er las nicht, er sah vor sich hin, und im Vorbeifahren schien es mir, als sehe er traurig aus (man erzählte sich, er sei geschieden und habe Kinder).

Was machten wir damals eigentlich? Wie isolierten wir jene Hand voll Staatsmonopolisten? Wie hebelten wir ihre Demiurgenwelt aus? Wie funktionierte unser Zauber? Als ich mich dann »organisiert« (jene Unterschrift geleistet) hatte, bestand meine politische Tätigkeit erstens aus Sitzungen; quälenden, vormittag-, wochenend- und abende-, fast nächtelang ausgedehnten Sitzungen. Zweitens aber aus gezielt herbeigeführten und stark formalisierten Gesprächen mit nicht »organisierten« Studentinnen und Studenten. Durch die Verteilung von Flugblättern, durch den Verkauf unserer Zeitschriften und durch die Einladung zu bestimmten Veranstaltungen wurden diese Gesprächsbegegnungen angebahnt. Beides, die Sitzungen und die Zwangsgespräche, waren mir unbeschreiblich widerlich, vor allem, weil sie mich zeitweilig fast ganz vom Studium abhielten. Sie waren ein tägliches, erschöpfendes, mich bis an den Rand meiner Kräfte treibendes Opfer an Zeit und persönlicher Integrität, das ich der Sache jener Volksphalanx brachte.

9.5.75 Konspekt zu Flaubert steht aus. Die Woche geht herum, gelesen wird am Abend, eine andere Zeit, die intensive anstelle der notwendig zeitextensiven am Tag. Die letzte Sonne scheint warm und herrlich, Zigarre, Amstelbier, »Education Sentimentale«, z. T. entfalten sich große Gedankenfülle und Glück abseits des MSB. Gedanke: MSB als Mauer zwischen der Welt und dem Genießenden, der den Genuß als teuflisch verachtet. Entweder diese Haltung wird überwunden oder der MSB muß gehen. Der Witz ist: ich traue mich nicht, auszutreten, was wohl auch objektiv schlecht wäre, aber ich trau mich nicht und das ärgert mich. Vormundschaft von allerlei Autoritätsfiguren bei mir eh sehr ausgeprägt. Als ich heute aus der Uni kam, schien mir der MSB = ehemalig erlebter Pietismus.

Er erfüllt in meinem Seelenleben eine ähnliche Funktion, ob ich es will oder nicht. Z. T. liegt das eben auch am MSB, objektiv (Politik statt Studium usw....). Auf den sommerlichen Weinbergen, mit B., Salatabendessen mit Flaubert und Fernsehen. Am Neckar 3x. Auf dem Rotenberg, wo ich jetzt vor der Grabkapelle sitze und dies schreibe. H. im Rotenberg-Café mit ungerecht schimpfender Wirtin zu Gast. H., der skrupellos Genießende (vor allem sich selbst). So kommts mir vor und da ist er mir überlegen. Bringt den Spruch: er traue sich nichts zu, von dem er wisse, daß er daran scheitere (MSB-Eintritt). Das ist die Antwort, die gegeben werden muß.

Aber diese Antwort wurde nicht gegeben. Vier Jahre lang nicht. Die wilhelminischen Paläste, Gärten und Straßen an den Abhängen meiner Heimatstadt, kühl an Sommermorgen und romantisch vielversprechend in der Abenddämmerung, sah ich fast nur noch auf dem Anmarsch zu solchen Versammlungen oder auf dem Heimweg von ihnen spät nachts. Die wichtigsten internen Sitzungen begannen um sieben Uhr abends und waren oft erst nach Mitternacht zu Ende. Es gab eine Mitgliederversammlung der Universitätsgruppe am Montagabend, eine Sitzung der Sektion »Anglistik, Romanistik, Germanistik (ARG)« am Dienstagabend. Eine »Bildungssitzung«, auf der die zentralen Schulungsmaterialien durchgearbeitet und diskutiert werden mussten, fand jeden zweiten Donnerstagabend statt. Sitzungen des Universitätsvorstands, des Ortsvorstands, noch höherer Leitungsgremien waren am Wochenende angesetzt und dauerten von morgens bis abends. Halbjährliche »Jahresversammlungen« fingen samstags um 14.00 Uhr an und gingen in das entsetzliche »gesellige Zusammensein« über.

So viel zu den MSB-internen Sitzungen. Nun beginnt die Aufzählung der Sitzungen, die mit der Agitation oder mit der Arbeit in den Selbstverwaltungsgremien der Studentenschaft zusammenhingen (die eigentliche Arbeit). Fachschaftsausschusssitzung war am Dienstagvormittag von 10 bis in den frühen Nachmittag (die Fachschaft war das Organ studentischer Selbstverwaltung auf Fachbereichsebene). Danach wurden Flugblätter oder unsere Sektionszeitung geschrieben, vervielfältigt und verteilt. Ein Vormittag in der Woche war für einen Aufenthalt (immer zu zweit) im Institutsfoyer reserviert, wo man Kommilitonen anzusprechen und ihnen das Magazin »Rote Blätter« zu verkaufen hatte. Jedes Mitglied war für die Betreuung mehrerer »Sympathisanten« verantwortlich, die zu geeigneten Sitzungen eingeladen wurden und mit denen Arbeitsgruppen und Seminarvorbereitungsgruppen gebildet werden sollten. Wer sich in den Allgemeinen Studentenausschuss (AStA) wählen ließ, war für zwei bis drei Semester überhaupt Berufspolitiker und studierte gar nicht mehr. Die Wahlen zum Studentenparlament, Mobilisierungskampagnen für große zentrale Demonstrationen brachten zusätzliche *workloads*. Denn überhaupt war es das Prinzip unserer politischen Arbeit, in jeder dieser Gruppen, Gremien, Kampagnen und Organisationen grundsätzlich alle Arbeiten, die sonst niemand machen wollte, bereitwillig zu übernehmen. Damit wurde die Organisation unentbehrlich und erlangte Posten. Noch heute erkennt man ehemalige »Genossen« oft an ihrer Geschicklichkeit, Ämter auf sich zu häufen, bürokratische Karrieren voranzutreiben und in Apparaten aufzusteigen.

Es war vollkommen unverantwortlich, junge Leute in einer Ausbildungssituation in dieser Weise ihrer Zeit zu berauben. Unsere sichtbaren, legalen, bundesrepublikanischen Chefs waren freilich kaum älter als wir selbst, und es ging ihnen im Grunde genauso. Totalitäre Organisationen sind (wie die Hölle bei Dante) konzentrisch aufgebaut. Im innersten Kreis gibt es die Welt nicht mehr. Ich hatte Glück. Meine Eltern gaben mich nie auf, ich hatte und behielt Freunde, denen ich mit meinem MSB nicht imponierte, und auch mein gesunder

Menschenverstand, eine natürliche Faulheit und Lebenslust, vor allem aber das genuine Interesse an meinem Studiengegenstand verhinderten, dass ich je wirklich Karriere im MSB Spartakus machte. Unser politischer Ansatzpunkt war der Kampf gegen die »Verschlechterung der Studienbedingungen«, die im Interesse des Monopolkapitals angeblich vor sich ging. Aber die einzige Verschlechterung zumindest meiner Studienbedingungen wurde vom MSB verursacht. In Wirklichkeit wurde, glaube ich heute, eine Art Experiment mit uns veranstaltet. Unsere Loyalität wurde totalitär geprüft. Der für Totalitarismus anfällige Mensch ist so konstruiert, dass er noch auf die extremste Ergebenheitsprüfung, sofern sie von seinen Autoritäten ausgeht, mit noch mehr, noch ängstlicheren und noch tiefer schuldbewussten Loyalitätsbekundungen reagiert.

Und es erwies sich, dass auch wir fast jede Zumutung im Namen einer höheren Idee auf uns nahmen. Wir schlugen ein Studienangebot, das nicht nur den Steuerzahler erhebliche Summen kostete, sondern auch unseren Eltern substanzielle finanzielle Opfer abverlangte, de facto in den Wind und befassten uns stattdessen selbstlos dienend mit den Angelegenheiten einer ausgedehnten, aufreizend langsam und selbstgerecht um sich selbst kreisenden Bürokratie. Der Bundesvorstand war eine überraschend große, in ihrem Bonner Bürohaus rund um die Uhr schlagkräftige Hierarchie von Funktionären. Einzelne von ihnen hatten, wie man heute annehmen muss, konspirativen Kontakt mit Betreuungspersonen und Anleitern in der DDR, von woher auch das Geld kam. Menschen in höheren Leitungsfunktionen wurden nachts um drei »von Bonn« aus dem Bett geklingelt. Die Bundesvorstandssitzung sei gerade zu Ende, es habe sich eine neue Mobilisierungslage ergeben, der Ortsvorstand solle sich sofort zusammensetzen. Auf allen diesen Sitzungen wurde, wie es in den siebziger Jahren überhaupt noch üblich war, von fast allen ununterbrochen geraucht. Nicht nur das Studium war für

Menschen, die diese permanente Mobilisierung ernst nahmen, eine ganz kursorische und oberflächliche Sache geworden. Viele von uns vernachlässigten ihre persönliche Hygiene bis an den Rand des Ekelhaften. Liebesbeziehungen zerbrachen oder fanden nur noch ganz am Rand dieser Aktivitäten statt.

Auch ich ging damals meinen unzähligen politisch-wissenschaftlichen Revolutionsgeschäften und Projekten in sorgsam hergestellter Verschmutzung und Vernachlässigung meines Äußeren nach. In verzwickter Ambivalenz war ich einerseits stolz auf meine Hässlichkeit und Verwahrlosung, in der ich mich andererseits zugleich aber vollkommen verabscheute. Ein ehemaliger akademischer Lehrer aus meiner Stuttgarter Zeit sagte neulich, als ich ihn wieder traf und mich mit ihm über jene Zeiten unterhielt, ich habe mich damals angezogen und verhalten, als betreibe ich neben meinen akademischen Studien und meinen marxistischen Umsturzvorbereitungen gleichzeitig einen florierenden Schrotthandel.

Ich betrachte Fotos aus jener Zeit (es gibt nur wenige). Sie zeigen abrupt von einem zum nächsten wechselndes Über- oder Untergewicht. Starke Akne; einen schütteren Fusselbart und rückenlanges Haupthaar, das vermutlich nach Mensa und Zigaretten roch. Einen von meiner Freundin gestrickten Ringelpullover (eine Dutschke-Reminiszenz) trage ich da manchmal zu knöchelkurzen, furchtbar engen Feincordjeans, wadenhohen Schnürstiefeln und einem kurzen Wollmantel meines Vaters aus den frühen sechziger Jahren; dann wieder habe ich einen fast fußlangen Wehrmachts-Ledermantel an (ich hatte ihn während eines Ferien- oder Nebenjobs als Rotkreuz-Altkleidersammler beiseite geschafft und an mich gebracht). *Youth is wasted on the young.*

Meine Mutter schlug jedes Mal, wenn sie mich sah, die Hände über dem Kopf zusammen und bot mir händeringend an, mich in einem Münchner Geschäft meiner Wahl, wo auch immer, auf ihre Kosten neu einkleiden zu lassen. Alles sei besser als dies hier. Wobei es ihrer Hellsicht ein glänzendes Zeugnis ausstellt, dass sie die damalige Entgleisung meiner seelischen und geistigen Verfassung weniger an den leninistischen Lehrmeinungen festmachte, die ich in abendelangen familiären Streitgesprächen zu verteidigen pflegte (ich glaube, dass sie sich nie dazu durchringen konnte, das auch nur versuchsweise ernst zu nehmen; sie wird meine Argumente auch ganz einfach nicht verstanden haben). Es war vielmehr meine äußere Verwahrlosung, die ihr deutlich machte, dass etwas Beängstigendes und vielleicht Krankhaftes in ihrem Sohn vorging.

Helden

Es ging, kurz gesagt, um die heldische Übertragung der im Innern der Bürgersöhne erschienenen Revolutionsidee in die Wirklichkeit der Bundesrepublik. Im Frühjahr 1977, an meinem fünfundzwanzigsten Geburtstag, auf dem Höhepunkt der Verzauberung meines Lebens und eines so großen Teils meiner Generation, beschloss ich, meine Zulassungsarbeit über Hölderlin zu schreiben. Es war, glaubte ich, eine politische Entscheidung. »Du musst wie der Lichtstrahl herab«, sagt die Revolutionsmuse Diotima in Hölderlins Roman zu ihrem Geliebten, bevor er in den griechischen Befreiungskrieg zieht (eine Metapher der Französischen Revolution). »Wie der allerfrischende Regen, musst du nieder ins Land der Sterblichkeit, du musst erleuchten, wie Apoll, erschüttern, beleben, wie Jupiter, sonst bist du deines Himmels nicht wert. Ich bitte dich, geh nach Athen hinein, noch einmal, und siehe die Menschen auch an, die dort herumgehn unter den Trümmern, die rohen Albaner und die anderen guten kindischen Griechen, die mit einem lustigen Tanze und einem heiligen Märchen sich trösten über die schmähliche Gewalt, die über ihnen lastet – kannst du sagen, ich schäme mich dieses Stoffs? Ich meine, er wäre doch noch bildsam. Kannst du dein Herz abwenden von den Bedürftigen? Sie sind nicht schlimm, sie haben dir nichts zuleide getan! Was kann ich für sie tun, rief ich. Gib ihnen, was du in dir hast, erwiderte Diotima, gib –«

Hyperion inszeniert jetzt, wie in Hölderlins vollkommen unerträglichem Buch an den emotionalen Aufgipfelungsstellen überhaupt dauernd, die gleiche große Geste, die Woody Allen in seinem Film »Bullets over Broadway« die von Dianne Wiest verkörperte Schriftstellerhysterika als *running gag* zelebrieren lässt: *Nicht sprechen!* Er legt seiner Geliebten die Hand auf den Mund. Aber wir haben ja eh schon verstanden. Der Gottesfunken ist im Bewusstsein des Intellektuellen zu sich selbst gekommen. Nun drängt es ihn über dieses Gefäß hinaus (das darüber im weiteren Verlauf des Romans zerbricht; ein Motiv wiederum, das aus der Kabbala stammt). Das Himmelsfeuer muss sich jetzt verwirklichen im Menschenmaterial der rohen Albaner und anderen guten kindischen Griechen. Diese Verwirklichung soll die Revolution sein.

Allerdings die französische, nicht die leninistische, die uns vorschwebte. Aber das im Zusammenhang mit den stalinistischen Sonnenmenschen schon angeführte Prunkzitat über die Französische Revolution aus Hegels »Philosophie der Geschichte« über die erhabene Rührung, die in der Zeit der Revolution geherrscht habe (als sei es zur wirklichen Versöhnung des Göttlichen mit der Welt erst 1789 gekommen, undsoweiter), hat mir in meinen marxistischen Studienjahren als eine Art Allzweck-Kurztheorie auch meines modernen Ritterromans gedient. Denn wenn man die von Hegel vorsichtshalber schon im Irrealis formulierte Denkfigur ausbuchstabiert, besagt sie etwa Folgendes: Die Revolution der Bürger 1789 verstand sich nicht nur als die Verwirklichung der Vernunft, als die Politik gewordene Philosophie, sondern zugleich als die Niederkunft oder Wiederkunft des Absoluten in die gefallene Welt. Christlich gesprochen: als Parusie. Gnostisch: als Herabfallen des göttlichen Feuers in die gottlose Welt. Neuplatonisch: als erlösende Rücknahme der anfänglichen und welterschaffenden Emanation des absoluten Einen in die Entzweiung der Realität, als Rückkehr in die Einheit des Anfangs.

Marx selber freilich hatte eine Revolution als Verwirklichung des Göttlichen, als Wiederauferstehung der großen Toten im neuen Menschen als unwissenschaftlichen Aberglauben ausdrücklich abgelehnt. In der marxistischen Revolution, der des neunzehnten Jahrhunderts, sollte nicht, wie 1789 in Paris oder in Hölderlins »Hyperion«, die göttliche Substanz der Griechen aus dem Innern des Dichterrevolutionärs wieder in die Welt treten. Der intellektuelle Machtpolitiker *according to Marx* sollte vielmehr mit Hilfe der materialistischen Wissenschaft die Selbstbewegung der Welt erkennen und den Verhältnissen ihre eigene Melodie vorsingen: Stoßen, was fallen will, den Keim des Neuen erkennen und stark machen.

Die Bilder aber sind stärker als die wissenschaftliche Besinnung. Der Lebensroman des jungen Mannes als Heldenschriftsteller stand zwar im Widerspruch zu aller »marxistischen Wissenschaft« (die sich unter der Hand in eine Abart der Poesie verwandelt hatte). Aber eine ganze Generation, wir alle sozusagen, lebten und webten unter dem Einfluss dieser ins Leben verrutschten literarischen Phantasietätigkeit. Sie regierte das Feuilleton der großen Zeitungen und durchschauerte die Seminare unserer höheren Bildungsanstalten, die insgeheim voller Dichterphilosophen und wissenschaftlicher Revolutionäre saßen, intellektuelle Kleinbürger als Helden.

Und Helden müssen ja doch irgendwie ein bisschen schmutzig sein. Meine Penneraufmachung war, was meine entsetzte Mutter nicht ahnen konnte, als Kostüm der Heldenepisode meines Bildungsromans eine ganz folgerichtige und nachvollziehbare ästhetische Entscheidung. Besonders jener Wehrmachtsmantel aus der Altkleidersammlung zitierte, wie bewusst auch immer, die Italowestern, von denen wir alle damals nicht genug bekommen konnten. *Viva Maria!* Nicht nur die Revolution, die in diesem heute schon fast vergessenen Filmgenre ja oft genug explizit vorkommt, sondern allgemein die im Wilden Westen ganz wie während der Revolution nicht genau festgelegten Grenzen zwischen Traum und Wirklichkeit, Roman und Leben, Absolutem und Alltag hatte es uns im Kino und während wir danach unbewusst in »Il grande silencio« oder »Once upon a time in the West« weiterspielten, angetan.

Heldentaten würden sich in unserer Zukunft, dachten wir damals, begeben. Der Funke des Göttlichen war begraben unter dem Pflaster der verkehrten Welt, untergegangen in den falschen Verhältnissen der Tauschgesellschaft. Wir würden ihn wieder entfachen (»Du musst wie der Lichtstrahl herab«). Der Held des Romans, in dem wir lebten, war die Partei, in der wir unsere Individualität aufgehen ließen. Irgendwie müssen wir diesen Unsinn tatsächlich einmal geglaubt haben. Und zugleich scheint mir, dass wir in einer paradoxen und eigentlich unerklärlichen Weise auch wieder überhaupt nicht daran glaubten. Es muss uns damals mit den Vorgaben unseres leninistischen Ritter- und Bildungsromans gegangen sein wie Schauspielern, die ihren Text ja auch in demselben Augenblick vollkommen ernst und zugleich ganz artistisch nehmen können und sogar in dieser paradoxen Weise mit ihm umgehen *müssen*.

Oder vielleicht ging es uns mit all dem auch wie einem vorzeitlichen Schamanen mit seiner Besessenheit: »In der anthropologischen Literatur, bei Frazer, Huizinga, Eliade, Lévi-Strauss und Bilz wird mehrfach beschrieben, wie die Mitglieder früher Stammeskulturen, wenn sie ihre Initiations- und Opferrituale zelebrierten, in einer unterschwellig immer mitlaufenden Form der Selbstwahrnehmung ein sehr genaues Bewusstsein hatten davon, dass ihr zwanghaftes, stets mit Verletzung und Verstümmelung verbundener Extremismus im Grunde nichts anderes war als pure, bisweilen allerdings bis auf den Punkt des Todes gehende Schauspielerei. Auch in schweren psychotischen Schüben befangene Menschen haben irgendwo in ihrem innersten Herzen eine deutliche Ahnung, dass sie auftreten in einem ihnen im wahrsten Sinne des Wortes auf den Leib geschriebenen Stück« (W. G. Sebald).

Wir wissen heute, dass DKP und SED in der Bundesrepublik eine klandestine Militärorganisation aufgebaut hatten, die zu Terrorakten und politischen Morden in der Lage war. Was darauf hinweist, dass die Führungen in Düsseldorf und Ostberlin durchaus auch gewaltsame Szenarien der Machtübernahme ins Kalkül zogen. Jedenfalls war es ein durch die Strategie der »Antimonopolistischen Demokratie« nicht gelöstes politisch-theoretisches Problem, wie die konkrete Entmachtung des Monopolkapitals in der Zukunft eigentlich vor sich gehen sollte. Durch einen Putsch? Durch eine Invasion verbündeter Armeen aus dem Osten? Es war unklar. Einstweilen kam es darauf an, die Machtergreifung des Apparats, des innersten, mit der DDR und der Sowjetunion konspirativ verbundenen Kreises gesellschaftlich vorzubereiten. Dafür waren Frontorganisationen wie der »MSB Spartakus« da. Totalitäre Organisationen drängt es, die ganze Welt in sich abzubilden. »So wie es das ausgesprochene Endziel der Nazipropaganda war, und die unausgesprochene Praxis des bolschewistischen Systems ist, nach der Machtergreifung das ganze Volk als Sympathisierende (aber nicht als Parteimitglieder) zu organisieren, so ist es das Ziel der totalitären Bewegung, vor der Machtergreifung den Eindruck zu erwecken, dass man gleichsam komplett sei, das heißt, alle Elemente der Gesellschaft in den eigenen Reihen habe« (Hannah Arendt).

Dem Aufbau der totalitären Gegenwelt lag (wie der von

Hegel inspirierten Analyse des marxistischen Weltbildungsromans) ein neuplatonisches Modell zugrunde. Von einem Zentrum des vollkommenen Wahns (und in Einzelfällen übrigens vielleicht auch des konkreten Landesverrats) ausgehend, entfaltete sich jenes Phantasma der »Antimonopolistischen Demokratie« in die konkrete Welt der Fertigkeiten, Berufsorganisationen, Fachgebiete, Alltagsschauplätze, Feste, Bücher, Familien und Seelen hinein. Es verdünnte sich in diesem Emanationsprozess und bereicherte sich zugleich mit Weltinhalten. Der äußere, auch schon recht zuverlässig von der Lüge durchdrungene (aber noch nicht ganz mit ihr identische) Kreis der Frontorganisationen, zu denen auch mein »MSB Spartakus« gehörte, stand den vollends eingeweihten, schon ganz und gar verrückten Kadern des Innenkreises als Ersatz für die wirkliche Welt bereit. Denn für jene endgültig Übergeschnappten, vollständig Initiierten und unwiderruflich Reinen wäre der Schock einer unvermittelten Begegnung zum Beispiel mit meinen Eltern oder mit vielen meiner Freunde zu groß gewesen. Und durch mich und meinesgleichen vermittelte sich der Wahnsinn zugleich in die Welt (in der kabbalistischen Figur von Expansion und Kontraktion heiliger Substanz).

In der temperierten Mischwelt der Frontorganisation stand ich an einem bestimmten Frontabschnitt, dem literarischen. Dass Literatur und die Forderung nach »Lesen!« heute noch Fernsehsendungen, Stiftungen, Festivals, »Lesemarathons«, Salons, Literaturhäuser und Straßenfeste hervorbringt, ist ein Erbteil der Arbeiterbewegung aus dem neunzehnten Jahrhundert. Sie wiederum hatte diese nur auf den ersten Blick selbstverständlichen Forderungen aus den kulturellen Erweckungsbewegungen der verspäteten europäischen Nationen wie Polen, Deutschland oder Italien übernommen. Wissen und speziell Bücherlesen war Macht zudem auch in unserem gelobten Land DDR, wo man bekanntlich zwischen den Zeilen von

Büchern auf die Suche nach realitätsnahen öffentlichen Äußerungen gehen musste, weil sie in der Presse nicht vorkamen und im politischen Diskurs verboten waren. Zu der Zeit, als ich meinen Verstand auf dem Altar der Revolution zu opfern begann, war es schon so weit, dass die DKP eigentlich nur noch bei Intellektuellen Erfolg hatte.

Und es trug zu meinem zeitweiligen Untergang bei, dass der Historische Materialismus damals gerade auf dem Gebiet der Literaturwissenschaft mit Klaus Scherpe, Gert Mattenklott und Thomas Metscher Koryphäen aufzuweisen hatte, die den »bürgerlichen« Vertretern ihres Fachs intellektuell ebenbürtig und oft überlegen waren. »Sozialhistorische« Verfahren der Literaturinterpretation waren weit über die engeren marxistischen Kreise hinaus Mode, und auch die ehemals indiskutable Literaturwissenschaft der DDR verließ in den siebziger Jahren versuchsweise und zaghaft die Zinnen ihrer Orthodoxie und brachte (zum Beispiel bei der »Neueinschätzung« der Frühromantik durch Claus Träger) einen gewissen Scharfsinn hervor. Es tat sich hier ein Feld auf, das einen intellektuell ehrgeizigen Zweiundzwanzigjährigen für ein paar entscheidende Jahre durchaus beschäftigen konnte (dass es trotzdem verlorene Jahre waren, steht auf einem anderen Blatt).

Die ausübenden Schriftsteller allerdings, die sich noch Mitte der siebziger Jahre der DKP und ihrem Kommando unterstellten, waren so offensichtlich zweit- oder drittrangiger Qualität und Geltung, dass ein Gefühl für Epigonalität, die Witterung für künstlerische Scharlatanerie (entscheidendes Arbeitsinstrument von Literaturkritikern und Schriftstellern) sich in diesen Jahren über der Lektüre der parteiamtlich geförderten Bücher ganz von selbst einstellte. An einem sonnigen Wochenende im Juni 1976 fuhr ich – mit dem Fahrrad, in Oberbayern, wo meine Eltern damals eine Wohnung hatten – von einem der kleinen, sommerlich strahlenden Dörfer zum nächsten (bis sich plötzlich das Steilufer des Ammersees vor mir auftat). Ich hatte Franz Xaver Kroetz' Suhrkamp-Taschenbuch-Ausgabe der »Gesammelten Stücke« dabei. Im Schatten von Kastanienbäumen saß ich auf Klappstühlen aus Gusseisen und lackiertem Holz bei braunen Weizenbieren über dem dunkelblauen Buch und genoss das Gefühl, hier sei »einer von uns« so gut, dass er in den Münchener Kammerspielen aufgeführt wurde.

Und tatsächlich sind Stücke wie »Wildwechsel«, »Michis Blut« und »Münchner Kindl« ja heute noch lesbar, ordentlich gemacht und trotz aller ideologischen Beschränktheit künstlerisch redliche Arbeiten. Aber trotzdem ist es ins Glück dieses Sommernachmittags eingegangen, dass ich, vom Buch aufsehend, plötzlich wusste, dass die »einfachen Leute« nicht so sind, wie sie in diesen Stücken stammeln, leiden und sich umbringen. Dass der Realismus des DKP-Bundesvorstandsmitglieds Franz Xaver Kroetz in Wirklichkeit eine manieristische Schreibweise ist. Wirkliche Zeitgenossen wurden ins Gattungsschema des sozialkritischen bayerischen Volksstücks gepresst. Von Autoren wie Roman Ritter und Peter Schütt wollte ich schon als Sektionsbildungsverantwortlicher nichts lesen und wissen. Und es würde noch vier Jahre dauern, bis ich in der Stadtbibliothek im Stuttgarter Wilhelmspalais Peter Handkes »Langsame Heimkehr« auslieh und in einer der folgenden Nächte träumte, dieses Buch habe in Wirklichkeit mein bester Freund geschrieben. Das war dann schon zur Zeit der Heimkehr in einem viel weiter gefassten Sinn.

Das Abbröckeln, die Aufweichung meiner leninistischen Neurose, ihre langsame Heilung zu Beginn der achtziger Jahre wäre einem aufmerksamen Betrachter am eindrucksvollsten sinnfällig geworden durch anfangs noch vereinzelte, dann immer weniger schüchterne und schließlich ungehemmt hervorbrechende Manifestationen einer Art Dandytum, das sich zunächst und in seiner Anfangsphase auf eine gleichsam ironische Nobilitierung meiner Stadtstreicherkluft gerichtet hat. Parallel zu gewissen Lektüreerlebnissen aus dem Umkreis des um 1977 virulent werdenden Eurokommunismus (vor allem der »Geschichte des Stalinismus« von Jean Elleinstein) erschien damals zum Beispiel ein Nadelstreifenjackett, wahrscheinlich aus den fünfziger Jahren, in meiner Garderobe.

Am Rand der ehemals mittelalterlichen Stuttgarter Innenstadt weitet sich die Marienstraße, eine eher kleinbürgerliche und bescheidene Verlängerung der repräsentativen Königstraße, zu einem Platz, auf dem die neugotische Marienkirche und das berühmte Karlsgymnasium stehen. Dort, etwa auf der Höhe der Paulinenstraße, wird die ehemals von Handwerkern bewohnte spätmittelalterliche Vorstadt überspannt von einer sehr amerikanisch-unpassenden Stadtautobahnbrücke, einem so genannten »Flyover«, der der Gegend dann plötzlich ein weltstädtisches, irgendwie bronxartiges Gepräge gibt. Ein innerstädtischer Bolzplatz ist von dem gleichen Drahtgitter umgeben wie das Schwimmbad, wo Jake LaMotta in Scorseses »Raging Bull« seine spätere Frau zum ersten Mal anspricht; *an America of the mind.* Im Schatten dieser vom unablässig strömenden Stadtverkehr dröhnenden Autobrücke hatte sich 1979 einer der damals in Mode kommenden, halb noch alternativen, dann aber fast schon avantgardistischen Kleiderläden etabliert, in dem einerseits selbstentworfene und -geschneiderte zeitgenössische Mode, andererseits aber sorgfältig ausgewählte und zu aktuellen Trends passende Altkleider verkauft wurden – eine Art von Läden, die es heute nicht mehr gibt.

Meine Freundin hatte sich dort schon ein halbes Jahr zuvor ein cremefarbenes Kostüm aus Rohseide gekauft, das heute noch manchmal durch meine erotischen Träume geistert. Jenes nachtblaue Nadelstreifenjackett habe ich, bevor ich die sechzig Mark, die es, glaube ich, gekostet hat, auf es zu verschwenden beschloss, wohl ein halbes Dutzend Mal bei verschiedenen Besuchen in diesem Laden anprobiert. Es hängt heute noch in einer entfernten Ecke meines Kleiderschranks. Ich habe fünfundzwanzig Jahre lang nicht übers Herz gebracht, es wegzuwerfen. Es ist für immer verbunden mit dem Wind, der im Frühling des Jahres 1978 in den Stuttgarter Straßen geweht hat, mit den Salamibrötchen, die wir im »Mövenpick« am Schlossplatz aßen, nachdem wir an Sonntagvormittagen die Führungen in der Staatsgalerie mitgemacht hatten, mit einer Amsel, die vor meinem Fenster im Stuttgarter Rotlichtviertel an einem Aprilmorgen gegen fünf plötzlich sang, als ich aufwachte und an meine Freundin dachte.

Und mit einem anderen Moment in jenem Frühling; ich sah aus einem Fenster der Stuttgarter Stadtbibliothek im Wilhelmsbau über den blühenden Talkessel mit der großen Stadt und wusste plötzlich, dass mich irgendwo in meiner Zukunft ein Leben jenseits des Marxistischen Studentenbunds »Spartakus« erwartete, eine Zeit, in der ich dieses vampiristische, mich fast erwürgende und merkwürdigerweise doch nicht abschüttelbare Lebensproblem, das mich mit seinen demütigenden Pflichten, peinlichen Arbeiten und absurden Theorien jetzt noch verdüsterte, einmal ganz vergessen haben würde.

4. Mai 1978 Kalt und sonnig. Gelernt, rein, angemeldet. Nach H.-Vorlesung M. getroffen. Braun gebrannt, arisch und so ladylike, wie meiner Meinung nach eine Dame in den zwanziger Jahren gewesen sein muß. Kommt gerade aus der griechischen Inselwelt zurück. Arno Breker wäre ins Schwärmen gekommen. Ich komme aber auch ins Schwärmen. Nach Sektion, wo ich zuerst mal die Diskussion im Griff habe (ein Fortschritt), sitze ich über dem »Kudrunlied« in der Bibliothek, mir gegenüber das Blattgewirk der Kastanien, große, schöne Pflanzen und aus ihnen und von den villenbestandenen Gartenhügeln dahinter scheinen lange unterdrückte Sehn-

süchte und Verliebtheiten mich anzufliegen, das, was die Jugend vom Leben erwartete und was mir mit 40 nicht so erscheinen darf, wie den Helden der »Éducation Sentimentale« an deren Schluß ihr Leben.

Ich war sechsundzwanzig damals. Ein damenhaftes Frauenideal der zwanziger Jahre, wenn im Tagebuch von 1978 auch pflichtgemäß als präfaschistisch verteufelt, ist die Schutzmantelmadonna der nun wieder (*große schöne Pflanzen*) in mir wachsenden (*mich anfliegenden*) Sehnsüchte und Verliebtheiten; Flauberts »Éducation Sentimentale« der Urtext meines Bildungsromans. Und die Freiheiten, Begierden, Eitelkeiten, Selbststilisierungen, die ich mir nach vier Jahren wieder zu erlauben begann, hatten zu dieser Zeit auch ein männliches (wenn auch dezidiert nicht *väterliches*) Vorbild gefunden. Der berühmte Professor der Literaturwissenschaft, Autor des Buchs »Der Bürger als Held. Sozialgeschichtliche Auflösungen literarischer Widersprüche«, war schon 1975 an der Universität Stuttgart erschienen: als Inbegriff glamouröser Seltsamkeit und als Flüchtling aus der durch den dort zeitweilig quasi herrschenden MSB Spartakus ruinierten germanistischen Fakultät Marburgs.

Mit Heinz Schlaffer ist – was mir allerdings erst im Rückblick klar wurde – die erste Gestalt einer Art Turmgesellschaft von Menschen in meinem Bildungsroman aufgetreten, die mir im Verlauf der nächsten Jahre vollends den Weg aus der Verzauberung zeigen sollten. Es waren einander zum Teil ganz unbekannte und einander wohl auch nicht immer unbedingt wohlgesonnene Helfer bei dieser Lebensaufgabe, die mir in den nächsten Jahren über den Weg laufen würden. Eins ihrer gemeinsamen Merkmale bestand darin, dass nicht nur ihre Intelligenz, sondern vor allem ihre tatsächliche Herkunft aus den von uns linken Bürgersöhnen angebeteten kleinen Verhältnissen sie schon zu Beginn »unseres roten Jahrzehnts«

(wie Gerd Koenen diese Zeit treffend genannt hat) den leninistischen Schwarmgeistern gegenüber skeptisch machten. Diese Skepsis war, wie man heute sehen kann, ein klassenkämpferisches Gefühl. Denn jene Turmgesellschaft war eine von sozialen Aufsteigern. Während die neuplatonischen Kirchen der Semler, Lehndorff und Meinhof umgekehrt den Klassenverrat predigten, forderten und erbrachten. Die Turmgesellschaft konnte es der Demokratie nicht vergessen, dass man in ihr nicht nur die Regierung, sondern auch sich selbst friedlich ändern kann.

Der Jarno meines Siebziger-Jahre-Bildungsromans (oder war er doch eher dessen Lothario?) war nicht nur Professor, sondern zugleich so viel intelligenter und belesener als ich, dass die von mir zwanghaft gesuchten intellektuellen und politischen Rededuelle mit ihm unweigerlich jedes Mal ausgingen wie der Weltmeisterschaftsboxkampf zwischen Muhammad Ali und Karl Mildenberger. Er wohnte in einem neobarocken Haus aus dem neunzehnten Jahrhundert. Als ich zufällig hörte, dass seine Frau damals Lektorin in meiner Sehnsuchtsstadt Paris wurde, konnte ich vor Neid tagelang an nichts anderes mehr denken. Er scharte schnell einen Kreis von bewundernden Eleven um sich, zu dem die klügsten Studenten und die schönsten Mädchen unseres Fachbereichs gehörten (Ehrensache, dass ich mich von ihnen fern hielt und mich zugleich vor Sehnsucht nach ihnen verzehrte).

Gemessenen Schritts stieg er donnerstags um 11 Uhr vor Hunderten von uns (das gesamte Institut und oft auch seine Kollegen vom Lehrpersonal waren bei seinen Vorlesungen wöchentlich versammelt) das Katheder hinauf. In der kalten Jahreszeit legte er einen merkwürdig langhaarigen Pelzmantel ab. War es Yak-Fell? Orang-Utan? Eigentlich kann es nicht einmal 1974 solche Mäntel für Männer gegeben haben. Wahrscheinlich spielt mir meine Erinnerung hier einen Streich und dieser Mantel gehörte in Wirklichkeit seiner Frau. Nicht nur in der

Traum-, sondern auch in der Erinnerungsarbeit walten die Gesetze der Verschiebung und Verdichtung. Im Sommer jedenfalls hatte er meistens einen sixties-haften, damals nicht mehr uneingeschränkt modischen Jeansanzug an. Er entnahm einer eleganten Aktentasche ein geradezu beleidigend unakademisch aussehendes Konzept (meist wohl nur irgendeinen Zettel) und brachte uns in freier, niederbayrisch gefärbter Rede, indem er den jeweils druckreifsten Ausdruck langsam und traumwandlerisch aus dem offenbar unerschöpflichen Repertoire der ihm zur Verfügung stehenden Varianten impromptu abrief, Formulierungen zu Gehör, die ich mit vor Neid zitternder Hand in mein Kollegheft schrieb und die mir zum Teil bis heute nicht aus dem Kopf gegangen sind.

Vom MSB hielt er begreiflicherweise nicht viel. Trotzdem lud er zum Beispiel auch seinen Freund, den in Marburg verbliebenen und damals heftig mit uns sympathisierenden Germanistikprofessor Gert Mattenklott zu einem Gastvortrag nach Stuttgart ein. »Das ist der Herr Spartakus. Hast ihn schon erkannt. Am Rüchlein« – mit diesen Worten stellte er mich dem großen Gast vor, als wir danach noch in eine Pizzeria gingen. »Die Tatsache, dass in solchen Verbänden automatisch diejenigen prominent werden, die an ihrem Beruf am wenigsten interessiert oder in ihm am schlechtesten weggekommen sind« (Hannah Arendt), führte er mir ein andermal vor Augen, als ich zu einer der damals sehr im Schwange befindlichen »Demokratischen Gegenuniversitäten« oder einem ähnlichen derartigen Unsinn ein Mitglied irgendeiner totalitären germanistischen Standesorganisationen einlud (»Bund demokratischer Wissenschaftler«? »Rote Zelle Germanistik«? Ich weiß es nicht mehr). Über diesen wissenschaftlichen Fortschrittsmann, von dem man heute schon jahrzehntelang nichts mehr gehört hat, äußerte Schlaffer in seiner niederbayrisch gemessenen Redeweise, er »halte sich jedes Mal die Ohren zu, wenn der etwas sagt«. Wie recht er daran tat, hätte ich freilich, auch nachdem jener »Genosse« sich dann wirklich als Ausbund von Inkompetenz und Arroganz heraustellte, nicht um alles auf der Welt zugegeben.

Mir selbst schien mein späterer Doktorvater in freundlichem Desinteresse zugetan, ein wenig verwundert wohl allenfalls über meine sich im Umgang mit ihm bei jeder Gelegenheit aufsteifende marxistisch-leninistische Sperrig- und Widersetzlichkeit. Er trug seine Anzüge meist zu weit offenen weißen Hemden, das elegant Gediegene mit dem jugendlich Verwegenen synthetisierend. Seine sorgfältig manikürte rechte Hand schmückte, jenes Verwegene noch weiter und bis ins fast schon Verruchte treibend, eine Art Kettchen. Es fiel unter den oft unzugeknöpft belassenen Manschetten jener Hemden hervor, wenn er einen seiner skandalös gut formulierten Gedanken mit einer sparsamen Bewegung unterstrich. Es war an seinem Handgelenk sichtbar, wenn er (was zu seinen Manierismen gehörte) mit dem Nagel des Mittelfingers zart in seinem gekrausten Haar herumkratzte. Erst viel später kam mir dieses zarte Kratzen meines Doktorvaters fast visionsartig unvermittelt wieder in den Sinn. Und zwar ausgerechnet bei der Lektüre von Plutarchs Doppelbiographie über Alexander und Caesar, wo der römische Dandy und Diktator mit einer kleinen Geste charakterisiert wird, die Cicero überliefert hat. »Aber wenn ich sein so sorgfältig frisiertes Haar sehe«, heißt es da, »und beobachte, wie er es mit der Bewegung eines einzigen Fingers in Ordnung bringt, kann ich mir nicht vorstellen, wie es einem solchen Mann einfallen kann, den römischen Staat umzustürzen.«

Das Aufsehen, das Heinz Schlaffer im Jahr 1975 an der Stuttgarter Universität erregte, ging nicht nur darauf zurück, dass er sich gegenüber den Umsturzplänen, die damals fast überall in Rede standen (und zwanghaft als das Unvermeidliche dargestellt wurden) kühl, rational und skeptisch verhielt. Sondern, wie die Dinge Mitte der siebziger Jahre in Deutschland lagen, vor allem darin, dass er sich gut anzog. Dass intellektuelle Respektspersonen sich so nonchalant und selbstbewusst elegant und sexy sehen ließen wie mein Doktorvater und seine Frau, war damals vielleicht nicht nur im noch sehr provinziellen Stuttgart eine Provokation. Wir Studentinnen und Studenten bewunderten die beiden mit hingerissener Fassungslosigkeit und imitierten sie, so gut es eben ging und unsere Mittel zuließen, jede und jeder auf seine oder ihre Weise. Mir aber ist es über der Arbeit an diesem Buch (auf der Reise, deren Logbuch es ist) zugefallen zu entdecken, dass zumindest die Dandy-Fraktion jener Turmgesellschaft eines gnosisfernen, antitotalitären *America of the mind,* der ich meinen Doktorvater (Gott weiß mit welcher Berechtigung) zuordne, schon im Leben meines Vaters unerkannt am Werk war. Obwohl sie erst in meinem das retten konnte, *was die Jugend vom Leben erwartete und was mir mit 40 nicht so erscheinen darf, wie den Helden der »Éducation Sentimentale« an deren Schluß ihr Leben.*

Cananaskis, Southern Alberta

In der sonst sehr scharfen und fast fotografisch genauen Erinnerung meines über achtzig Jahre alten Vaters bildet, wie er mir neulich erzählte, erst die Ankunft Christian Adolf Isermeyers im kanadischen Gefangenenlager Cananaskis ein deutlich umrissenes Ereignis, das im Nebel der einsam und gleichförmig verrinnenden Tage, Nächte, Arbeitseinsätze und Jahreszeiten des hohen Nordens endlich überhaupt erst so etwas wie ein greifbares Gedächtnisbild hervorbringt. Isermeyer, der mit dem Zusammenbruch der nordafrikanischen Front in britische Gefangenschaft geraten war, kam vor sechzig Jahren, im Sommer 1943, nach Kanada. Er war fünfunddreißig, ein in der Heimat nicht mehr ganz unbekannter Kunsthistoriker und (was viel später erst öffentlich werden würde) ein begehrtes und geachtetes Mitglied der berühmten Berliner homosexuellen Boheme der zwanziger Jahre. Mein Vater war einundzwanzig. Mit siebzehn, im Jahr des Kriegsausbruchs 1939, hatte die britische Marine ihn aus einem Rettungsboot heraus gefangen genommen. Er war, zusammen mit seiner Familie, als Passagier eines auf hoher See versenkten deutschen Dampfers auf dem Weg in die Heimat gewesen (eine andere Geschichte). Vier Jahre hatte er 1943 schon in der Ferne, Wildnis, Männergesellschaft und Unbestimmtheit der kanadischen Wälder, Berge und Hochmoore zugebracht.

Ich betrachte ein Schwarzweißfoto des Lagers in den Rocky Mountains aus den frühen vierziger Jahren. Das abgestumpfte

Massiv eines hohen Berges (er gleicht merkwürdig genau dem von Cézanne gemalten und von Peter Handke beschriebenen provenzalischen Mont Sainte Victoire) verdunkelt den Hintergrund. Davor eine kilometerweit mit Wäldern bestandene Ebene. Kühl sonnenbeschienene Abhänge einer Talsenke im Vordergrund, über die ein Stacheldrahtzaun sich hinzieht. Hölzerne Wachtürme werfen herbstlich (oder abendlich) lange Schatten. Ein von zwei Fußballtoren markierter Appell- und Zentralplatz vor dem lang gestreckten hölzernen Hauptgebäude mit seinem verandaartig überdachten Eingang. Sieben perspektivisch zum Betrachter hin größer werdende Wohnbaracken, deren Reihe sich links aus dem Bild heraus fortsetzt. Und ein halbes Dutzend dort umhergehender, sehr kleiner Männergestalten im subarktischen Licht (der kanadische Winter ist nicht mehr fern).

Die Fotografie des Internierungslagers Cananaskis findet sich in einem sehr schön, sachlich und gediegen geschriebenen und gedruckten Buch mit dem Titel »Liebe, Forschung, Lehre: Der Kunsthistoriker Christian Adolf Isermeyer«, das der Historiker Andreas Sternweiler als Band 4 der Reihe »Lebensgeschichten« des Schwulen Museums Berlin 1998 im Verlag Rosa Winkel veröffentlicht hat. Der orangefarbige Einband des ausstellungskataloghaft quadratischen Paperbacks zeigt im Vordergrund das passfotogroße Porträt eines elegant gekleideten und fast schon kahlen jungen Mannes mit schmalen, geistvollen Zügen und aufmerksamen, reizvoll nah beieinander stehenden Augen. Dahinter, verschwommener und an den Rändern undeutlich in den Hintergrund übergehend, ist eine Fotografie desselben, nun aber irgendwie matrosenbärtigen und schon älteren Mannes in der Umarmung eines bestürzend schönen Zwanzigjährigen zu sehen, der seinem Liebhaber mit zurückgelegtem Kopf prüfend und auffordernd, kühl seinem hingerissenen Blick standhaltend, ins Gesicht sieht.

In den heißen ersten Julitagen des Jahres 2003 bin ich von meinem Wohn- und Arbeitsort Krakau nach Berlin gefahren. Auf den überall durch Baustellen unterbrochenen westpolnischen Autobahnen ging es an Breslau vorbei über die schlesischen Ebenen, unter schnell ziehenden Sommerwolken durch sandige Kiefern- und Birkenwälder, dann verblüffend schnell durch die Lausitz und den Spreewald. »Einfach so! Unglaublich!«, dachte ich, als ich mein Auto am Mehringdamm eingeparkt hatte und die Handbremse anzog. Fast zwei Stunden lang verbrachte ich dann in der Fabriketage einer Kreuzberger Hinterhoflandschaft, wo das Schwule Museum Berlin ausgewählte Stücke einer sehr schönen und denkwürdigen Sammlung zeigt, die es über die lange, selbstbewusste Geschichte und Kunstgeschichte der schwulen *community* unserer Hauptstadt zusammengetragen hat.

Das Foto Christian Adolf Isermeyers war als eins der ersten Stücke der Ausstellung in dem weiten und hellen Raum arrangiert. Es hing in der Nähe eines Porträts von Johann Joachim Winckelmann und neben einem Stich aus dem 18. Jahrhundert, auf dem Zeus Ganymed schwärmerisch irgendwie umschlingt. Es ist das gleiche Porträtfoto, dessen passfotogroßer Kopfaus-

schnitt auf dem Buchumschlag der Reihe »Lebensgeschichten« abgedruckt ist, sozusagen die ungekürzte Version: Eine sorgfältig arrangierte und nach Vorbildern aus der Renaissance stilisierte Selbstdarstellung eines offensichtlich gut situierten, gebildeten, intelligenten und kultivierten Mittzwanzigers (»In Italien um 1935« lautet die Bildunterschrift im Katalog). Isermeyer, kann man in dieser Version erkennen, trägt einen sehr schönen Anzug aus dunkelgrauem, ein bisschen in sich gemustertem Stoff, den man, wie ich mir inzwischen habe erklären lassen, *worsted* nennt (*fine smooth yarn spun from combed long-staple wool; fabric woven from this* erklärt einem das »Concise Oxford Dictionary«).

Er hat den Kopf ganz leicht schief gelegt und die Arme eine Handbreit über der Taille gekreuzt. Eine Haltung, die Selbstbewusstsein ebenso zum Ausdruck bringt wie eine gewisse Wachsamkeit (er wird notfalls etwas von sich schützen müssen). In der linken Hand hält er einen Hut, der einen Ton heller ist als sein Anzug und aus dem Bildausschnitt herausragt. In der rechten eine Zigarette, merkwürdigerweise aber zwischen seinem Mittel- und dem mit einem Siegelring geschmückten Ringfinger. Am Handgelenk erkennt man, vom rechten Ärmel halb verdeckt, eine teuer aussehende runde Uhr mit einem einfachen weißen Ziffernblatt. Er steht vor einer hellen Wand. Ein dunklerer Fleck bildet eine Art Baldachin über seinem Kopf. Seine Krawatte mit hellen kleinen Punkten ist, wie übrigens auch der Ring, um eine winzige Spur verrutscht.

Der Schriftsteller Hermann Lenz, der in München zur selben Zeit Kunstgeschichte studierte, als Christian Adolf Isermeyer seine italienischen Reisen im Zeichen von Liebe, Forschung und Lehre unternahm, hat die auf diesem Foto aus den zwanziger und frühen dreißiger Jahren überlieferte Art, sich korrekt, elegant, aufwändig und schön anzuziehen und sich zugleich mit unterschwelligen Andeutungen unbürgerlicher Abweichung auszustatten, als Erkennungszeichen Gleichgesinnter in einer Zeit beschrieben, als meine Großväter sich, wenn sie ihre Gesinnung darstellen wollten, im Talar oder in SA-Uniform fotografieren ließen: »Zunächst jedoch musste ergründet werden, wie es mit dem Politischen bestellt war: Vor wem musst du dich in Acht nehmen, wem kannst du (sozusagen) trauen? Im Kolleg saß die Schwäbin mit den roten Backen neben ihm und trennte ihn von Fräulein Treutwein, welche außen saß. Bevor es im Saal dunkel wurde und die Wachstuchvorhänge an den Fenstern schmatzend niedergingen, hörte er die Schwäbin sagen: ›Toll gepflegte Fingernägel ... fast a bissle z'arg.‹ Dann machst du also zumindest auf diese Schwäbin Eindruck ... Und vielleicht lohnte es sich doch, wenn er zu Hause sogar das Hemd wechselte und in einen alten Anzug schlüpfte, damit er für ›die Welt‹ im Seminar und im Kolleg korrekt daherkam. Aber du bist über deine Verhältnisse elegant; du weißt allmählich selber, wie es sich mit dir verhält ... Und er ging nach dem Kolleg im Seminar die Wendeltreppe, die, weil sie aus Eisen war, ihn immer an ein altes Dampfschiff auf dem Bodensee erinnerte, hinter Fräulein Treutwein zur Galerie hinauf, holte seinen Mantel, der neben ihrem hing, redete mit ihr und war schon mittendrin im Gespräch über Hofmannsthal und Wien, als von unten, wo Fleißige an breiten Tischen saßen, gescharrt und gezischt wurde. Fräulein Treutwein legte eine Zeigefingerspitze an die Lippen und deutete hinab. Er begleitete sie zur Trambahnhaltestelle und beneidete sie ihrer schwarzen Reitstiefel wegen, weil sie mit denen so bequem über die Schneehaufen vor dem Marmorbrunnen steigen konnte. Dabei sah sie sich nach dem

Auto des Professors um und sagte ›Also ist er noch nicht abgefahren‹. Eugen überlegte, ob er etwas über die Hakenkreuzwimpel sagen sollte, doch schwieg er dann; denn, immerhin, Fräulein Treutlein hatte Reitstiefel an ... Aber es konnte doch

nichts anderes bedeuten, als dass sie entweder Reitstunden nahm oder Reitstunden absolviert hatte und die Stiefel des sulzigen Schneewetters wegen trug. Denn Hofmannsthal und Wien (›Ja, man sollte einmal nach Wien fahren, aber man kommt ja nicht hinüber‹, hatte sie zuvor gesagt), die schlossen jedenfalls alles andere aus; es war da irgendeine Ähnlichkeit; ach Unsinn, bilde dir nichts ein ... Ganz spinnig brauchst du nicht zu werden ... Sie hatte Schneeflocken auf dem Sammetkragen ihres Mantels, und ihr Gesicht war rötlich von der Winterluft, ein Hauch auf der Teetassenhaut; dazu die großen Augen, die grau waren und gelbliche Einsprengsel hatten.«

Ein spurenleserhaft ins Detail getriebenes Gefühl für Distinktion in Kleidung und Verhalten wird fünfzig Jahre später die intellektuelle und ästhetische Grundlage für die Unterscheidungen und Klassenspaltungen, für die Triumphe, Ekstasen, Schmerzen und Lächerlichkeiten des internationalen Konsumkapitalismus werden. Um 1935 kündigt es sich in Deutschland als politische Sensibilität an. Im letzten Jahr des vorigen Jahrhunderts bin ich der 1935 jungen, schönen, eleganten und rassenpolitisch verdächtigen Treutlein Hanni (der Hanne Lenz des wirklichen Lebens) dann im Wartezimmer meiner Hausärztin plötzlich gegenübergesessen. Endgültig wiedererkannt habe ich sie damals an einer noch in ihrer sportlichen Alltagsgarderobe zu erspürenden Eleganz der alten Dame (wir hatten uns, zehn Jahre zuvor, nur zweimal einen Abend lang gesehen). Es stellte sich, nachdem ich sie angesprochen hatte, heraus, dass ich, ohne es zu wissen, in den Jahren, als Hermann Lenz und ich schon keine Briefe mehr wechselten, stattdessen wenigstens zu derselben Ärztin gegangen war wie mein großes Vorbild. Wieder ein Jahr später ist sie bei einer Lesung in der »Amalienbuchhandlung«, so distinguiert wie je als junges Mädchen im Münchner Kunstgeschichtlichen Seminar, neben meinem sechsjährigen Sohn gesessen, der vergnügt und vertraulich unter einer »Chevignon«-Baseballkappe zu der fremden alten Frau aufsah.

Eine manchmal bedenklich gesteigerte Empfindlichkeit dafür, wie jemand angezogen ist und was das bedeuten könnte, verbindet meine und die Generation meines Sohns mit ästhetisch, erotisch, politisch oder »rassisch« suspekten Abweichlern der zwanziger und dreißiger Jahre, mit Hanne und Hermann Lenz zum Beispiel, oder mit Christian Adolf Isermeyer. Und es trennt uns so deutlich wie kaum etwas anderes und auf den ersten Blick vielleicht wichtiger Scheinendes von meinen protestantisch-preussisch-soldatischen Vorfahren, als dessen Sprecher sich mein Großvater Andreas Wackwitz in memoirenartigen Aufzeichnungen verstand, die er nach seiner Pensionierung in den fünfziger, sechziger und siebziger Jahren des letzten Jahrhunderts aufschrieb, von meiner Tante abtippen ließ und zu hohen Familienfesten und -zusammenkünften seinen Kindern und Enkeln anvertraute.

Eine bitterböse Erfahrung machte ich, schreibt mein Großvater da etwa über einen Kleiderkauf während seiner Studentenzeit in Freiburg, *als ich einen leichten Gummimantel in einem Schaufenster für 28.– M. entdeckte, der mich ungeheuerlich, fast satanisch-versucherisch reizte, den ich endlich erstand und der im Gebrauch sich gar nicht bewährte und nach kurzer Zeit einen langen Riss hatte. Dieser Aderlass um 28% meines monatlichen*

Einkommens verursachte eine chronische Finanzflaute in den folgenden Monaten. Vielleicht aber war diese Katastrophe auch eine heilsame Ursache dafür, dass ich fortan einzuteilen lernte; vielleicht ist sie auch der unbewusste Grund dafür, dass ich heute noch das Wort ›Kleider machen Leute‹ – mindestens wenn es sich um meine eigenen Kleider handelt – für verächtlichen Quatsch halte.

Es ist demnach kein Wunder, dass ich selbst bis heute mindestens dreimal im Jahr einer exklusiven, eigentlich unnötigen und fast immer stark überteuerten Kleideranschaffung nicht widerstehen kann, mich andererseits immer noch für meine Haltlosigkeit ein bisschen schäme. Erst recht löst die Andacht zum Unbedeutenden – und vor allem die finanzielle Unbedenklichkeit – die mein schon fast halbwüchsiger Sohn, meine Exfrau und meine Freundinnen beim Nachdenken über ihr Aussehen und bei ihren dann meist folgenden und von ihnen als zwangsläufig und unvermeidlich dargestellten Kleidereinkäufen an den Tag legen (»Papa ... kann ich die Tennisschuhe von Puma, *bitte.* Papa!«) bei mir ein Kopfschütteln aus, in dem das *verächtlicher Quatsch!* meines wilhelminischen Großvaters als Reflex aus dem Jahr 1912 nachschwingt.

Völkermord und Alchemie

Mein Vater dagegen wird sich in seiner 1943 schon vier Jahre andauernden Gefangenschaft keinerlei Gedanken darüber gemacht haben, ob er richtig oder falsch angezogen war. Innerhalb des Lagers und in der Freizeit war Zivil erlaubt. Man trug, was man mitgebracht oder aus der Heimat geschickt bekommen hatte. Und für die Arbeitseinsätze in den Wäldern gab es Jacken mit großen roten Zielscheiben auf dem Rücken. Aber auch die bündische Welt der Pfadfinder, die im südafrikanischen Mandatsgebiet »South West Africa« die von der Schutzmacht verbotene Hitlerjugend ersetzte und in deren Pflichten, Freuden und Phrasen mein Vater sich vor seiner dramatischen Gefangennahme 1939 unrettbar hineingesteigert hatte, war weltmeerweit von den modischen Distinktionen, Sehnsüchten, Vermutungen und Geheimzeichen entfernt, an denen sich Hermann und Hanne Lenz, Christian Adolf Isermeyer und seine Freunde erkannten und mit deren Hilfe – auf politisch ungefährliche, aber vergleichbare Weise – mein Sohn die Gleichgesinnten seiner eigenen und speziellen *coolness*-Fraktion auf einen Blick herausfindet.

Windhuk, 11.4.39

Liebe Großeltern,
gestern abend kamen wir 70 Pfadfinder von unserer 10tägigen Grossfahrt nach Lüderitzbucht zurück. Ich wollte Euch von Lüderitzbucht aus eine Karte schreiben, hatte dann aber nicht

mehr Zeit dazu, sie abzuschicken. Liebe Grosseltern, diese 160 km-Pad zusammen mit so vielen Kameraden war herrlich! Sie war nicht leicht, im Gegenteil, es gab oft unbesiegbar scheinende Schwierigkeiten, aber die Pad war trotz allem unsagbar schön. Was tat es uns, wenn wir auf der Hinfahrt mit unseren beiden schweren Lastkraftwagen 20 Stunden lang im Lehmsumpf staken, stundenlang bis zu den Knien im zähen Monoka (Schlamm) standen und letzte Kräfte anwandten, um die schweren Wagen, die oft schon halb im Schlick versackt waren, herauszuwuchten. Es machte uns gar nichts aus, dass wir eine Nacht nicht schliefen, sondern in Sumpf und Regen arbeiteten und dann, aber unfähig zu schlafen, eng gedrängt auf den Autos saßen! Die Fahrt durch Berge, grüne Steppen und weite Wüsten war unvergleichlich schön, trotz allem! Wir fuhren auf schlechter Pad, wir saßen 160 km weit eng gedrückt und unbequem, aber das war uns alles gleichgültig, das gehörte nach unserer Meinung zu einer richtigen Südwester Ferienfahrt dazu! Macht ja alles fast gar nichts! Immer mit Humor und wenn der Fünftonner-Lastkahn noch so schwer in Sumpf und Wüstendüne steckt, mit Hau-Ruck und Spucke kommt er wieder heraus! Und als die Stimmung einmal sinken wollte, da rief Hans-Jochen, der lange Knochen, indem er sich den durchgescheuerten Hintern rieb: »Hurra, wir verblöden!«, und alles war wieder guter Laune! Und guten Hunger hatten wir allezeit auch, ich wenigstens kam nicht mehr aus dem Futtern raus und so begrüssten wir es auch sehr dankbar, dass der Smutje von der »Ubena«, als wir eines Morgens das Schiff besuchten, uns allen Knackwürste und eine heisse Brühe umsonst auftischte. Alles an dieser Fahrt, reineweg alles, war schön, selbst die 20 Stunden »Monoka« waren uns selbstverständlich und wurden mit Humor getragen. Das schönste aber war, dass wir alle gute Kameraden waren, dass alles ein gemeinsames Erleben, gemeinsame Freude und gemeinsame Mühe war. So eine feste Kameradschaft erfrischt und macht froh. Ich glaube, jeder von uns allen wird diese grosse Gemeinschaftsfahrt durch unser schönes freies Südwest zu den schönsten Erlebnissen seines Lebens rechnen. Ja, ich habe mich entschlossen, wieder einmal einen Schreibmaschinensermon auszubrüten und den ganzen Roman an Euch und die Bekannten zu schicken. Habt aber bitte vorläufig noch Geduld, ich habe sehr viel zu tun.

Für heute seid herzlichst gegrüsst
Heil Hitler und Weidmannsheil!
Euer dankbarer Gutschu

Dieser Brief meines siebzehnjährigen Vaters ging über den im April 1939 noch friedlichen Atlantik an seinen Großvater, den Oberförster Wackwitz und seine Frau: Aus einem deutschen Pfarrhaus unter den Palmen des ehemaligen Deutsch-Südwestafrika zu der kleinen, hirschgeweihgeschmückten Dienstvilla am Rand eines großen Parks um ein neubarockes Schloss südlich von Breslau, die mir (obwohl sie heute noch steht und sich erstaunlich wenig verändert hat) in den Beschreibungen meines Großvaters immer als das Inbild einer untergegangenen wilhelminischen Vorkriegswelt (eines unsichtbaren Landes) erschienen ist. Wie alle Übertragungen des vermutlich biologisch-stammesgeschichtlich irgendwie eingebauten Siebzehnjährigen-Enthusiasmus in schriftliche Rede wirkt der Text meines Vaters übertrieben, manisch, fast ein bisschen irre. Das Irresein meiner eigenen Jugend rankte sich um gesellschaftliche Mythen eines unbestimmten Generalverdachts, um das Hamletgefühl einer dämonisch aus den Fugen geratenen politischen Welt. Wir, glaubten wir damals, waren bestimmt, sie wieder einzurenken und die verborgenen Machinationen eines bösen Weltgeistes, Demiurgen oder Weltgespensts aufzudecken.

Der Mythos des zwanzigsten Jahrhunderts, wie ihn mein

siebzehnjähriger Vater verstand, lässt sich dagegen als die Überwindung und Niederringung unbestimmt großer und böser Feindmächte und -welten beschreiben. Vorläufig und gleichsam zu Trainingszwecken ging es auf jener *großen Gemeinschaftsfahrt durch unser schönes freies Südwest* nur gegen den *Monoka-Schlamm*. Später und im richtigen Leben dann würden sich die Südwester Hitlerjungen die jüdisch-bolschewistisch-plutokratische Weltverschwörung vorknöpfen, eine um flatternde Fahnen gescharte *Kameradschaft* reiner und enthusiastisch beseelter Jungmänner. Die neue Welt, von der sie sich durchgottet fühlten und die mit ihnen zog (»Großdeutschland«; *unser schönes freies Südwest;* das arisch-germanische Weltreich), war so unbestimmt wie das Reich des Bösen, das sie umgab. Aber was immer diese Welt war oder zukünftig wäre, sie würde jedenfalls *ein gemeinsames Erleben, gemeinsame Freude und gemeinsame Mühe* bedeuten, und etwas anderes scheint für meinen Vater und seine Kameraden nicht gezählt zu haben oder zu wissen notwendig gewesen zu sein.

Ich blättere in der sehr schön und aufwändig gemachten Broschüre »Wir Jungen der Gruppe von Erckert«, in der auch Kapitel aus dem *Schreibmaschinensermon* oder *Roman*, den mein Vater in seinem Brief an die Großeltern ankündigt, abgedruckt sind. Eine HJ-Trommel, auf deren Fell gekreuzte Schlegel liegen, ist unter der Frakturschrift des Titels, der Protektoratsmacht und ihren Verboten zum Trotz, als eine Art politisches Erkennungszeichen auf den textilartig geriffelten Karton des Umschlags gedruckt (*Druck: John Meinert Ldt., Windhuk*). Dem Untertitel auf der Innenseite des zweiten Vorsatzblattes gegenüber (*Erlebnisse unserer Gemeinschaft. Auszüge aus den Fahrtenberichten und dem Gruppenbuch der Gruppe von Erckert im Standort Windhuk Deutsche Pfadfinder von Südwestafrika*), noch vor allem Schriftlichen, prangt das Foto eines besonders hübschen Windhuker Pfadfinders. Er hat ein uniformartig kompliziert verschlungenes und geschnürtes Tuch um den Hals. Er schaut gläubig, zukunftsverheißend und irgendwie geschichtsbewusst unter seinem blonden Haarschopf hervor ins harte afrikanische Sonnenlicht. Dem Umschlag von Band 4 der Reihe »Lebensgeschichten« des Schwulen Museums Berlin nach zu urteilen, wäre der Anblick gerade dieses jungen Mannes sehr wohl imstande gewesen, Christian Adolf Isermeyer den Schlaf zu rauben.

Im Innern des Heftchens finden sich dann überhaupt, neben heroischen Namib-Landschaften, knorrig-sturmgeprüften Dornenbäumen, neben Lastwagen und Lagerfeuern seltsam viele und seltsam liebevoll gezeichnete und abfotografierte Jungenschöpfe, -schenkel, -hintern, -muskeln und -brustkörbe. Vor allem aber ist dort das Durchgottungsbewusstsein einer kleinen, reinen Schar in unbestimmt feindlicher, degenerierter und abgefallener Welt (»unstete Fahrt, habt Acht, habt Acht/ die Welt ist voller Morden«) über viele Seiten und in vielen Zusammenhängen ausgebreitet. Am haarsträubendsten vielleicht in einer Art Leitartikel, Predigtmärlein oder Vorwort über eine Epiphanie des Namensstifters der Gruppe – des Hauptmanns Friedrich von Erckert – unterm Sternendom der afrikanischen Nacht am Lagerfeuer, wo die Pfadfinder seinen Geist beschworen haben und er mitten unter ihnen ist (ich bin mir aufgrund einiger stilistischer Idiosynkrasien ziemlich sicher, dass mein Vater zumindest einer der Verfasser dieses Beitrags war).

Da beginnt unser Gruppenführer zu sprechen. Auch er schaute in die Flammen und er sagte uns ungefähr diese Worte:

Jungens, es sind nun schon fast 30 Jahre her, da fiel ein deutscher Offizier im Durstfeld der englischen Kalahari im Gefecht gegen einen Hottentottengegner. Dieser Offizier war der Hauptmann Friedrich von Erckert. Er hat den Hottentottenaufstand endgültig niedergeschlagen, der vier Jahre in unserem Lande wütete. Ihm ist ein großer Teil der Verantwortung für dieses Land aufgetragen worden und auch wir haben ihm zu danken, daß wir heute noch als deutsche Jungen hier leben dürfen. Er ist für dieses Land Südwest gefallen, damit es deutsch werde und bleibe, daß hier deutsche Söhne leben und schaffen könnten für ihre größere Heimat.

Hauptmann von Erckert bekam den Auftrag, den letzten noch aufständischen Hottentottenstamm Simon Kopper zu vernichten. Diesen Auftrag hat der Hauptmann erfüllt und mit seinem Blute gezeichnet. Monatelang haben die Vorbereitungen gedauert, ehe 300 deutsche Reiter in die Kalahari eindringen konnten, um Simon Kopper zu besiegen. Der Hauptmann hat sein Ganzes eingesetzt, um an dem Morgen des Kampfes sein Ziel zu erringen. Als dieser eine Morgen kam, war der Hauptmann der erste Gefallene der Truppe. Seinen siegenden Soldaten aber war es, als verlören sie in ihm ihren Vater. Hans Grimm hat ihm ein Denkmal in seinem Buche »Volk ohne Raum« gesetzt. Dort sagt er in schlichten Worten, daß Hauptmann Friedrich von Erckert treu und fest war, ernst und ehrenhaft, daß er eine saubere und reine Seele hatte. Er war einer unter vielen Gleichen, und doch war er ein Besonderer, weil er wie nur wenige den Kern einer jeden Sache erfaßte, weil er wie kaum einer die deutsche Not und das deutsche Bedürfnis nach Raum, nach freiem Lebensraum begriffen hatte. Für dieses deutsche Ziel ist er auch stolz gefallen. –

Als unser Führer geendet hat, war eine große Stille im Kreise der Kameraden, und manche fühlten wohl einen Stolz, eine Freude über solchen deutschen Mann, und auch eine ernste Mahnung und ein Fordern steht vor ihnen und sie recken sich auf wie vor dem Rufe der Pflicht.

»Kameraden«, rief der Führer, seine Stimme war ernst und ruhig, aber ein jeder riß die Hacken zusammen und stand regungslos horchend, »von heute ab trägt unsere Gruppe den Namen ›von Erckert‹. Er sei uns ein Ehrenname, eine Mahnung zu Pflicht und freiem Mut, von jetzt ab bestimme das stolze Vermächtnis des Hauptmannes Friedrich von Erckert unser Tun und halte uns bei deutscher Wahrheit.« Die Worte schallten hinaus in die Nacht, sie verklangen dort schnell. Aber sie standen fest in der Seele eines jeden von uns. Ein jeder hatte einen stillen Entschluß im Herzen: zu leben und zu handeln wie der tote Hauptmann, dessen Namen wir in Ehren halten und tragen wollen. Dann sangen wir das Jugendlied. In unserem Lied tönte ein Name und ein Versprechen mit hinauf zum Sternenhimmel. Unser Körper straffte sich: Denn wir tragen das Erbe eines großen Toten, dessen wir uns für immer würdig erzeigen wollen.

Wir heute wissen und können gelassen aussprechen, was für meinen sechzehnjährigen Vater im April 1939 aber vollkommen undenkbar war und eine ungeheuerliche Blasphemie dargestellt hätte: Dass nämlich Friedrich von Erckert bei den letzten Aufräum- und Abschlachtungsarbeiten eines völkermörderischen Unternehmens umgekommen ist. *Vernichtung* ist genau das richtige Wort dafür, was Generalleutnant von Trotha, 1904 nach der Kesselschlacht am Waterberg, mit den Männern, Frauen und Kindern der aufständischen Hererostämme gemacht hat. Deren Guerillakampf hatten die Franzmann-Nama unter Simon Kopper nach dem Tod des großen Namaführers Hendrik Witbooi dann noch einige Jahre fortgeführt. »Diese kühne Unternehmung«, schrieb der Generalstab an den Kaiser, als alles vorbei war (und wahrscheinlich nicht weniger als 80 000 Hereros tot), »zeigt die rücksichtslose

Energie bei der Verfolgung des geschlagenen Feindes in glänzendem Lichte. Keine Mühen, keine Entbehrungen wurden gescheut, um dem Feinde die letzte Kraft seines Widerstandes zu rauben; wie ein halb zu Tode gehetztes Wild war er von Wasserstelle zu Wasserstelle gescheucht, bis er schließlich willenlos ein Opfer der Natur seines eigenen Landes wurde. Die wasserlose Omaheke sollte vollenden, was die deutschen Waffen begonnen hatten: Die Vernichtung des Hererovolkes.«

Derlei rühmte man sich 1904 in öffentlichen Briefen an das Staatsoberhaupt. Die Polizeibataillone und Sondereinsatzkommandos, die 1939, wenige Monate nach der großen Pad der Gruppe von Erckert hinter der deutschen Ostfront zu wüten begannen und erst sechs Jahre später damit aufhören würden, konnten sich auf die gute alte Zeit berufen: Auf den Völkermord des Lothar von Trotha, Friedrich von Erckert und Wilhelm von Hohenzollern (mein Vater und Christian Adolf Isermeyer waren sich in den kanadischen Wäldern da schon längst begegnet; ein anderer Bildungsroman hatte begonnen). Und in den sentimentalen und brutalen Sätzen jener damals von meinem Vater wohl irgendwie mitverfassten Einschwörungsschmonzette auf den Hauptmann Friedrich von Erckert sind (wie ein exotisches, böses, ausgestorbenes Insekt in einem klaren Bernsteintropfen) die Gedanken und Gefühle einer Generation durch die Zeit gereist und auf mich gekommen, von der fast keiner mehr in meinem Land angekommen ist, weil Hitler sie fast vollständig in den Tod geschickt hat.

Wochenlang habe ich dann, während der heißen Sommermonate des Jahres 2003, aus Forschungen und Exzerpten, Notizen und Lektüren über die geistesgeschichtlichen Wurzeln des südafrikanischen Vorkriegs-Pfadfinderquatschs meines Vaters nicht mehr herausgefunden. Es hat vielleicht an der Hitze der Nacht gelegen; an der galizisch-kontinentalen Sommersonne, die schon zwischen fünf und sechs Uhr morgens zu meinem

Schlafzimmerfenster hereinschien; oder an dem Herzklopfen, das meine Lektüre am Abend zuvor und bis spät in die Nacht mir jedes Mal verursacht hatte. Jedenfalls saß ich in jenen Wochen oft schon gegen vier auf meinem Balkon. Ich las Biographien Jakob Böhmes, betrachtete Bildbände mit mystisch-alchemischen Darstellungen aus dem siebzehnten Jahrhundert, blätterte in entlegenen Broschüren der Swedenborg-Gesellschaft und vertiefte mich in die Sektensekundärliteratur, die in großen und kleinen Amazon-Paketen fast wöchentlich bei mir eintraf (dann der Sonnenaufgang über den Türmen und Bäumen der alten Stadt).

Die fürchterlichen Sätze aus »Wir Jungen der Gruppe von Erckert«, das stellte sich über diesen Forschungen im Morgengrauen bald heraus, enthalten einen Bildungsroman. Sie folgen der alten, aus der alchemistisch-theosophisch-pietistischen Tradition stammenden Vorstellung, nach der die »Bildung« und zweite Erschaffung des Menschen so vor sich geht, dass ein jenseitiges Immaterielles, eine Art Matrix, mit einem plötzlichen Erweckungserlebnis in der vom bösen Reich der Materie umfangenen Menschenseele erwacht, sich ausprägt und Wirklichkeit erlangt. Worauf diese Seele ins bessere Jenseits strebt oder hinieden, wenn sie schon dableiben muss, sich zumindest für jene lichten Höhen vorbereitet. Es ist ein spätantikes (nämlich pythagoreisches) Metaphernerbstück, dass der Funke des Göttlichen, die vergessene Matrix unseres besseren Selbst, nachts mit dem Sternenlicht auf uns herableuchtet. Vom Licht am dunklen Himmel kommt die Erinnerung an unsere wahre Bestimmung. Der gestirnte Himmel über uns und das moralische Gesetz in uns; dann der Blick ins Lagerfeuer; »Der Stern des Bundes«. Die Vorstellung einer inneren Wandlung jedoch, die mit dieser Erinnerung einhergeht (*Unser Körper straffte sich; eine ernste Mahnung und ein Fordern steht vor ihnen und sie recken sich auf wie vor dem Rufe der Pflicht*), stammt wie viele andere Begriffe, die wir mit dem Konzept der »Bildung« unterbewusst noch verbinden, aus der Alchemie. Der niedere Stoff wird verwandelt, das Gewöhnliche verklärt. Gold wird geschaffen, das Absolute erreicht. Wie sind diese Trümmer spätantiker Frömmigkeit und Bildung in unseren Familienroman geraten?

Eine der faszinierendsten Geschichten dieser Welt

Sicher auf verschiedenen, vielfältig verschlungenen und oft genug nicht mehr rekonstruierbaren Wegen. Vielleicht aber, denke ich seither oft, hat Musik bei diesen apokryphen Überlieferungsvorgängen die Hauptrolle gespielt. In seinem Buch »Invisible Republic. Bob Dylans Basement Tapes« zitiert der Pop-Kritiker Greil Marcus den Musikhistoriker Virgil Thomson, der 1944 das Buch »America's Musical Autonomy« veröffentlicht hat: »Eine der faszinierendsten Geschichten dieser Welt«, schreibt Virgil Thomson, »handelt von dem geheimen oder inoffiziellen Leben dieses Landes, einem Phänomen, das eng verknüpft zu sein scheint mit religiösem Dissens. Dieser Dissens gilt nicht bloß dem offiziellen Amerika, sondern auch dem offiziellen Europa. Es geht dabei um das Recht jedes Menschen, Gott preisen zu dürfen – oder der Dame seines Herzens den Hof machen zu dürfen – mit Liedern, die man sich selber aussucht. Seit zweihundert Jahren leugnet es die Notwendigkeit einer institutionalisierten Vermittlung innerhalb der Kultur, genauso wie es die Notwendigkeit einer institutionellen Vermittlung innerhalb des Seelenheils bestreitet. Daher kommt es, dass wir über einen Kanon englischer Lieder verfügen, der allen Versuchen getrotzt hat, ihn aus der Welt zu schaffen – denn genau das haben Kirche, Staat und Schule immer versucht.«

Mit zehn oder elf Jahren fürchtete ich mich im Dunkeln so sehr, dass meine Eltern ernsthaften Anlass zur Sorge um meinen Seelenzustand hatten. Ihre Abende pflegten sie zu verbringen, indem sie nach dem Abendessen und nachdem wir Kinder ins Bett gegangen waren, im Wohnzimmer beisammensaßen, lasen, sich unterhielten und klassische Musik im Radio hörten. Zu Beginn der sechziger Jahre hatte sich mein Vater ein klobiges Uher-Tonbandgerät angeschafft, mit dem er die klassischen Radiokonzerte (sie kamen meistens am Sonntagvormittag zur Zeit des Gottesdiensts von neun bis elf) aufnahm und abends wieder abspielte. Mit der Zeit kam dann noch ein Plattenspieler und eine Sammlung von Platten dazu. Alles, was mit diesen elektrischen Abendmusiken zusammenhing, war auf einem altarartigen Teakholzschränkchen untergebracht und wurde mit zeremonieller Umständlichkeit, Sorgfalt und unter Beachtung aufwändiger Reinhaltungs- und Staubfreiheitsvorschriften gehandhabt. Muss betont werden, dass dies nur von meinem Vater zu geschehen hatte und dass das musikalische Tabernakel für uns Kinder (und eigentlich auch für meine Mutter) vollkommen tabu war?

Um mir allerdings das Einschlafen und den Aufenthalt im Dunkeln zu erleichtern, hatte ich in diesen Jahren die Ausnahmeregelung erwirken können, dass die Tür zum Wohnzimmer und dem Abendleben meiner Eltern ebenso offen blieb wie die Kinderzimmertür. Zusammen mit einem schwachen, aber ausreichend tröstlichen Lampenschein drangen über den Flur seither allabendlich die Symphonien Haydns und Beethovens in meine angstvolle Einsamkeit, das »Wohltemperierte Klavier«, vor allem aber die Kantaten Johann Sebastian Bachs, für die mein Vater, der bis in seine Studentenzeit hinein sehr gut Geige gespielt hat, eine besondere Vorliebe hegte. Jahrelang bin ich zu den gedämpften Klängen der Bach'schen Rezitative, Arien, Chöre und Ouvertüren aus dem Wohnzimmer meiner Eltern eingeschlafen. »Bereite dich Zion mit zärtlichen Trieben«, »Sie werden aus Saba alle kommen«, »Gebt mir meinen

Jesum wieder«, »Mache dich mein Herze neu« oder »Ich freue mich auf meinen Tod«.

Zu Beginn von Martin Scorseses Film »Casino« steigt Robert de Niro in sein Auto, dreht den Zündschlüssel und fliegt dann, während der Vorspann läuft, zu den Klängen des Schlusschorals der Matthäuspassion im Feuerball einer Explosion über den Bildschirm. »Wir setzen uns mit Tränen nieder.« Seine Erzählung aus dem Off läuft weiter (»If you love someone, you have to trust them with your life. There's no other way. And for some time – that's the kind of love I thought I had«). Und ein Kind liegt wieder – klein, kleiner Knabe – im Bett, die Augen angstvoll und panikbereit auf den Lichtschein gerichtet, der durch den Türspalt aus dem Wohnzimmer dringt. Die Tränen, die dem Erwachsenen im Kino unwillkürlich in die Augen treten, muss ich vor meiner Begleiterin verbergen, was im stockdunklen Kino aber nicht schwer ist. Seit ich »Casino« vor Jahren zum ersten Mal gesehen (und dabei den Schlusschor der Matthäuspassion seit Gott weiß wie langer Zeit wieder gehört) habe, weiß ich, dass jene traurig-getragenen, grüblerisch-verschlungenen, heroisch-strahlenden, in jedem Fall aber sozusagen unwiderleglichen melodischen Erfindungen für immer in die grundlegendsten Bereiche meines Innern vorgedrungen sind. Sie werden sich für den Rest meines Lebens da wiederfinden, wo meine tiefsten Ängste und zugleich die wirksamsten Strategien zu ihrer Überwindung seit meiner Kinderzeit aufbewahrt sind.

Und als 2003 in einem Krakauer Plattenladen die knallgelben quadratischen CD-Tafeln mit den »Sacred Cantatas« der »Bach 2000«-Edition für umgerechnet 5 Euro das Stück verramscht wurden, war es über Wochen nicht mehr möglich, an diesem Laden vorüberzugehen, bis alle dort lieferbaren knallgelben Tafeln nach und nach in meinen Besitz gekommen waren. Büronachmittage über meinen Dienstobliegenheiten, Frühstücke im Morgengrauen, letzte Gläser Rotwein auf dem sommerlichen Balkon nach den »Tagesthemen« sind in meinem limbischen System seither wieder verbunden mit Arien wie »Schläfert allen Sorgenkummer« oder »Ich habe meine Zuversicht auf den getreuen Gott gericht'«. Oder mit den unbekümmert heldischen, zuversichtlichen, an aller Schuld und der ganzen Welt demonstrativ desinteressierten Fanfaren der Arie »Verstumme Höllen Heer«.

Das innerste Geheimnis ihrer Schönheit ist metaphysische Furchtlosigkeit, ein Gefühl für die Bedeutungslosigkeit des Todes, das in seiner unbedingten Glaubenszuversicht (in so etwas wie christlichem Übermut) mit morbiden Motiven spielt, manchmal sogar ein bisschen frivol wird. »Ich steh mit einem Fuß im Grabe.« Der geheime Unterton klingt wie: So what! »Komm doch, süße Todesstunde!« Wo in diesen Stücken eine »süße Stunde« in Rede steht, ist damit sowieso unweigerlich die des Todes und der Aufnahme der von irdischem Sündenleid gereinigten Christenseele in die höheren Heimatsphären gemeint. »Ich will nach dem Himmel zu. Schnödes Sodom, ich und du sind nunmehr geschieden. Denn ich lebe doch bei dir nimmermehr in Frieden« (Knabensopran mit Orgel an Geige; es ist schön, fremd und verrückt). An einem Nachmittag während der Leipziger Buchmesse 2003 bin ich dann im weiten Schiff der Thomaskirche gestanden. Dort ist die Musik Johann Kuhnaus und seines unbegreiflich großen Nachfolgers im Amt des Thomaskantors zum ersten Mal aufgeführt worden. Ich stand im Licht des Versammlungsraums plötzlich auch meiner Gemeinde. Es war eine seit Jahrhunderten und bis zu mir unmissverstehbar deutsche. Ich dachte an die schönen Passantinnen draußen und summte die berückendste Arie Kuhnaus vor mich hin: »Haltet mich nicht länger auf. Welt und alle Wollustblicke bleibt zurücke. Denn mein Lauf eilet nach des Himmels Höhen. Lasst mich gehen. Denn ich will zu Jesum nauf.«

Als der Verlag uns dann abends in einem eleganten Leipziger italienischen Restaurant freihielt, steigerte ich mich im Gespräch mit dem neoexpressionistischen sächsischen Arbeiterschriftsteller Wolfgang Hilbig in eine Art Fangespräch über Johann Sebastian Bach hinein, in dessen Verlauf wir, tief im vierten Pinot Grigio, plötzlich zu wissen glaubten, dass der barocke Gnosis-Pop des großen Mannes nur hier, auf dem Operationsgebiet der frühneuzeitlichen Bauernheere hatte entstehen können. Als ich mich gesprächsweise-experimentell zu der Behauptung verstieg, noch die Visionen, Verzweiflungen und Düsterkeiten des ostdeutschen Büchnerpreisträgers selber seien ohne Echos aus den Predigten Thomas Müntzers vielleicht nicht zu verstehen, wandte mir Hilbig sein wildkatzenhaft großes Haupt mit einer plötzlich sehr wachen Bewegung zu. »Ja, der Bach ist Pop«, sagte er dann, als wir gegen Mitternacht, gebührend angeheitert, über den Leipziger Marktplatz dem Hotel zustrebten, ich ins Bett, er an die Bar, wo er noch irgendwie verabredet war. Und ich traue mir seither die Behauptung zu, dass das eigentümlich Deutsche dieser Musik und vieler anderer deutscher Kunst seit dem sechzehnten Jahrhundert mit dem millenarischen Furor in Verbindung steht, der am Beginn der Neuzeit über die sächsisch-thüringischen Landschaften und Städte besonders verzückend und verheerend hinweggegangen ist.

So etwas wie der große deutsche Volkskrieg 1525 klingt lange nach in einem Land. Denn nachdem die Verrücktheit niedergerungen ist und das Leben nicht mehr bedrohen kann, wird ihr Zauber sichtbar. Oder in der Sterbestunde als Lebensmusik hörbar. Der millenarische Ketzer Jakob Böhme zum Beispiel, dessen Spekulationen, weitergetragen von Schelling und Hegel, noch die Klassiker des Marxismus-Leninismus beeinflusst haben, stirbt als orthodoxer Lutheraner. Nach Mitternacht ruft er seinen Sohn Tobias und »fragt, ob er auch die schöne Musik höre, und als der verneint, lässt er die Türen öffnen, damit man den Gesang besser hören könne. Mit dem

Wort ›Nun fahr ich hin ins Paradeis!‹ verabschiedet sich Böhme von seiner Familie und schläft ruhig ein.« Überhaupt wurde ein paar Monate lang über dem Verfassen dieses Bildungsromans hier (oder was immer es eigentlich sein mag) die Überlegung zu einer Obsession, dass die gnostischen Echos, die im Innenleben unserer Familie spuken, tatsächlich alle aus dem Gebiet der ehemaligen DDR stammen (wo es bis 1989 eine »Handwerkliche Produktionsgenossenschaft Jakob Böhme« gab, in der das sozialistische Schuhmacherhandwerk organisiert war).

An einem der nächsten Wochenenden schließlich, das muss nachgetragen werden, ist der Forschungsreisende dann tatsächlich in Görlitz, von Staunen fast überwältigt, durch dieselben (heute aber frisch renovierten) Renaissancegassen gegangen und vor denselben Prachtfassaden gestanden wie der theosophische Schuster Jakob Böhme, der hier mit der Rechtgläubigkeit gerungen, unter seinen Mitbürgern gelitten und seine Diktate aus dem Jenseits niedergeschrieben hat. In der barocken Bibliothek der »Naturforschenden Gesellschaft« blätterte ich in alten Drucken, auf deren Seiten es um chymische Hochzeiten, mystische Pilgerschaften, um Mischungen, Wandlungen und Entsprechungen zwischen Makro- und Mikrokosmos ging. Die unregelmäßigen Dielen knarrten bei jedem Schritt, und der Aufseher betrachtete den ungewohnten Eindringling misstrauisch. Dann wieder die afrikanische Wut der Sonne, der Heugeruch und das Schreien der Schwalben, als ich nach fast zwei Stunden auf die Gassen der überwältigend schönen, vollkommen fremden und doch unzweifelhaft sehr deutschen Stadt trat und im nächsten Straßencafé, noch ganz betäubt, einen Kaffee trank. »Eine der faszinierendsten Geschichten dieser Welt handelt von dem geheimen oder inoffiziellen Leben dieses Landes, einem Phänomen, das eng verknüpft zu sein scheint mit religiösem Dissens.«

Warnung vor Sternen

Auf seinen Vater allerdings, den deutschnational-protestantischen Pfarrer im Auslandsdienst, hat sich der afrikanische Flirt des siebzehnjährigen Gustav Wackwitz mit den politischen Licht-, Reinheits-, Heimkehr- und Rückberufungsvorstellungen der Nazis nicht berufen können. Nicht deshalb nicht, weil die Mitgliedschaft des südwestafrikanischen Landesprobsts Andreas Wackwitz in der von der Mandatsverwaltung verbotenen NSDAP während seiner Amtszeit in Südwest »ruhte« (wie auch die Hitlerjugend sich als Pfadfindergruppe tarnte). Sondern vor allem deshalb nicht, weil alle Instinkte und Reflexe des preussischen Protestantismus seit Jahrhunderten auf die Abwehr, die Zähmung, die realitätstüchtige Umarbeitung und Überwindung der millenarischen Erregungszustände gerichtet sind, in deren Wirren Luther seine Landeskirchen bauen musste. Schon die Reformation selbst war getrieben und wurde in ihr politisches Ziel getragen von Kräften, die zu ihr gehörten und ihr doch tief unheimlich waren.

Sein Sohn sei, als die Familie kurz vor Kriegsausbruch sich auf dem Dampfer »Adolph Woermann« in Richtung Heimat einschiffte (wo sie nicht mehr vollständig ankommen sollte), *vollkommen verpfadfindert*, schrieb mein Großvater Andreas Wackwitz an seine Eltern im schlesischen Laskowitz. In dieser Formulierung spricht sich die Ironie aus, die alle Väter für die testosterongesteuerten Überschwänglichkeiten ihrer Söhne hegen. Aber es klingt auch die tiefere und grundsätzliche Skepsis eines Mannes an, der sein Leben lang die Ordnung, die Hierarchie, die Orthodoxie und das Mittelmaß gegen alle Formen der Prophetie, gegen das Reich Gottes auf Erden, gegen den gnostischen Enthusiasmus verteidigt hat. In der kirchenpolitischen Auseinandersetzung über die völkisch-erweckungschristliche Häresie der Ludendorff-Gattin Mathilde, die ihm tief unsympathisch gewesen sein muss, hat er als Kirchenfunktionär noch 1935 öffentlich und sehr deutlich auf den Tisch gehauen. Und für den von Zintzendorffischer Jesusminne (und allerlei unklaren Hormonschüben) angetriebenen norddeutschen Pietismus, zu dem meine Großmutter diese und jene Hinneigung zeigte, hatte er immer nur schlecht gelaunten Sarkasmus übrig.

Sodass es zu den kostbarsten und für mich erstaunlichsten Ergebnissen meiner Forschungen im Sommer 2003 gehört hat, dass die Examensarbeit meines Großvaters sich ausgerechnet mit der Überwindung des Manichäismus in Augustins »Konfessionen« befasst, im »Bildungsroman« des großen spätantiken Theologen. Es ist in der turbulenten Nachkriegszeit, zwischen Kapp-Putsch und Auslandsentsendung des deutschnationalen jungen Weltkriegsveteranen ins polnisch besetzte Oberschlesien nur eine schmale Arbeit von 18 Seiten gewesen, die Andreas Wackwitz der Breslauer theologischen Fakultät (*Kirchenhistorisches Seminar. Geh. Konsist. Rat Prof. Dr. D. Arnold*) vorgelegt hat, kaum mehr als eine Seminararbeit nach heutigen Maßstäben. Aber sie hat ihn, nicht nur aufgrund der militärischen Verdienste ihres jungen Verfassers, sondern auch aufgrund der konventionellen Klarheit und Solidität ihrer Gedankenführung und Sprache, sicher durchs Examen getragen und auf seine erste Pfarrstelle geführt. Und seinen Stolz auf diese Leistung – wie vielleicht auch eine leise Mahnung an die manchmal für seinen Geschmack allzu pietistisch bewegte junge Frau – hat der Verlobte meiner Großmutter in dem auf mich gekommenen Widmungsexemplar seiner Examensarbeit schwungvoll zu Protokoll gegeben: *Der liebsten Frau – die erste Arbeit!*

Dass schon Augustin, der größte und theologisch bis heute wie ein Zeitgenosse gegenwärtige Kirchenvater, seine Überzeugungen, seine Arbeit und seine geschichtliche Wirksamkeit gegen die Überflutung durch andrängende sektiererische Verlockungen befestigen musste, markiert die Vulkanspalte irrationaler politischer Erwartung, an der die christliche Kirche seit ihren Anfängen errichtet ist. Noch heute werde er mit ihm im Paradiese sein, hatte Jesus zu dem reuigen Verbrecher gesagt, der mit ihm gekreuzigt wurde. Jahrhundertelang haben die Apostel und ihre Gemeinden auf die Wiederkunft des Erlösers und auf das Anbrechen des Gottesreichs als auf ein Ereignis gewartet, angesichts dessen Nähe es sich nicht wirklich lohnte, auf der Erde und in der Welt eine allzu feste Position zu begründen. In der Frist bis zum nahen Zeitenende kam es nur auf die Erhaltung des Inspirationsfunkens an, auf die Distanz zur Welt, auf die Sehnsucht der reinen Schar »nach des Himmels Höhen« und »zu Jesum 'nauf«. Erst Augustin hat in seinem Hauptwerk den Unterschied zwischen der civitas dei und der wirklichen Welt dogmatisch fixiert – und damit zugleich die Möglichkeit realitätstüchtiger Verwaltung der Kirche und Bewährung der Christen im Irdischen eröffnet und gerechtfertigt, auf die es meinem Großvater bei seiner Berufswahl in Wirklichkeit wohl vor allem angekommen ist.

Augustins lebensgeschichtliche Überwindung des Manichäismus ist deshalb ein nahe liegendes Thema für die Examensarbeit meines Großvaters gewesen. Die untergegangene spätantike Weltreligion der Manichäer war die religionsgeschichtlich aussichtsreichste, die am besten organisierte, die einzige (in Persien) zur Staatsreligion avancierte Form der Gnosis. Und sie ist das Reservoir und Rückzugsgebiet weltablehnender Häresien von den Katharern über die Kabbala bis zu Trotzkis Theorie der permanenten Revolution geworden. Augustin war lange Zeit ein praktizierender Manichäer gewesen. Die Religion der ins Elend gefallenen Himmelsfunken scheint ihm geholfen zu haben, sich von dem zivilisierten Weltgenuss zu verabschieden, den die spätantike Philosophie einem jungen Mann der provinzialrömischen Oberschicht in Africa (der reichsten, luxuriösesten, fruchtbarsten Provinz des Reiches) nahe gelegt hat. Er ließ diese schöne Welt hinter sich wie seine Konkubine und den Sohn, den er mit ihr hatte. Es ist ein Abschied, den ich, ein Bürger des amerikanischen Weltreichs und seiner Genussmöglichkeiten, sicher nie ganz werde verstehen können. Wahrscheinlich steckt eine religiöse Umformung des geschichtlich überflüssig gewordenen Auszeichnungs- und Heldenehrgeizes der antiken Oberschicht hinter den ersten Heiligenviten, Ekstasen, Askesen.

Das ist freilich nicht mehr unser Problem. Aber wir wissen aus Augustins Konfessionen, wie verlockend es für einen jungen Mann, der alles haben konnte, damals gewesen sein muss, den göttlichen Lichtfunken in sich zu vermehren, die nahe Heimkehr zu den Gestirnen vorzubereiten, indem er nur noch Gemüse aß (um die in den Pflanzen erhaltenen Lichtanteile in seinen Körper einzubauen und damit zu retten), sexuelle Enthaltsamkeit zu üben (um sich der Vermischung mit der Materie und dem Reich des Dunkels zu entziehen), nur noch »nach dem Himmel zu« zu streben. Es hat mich deshalb seltsam und unheimlich berührt, wie angelegentlich mein Großvater in seiner Examensarbeit zum Beispiel bei Augustins Widerlegung des manichäischen Gestirnglaubens verweilt: *Wo das gute Prinzip als Lichtmaterie gedacht wird, ist astrologisch-mythischen Spekulationen Tür und Tor geöffnet.* Als habe er meine Eltern und mich davor warnen wollen, jener Sterndämonie zu verfallen, deren Metaphern sich in unserem Bildungsroman dann wirklich überall zeigen, wo das Magma an die Oberfläche tritt. Als seien unser Leben und unsere Träume in Wirklichkeit ein Kommentar zu diesen alten Bildern.

Und die Lektüre seiner Examensarbeit hat mich plötzlich und unerwartet zurückgeführt an einen Abend, an dem ich, ein dreizehnjähriger Junge, meinem Großvater so nah war wie nie vor und nach dieser halben Stunde im Sommer 1965. Er war damals schon fast siebzig, und meine Eltern werden ihn während eines Besuchs bei uns zum Gute-Nacht-Sagen an mein Bett geschickt haben, wo ich zwischen Müdigkeit, Angst vor dem Dunkeln, Scham, Erwachsenenstolz und Kinderverwirrung dem Einschlafen entgegendämmerte. Ich war damals bis zum ernsthaften seelischen Kranksein in meinen eigenen Reinheits-, Entmischungs- und Verdammungsängsten gefangen; Opfer eines beunruhigenden, mich fast ein Jahr lang beschäftigenden ekklesiogenen Schizo-Anfalls, mit dem ich die Hormonattacken aus meinem endokrinen System irgendwie mit den komplizierten Vorgaben meines Familienromans in eine (vorläufig eben noch pathologische) Balance brachte. Die Umarbeitung eines Kinderkörpers durch Testosteron ist eine Erfahrung, die den Betroffenen auch ohne kirchliche Unterstützung auf Ideen von bedrohter Reinheit, Unterwanderung durch höhere oder Besessenheit durch höllenhafte Mächte bringen kann. Weswegen derlei Ideen in fast allen Pubertäten irgendwie vorkommen.

An jenem Sommerabend scheint meine Verzweiflung darin bestanden zu haben, dass ich mich vor den Höllenkonsequenzen irgendeiner verbalen Entgleisung fürchtete, die mir in der Hitze eines längst vergessenen Schulhofgefechts herausgerutscht sein mag (»Heilandssack, du elender Saukrüppel, lass mer mei Ruh'« oder etwas Ähnliches). Nun lag sie als hässlicher Verdammnisfleck auf meiner reinen Gnosisweste und könnte langfristig, wie ich damals stundenlang grübelnd erwägen zu müssen glaubte, den Gnadeneinzug »zu Jesum 'nauf« in Frage stellen.

Das Dunkel meines Schlafzimmers. Der sorgfältig und konventionell gekleidete alte Mann auf der Bettkante. Sein weißes Haar, vielleicht das Glitzern einer Uhrkette auf seiner Weste. Der Geruch nach Zigarre und Rasierwasser. Er war das Bild einer Welt, die meine Ängste und Anstrengungen nicht brauchte, weil in ihr ohnehin alles in Ordnung war. Er mache sich keine Sorgen um seine Rückkehr in den reinen Ursprung, sagte der alte Lutheraner. Gott werde ihn schon aufnehmen, er betrachte sich als sein Kind, egal, was er in seinem Leben falsch gemacht haben möge. Und meine Flucherei neulich auf dem Schulhof sei vielleicht nicht schön, aber doch nicht so schlimm gewesen. »Wenn man dann zum Beispiel sagt: Ach verdammt, jetzt ist mir mein Manschettenknopf abgegangen« – dieses Beispiel einer lässlich-marginalen Sündenentgleisung, das er an diesem Sommerabend des Jahres 1965 benutzte, ist mir heute noch im Gedächtnis. Vielleicht deshalb, weil für einen dreizehnjährigen Jungen der Verlust eines Manschettenknopfs ein unvorstellbar wenig bedeutendes Ärgernis ist. Aber nicht nur darin zeigt sich mir heute die Kluft, die mich von meinem Großvater und seiner Sicherheit damals schon trennte. Eigentlich war von uns beiden der alte Mann das Kind. Und ich der umgetriebene, problematische Erwachsene. Die Tiefe meiner Häresie, glaube ich dieser Erinnerung ablesen zu können, offenbarte eine moderne Verwirrung, deren kalter Luftzug mich damals schon berührt hatte (drei Jahre später verschlang sie uns; »The Age of Aquarius«). Die Beruhigtheit meiner lutherischen Vorfahren, die Sicherheit ihrer Welt in Leben und Sterben, Gut und Böse, Dunkel und Licht, konnten mich 1965 (und dann auf sehr lange Zeit) schon nicht mehr trösten.

Zwielicht

Von der schon erwähnten Reise zum Schwulen Museum Berlin aber habe ich Anregungen, Bücher, Kataloge, Obsessionen und Broschüren mitgebracht, die mich in den folgenden Morgendämmerungen auf meinem Krakauer Balkon, während ein strahlend heißer Sonnentag nach dem anderen über der Stadt heraufzog, fast noch mehr gerührt und beschäftigt haben als die mystische Vorgeschichte der Lagerfeuererlebnisse meines Vaters in der namibischen Wüste. Neben dem Ausstellungskatalog »Goodbye to Berlin. 100 Jahre Schwulenbewegung« hatte es mir während jener Sommertage vor allem die Lebensgeschichte des schwulen Berliner Oberkellners und *Chef de rang* Richard Schultz angetan. Sie ist beschrieben und dokumentiert in einem besonders schön gemachten, in den abgetönten Sepiafarben alter Fotografien gedruckten Band des Kreuzberger Museums. Ein schockfarbenes Orangerot ist die Schmuckfarbe für das Vorsatzblatt und der Titel lautet: »Der literarische Salon bei Richard Schultz.«

Auf meinem Balkon gingen die diesigen und noch kühlen Dämmerungen über in die dann schon fast unerträglichen heißen Vormittage (höchste Zeit, zur Arbeit zu gehen). In diesem Buch war ein Lebenslauf zu bewundern und zu bestaunen, der den Schustersohn Richard Schultz aus dem mecklenburgischen Rehna über die zunächst noch ganz gesindeartigen Lohnsklavenverhältnisse eines Hotelpagen in schneller Karriere (Kellner, Oberkellner, schließlich Personalchef) in die größten und feinsten Hotels der europäischen Bürgerwelt der Zeit vor dem Ersten Weltkrieg geführt hatte, nach London, Paris, Vernet-des-Bains. Auf einer mit gesparten Trinkgeldern finanzierten ausgedehnten Bildungsreise kam er bis nach Ägypten, in den Sudan und nach Palästina – Reisen, Bewährungen, Begegnungen und Bildungserfahrungen, durch die er spätestens als junger Erwachsener realisiert haben muss, dass er statt Frauen Männer begehrte.

Begeistert, gerührt und mit Bewunderung erfüllt hat mich während der Lektüre des Bandes zunächst einfach die Kaltblütigkeit, mit der Richard Schultz seine sexuelle Präferenz (die im Kaiserreich nicht nur ein Kriminaldelikt war, sondern ihn aus der menschlichen Gesellschaft überhaupt ausschloss) als Hindernis offenbar gar nicht wahrnahm. Vielmehr benutzte er sein Schwulsein geradezu als Vehikel eines irregulären Aufstiegs, der sich nicht nur seinen Leistungen verdankte, sondern auch seiner Wirkung auf männliche Gönner, Gäste und Vorgesetzte. Richard Schultz' Leben war ein Hochseilakt über dem Abgrund des gesellschaftlichen Todes (»so kam er durch, so ging es allenfalls«), die Eroberung der Respektabilität mit Hilfe des Verpönten. Seine Karriere war eine das Pikareske und manchmal auch das Hochstaplerische streifende Mischung aus Bildungs- und Liebesroman.

Die Selbstsicherheit des arrivierten Parias aber, so dachte ich, indem ich die Geschichte Richard Schultz' von meinem Balkon in meinen Alltag mitnahm, musste ihm als noch sehr jungem Mann zugefallen sein, vielleicht schon dem Kind. Sie war, dachte ich neidisch und bewundernd, das Geschenk seines Unterbewusstseins. Es pflegt Parteinahmen eines Menschen für seine wirklichen Neigungen durch die Gabe einer traumwandlerischen Seiltänzergeschicklichkeit und -tapferkeit zu belohnen. Sie »rufet die Arme/der Götter herbei«. Allerdings haben wohl nur die eigentlich nicht ganz ernst zu nehmenden, theater- oder gleichnishaften Arbeitsverhältnisse,

Kontaktmöglichkeiten und Scheinöffentlichkeiten, wie sie zu Beginn des letzten Jahrhunderts in den großen Luxushotels herrschten (und die vielleicht eine mit den frühabsolutistischen Höfen vergleichbare Welt zwischen den Klassen hergestellt haben) Richard Schultz zu einem Gentleman auf Zeit machen können. Nur dort konnte er zumindest manchmal seine Herkunft vergessen und mit Künstlern, Politikern und Millionären für einige Zeit wie ein Gleichgestellter verkehren. 1919 war er zu einer Art Butler für besonders distinguierte Gäste im Berliner »Bristol« avanciert. Schultz bediente den Reichspräsidenten Ebert und den Chirurgen Sauerbruch. Den Mietvertrag für eine Zweizimmerwohnung in der Charlottenburger Fredericiastraße aber, die er sich nach Jahren in den Mehrbettzimmern der damals üblichen Kellnerunterkünfte leistete (sie wird in seiner Lebensgeschichte die entscheidende Rolle spielen), datierten Schultz und sein Vermieter auf den 17.5. und demonstrieren damit die Nonchalance, die sie der sehr realen Bedrohung durch den Paragraphen 175 entgegenzusetzen wussten.

Ich betrachte zwei Fotos des eleganten 50-Jährigen und seines fast nur halb so alten Freundes – er wird bald darauf in Russland fallen – in Karl-Heinz Steinles Biographie über Richard Schultz mit einer seltsamen, mir nicht recht erklärlichen und auch ein wenig unheimlichen inneren Bewegung. Es sind Aufnahmen von der Art, wie sie damals offenbar Verlobte voneinander machen ließen, wenn der Mann zum Kriegsdienst eingezogen wurde. Wie Isermeyers italienisches Porträt sind sie ein genau kalkuliertes Selbstdarstellungsarrangement. Nur der Ältere jedoch hat für sein Foto auf einem Requisit bestanden und durch diese sparsame Intervention ein weitreichend theatralisches Moment in die Darstellung des Paars eingefügt: Er hält ein Buch in der rechten Hand mit dem Siegelring (sein Geliebter trägt einen ganz ähnlichen). Darüber hinweg sieht er väterlich verliebt zu der Seite, auf die man das zweite Bild auf den Kaminsims stellen würde, wenn es die Gestapo dort nicht entdecken könnte und einen daraufhin nach Sachsenhausen abtransportieren würde.

Der junge Mann aber, der die Schönheit verkörpert, die sein alter Liebhaber resigniert in seinem Anblick und in den Büchern suchen muss, hat die Arme unternehmungslustig gekreuzt und sieht dem Betrachter aufmerksam, selbstbewusst und ein wenig kritisch entgegen. Er weiß, wie gut er aussieht; dass er sich im Zentrum der Blicke befindet, die sich aus der Bilderwelt und aus der Wirklichkeit auf ihn richten; und doch ist er zugleich eine Art Außenminister der kleinen Monarchie, die er mit seinem väterlichen Untertanen, Majordomus und Liebhaber gegründet hat und repräsentiert.

Es ist freilich ein von der alchymischen Erweckung und Wandlung der für den Tod in Stalingrad bestimmten Windhuker Pfadfinder wieder ganz verschiedener Bildungsroman, der sich im Bild dieses schwulen Paars erzählt – an allen Vorsichtsmaßnahmen vorbei zum Vorschein gebracht. Von der Schönheit zur Bildung – so könnte man die Moral dieses Bildungsromans zusammenfassen. Oder: Von der Schönheit geleitet zur Bildung. Oder noch anders: Durch das Gebildetsein eingeführt in die Gesellschaft und geleitet schließlich zur Liebe der schönen jungen Männer. Denn Richard Schultz, der sich in den folgenden Jahrzehnten weder von den Nazis noch von den Verhältnissen der frühen Bundesrepublik davon abbringen ließ, in aller Diskretion und Stille so zu leben, wie es ihm passte, richtete in den 70 Quadratmetern seiner zwei Zimmer in Charlottenburg eine Mischung aus Museum, Salon, Selbsthilfezentrum und platonischer Akademie ein, einen Kunstort, an dem das Intime eine halb öffentliche Würde gewann und die Kunst einen Platz im Leben. Freundespaare konnten sich dort zeigen und waren gemeinsam geachtet. Das nach Ansicht der Außenwelt Ekelhafte und Verächtliche nobilitierte sich kulturell. Junge Männer wurden erzogen und alte getröstet.

Im Unterschied zu der Alchymie, die in der Jungmännergruppe am namibischen Lagerfeuer betrieben wurde, war in Richard Schultz' Salon, so deutlich sein Schöpfer ihn als eine soziale Skulptur konzipiert hatte, nicht das von den Ahnengeistern durchdrungene heroische Leben die eigentliche Kunst (mit dem Tod fürs Vaterland als dem unsterblichen Meisterwerk). Vielmehr repräsentierte die schwule Lebenskunst auch in den finstersten Zeiten eine zuverlässig nichtfaschistische *ars magna* der Selbstverklärung und Weltverwandlung. Im Untergrund der Reichshauptstadt wurde – unerschrocken, tief desinteressiert an der Macht und ihren Ritualen – eine Tradition weitergeführt, deren Prinzip der Musikjournalist Tom Piazza in zwei klassischen Sätzen als das Transsubstantionswunder des Blues (einer anderen großen Kunstform des *american pragmatism*) formuliert hat: »Abgesehen von musikalischen Elementen im engeren Sinn beinhaltet der Blues eine Haltung – eine Lebensphilosophie, wenn man es anspruchsvoll formulieren will. Der Blues war und ist eine künstlerische Methode, das Unglück zu neutralisieren, die Tatsachen des Lebens in einer Weise aufzufassen, die es einem erlaubt, nicht nur zu überleben, sondern gut zu leben: humorvoll, widerstandsfähig, stilvoll.«

Unter den Rahmen an Rahmen die Wände bedeckenden Renaissancegemälden, die Richard Schultz während der Inflationszeit irgendwie zu sammeln begonnen hatte, an den Tischchen, die mit feinem Porzellan und poliertem Kristall gedeckt waren, auf der Chippendale-Sitzgarnitur (der Coffeetable auf manchen Fotos mit Fliedersträußen in barocken Vasen; auf anderen sind es langstielige Rosen in geschliffenen Glasgefäßen), in all dieser künstlerateliersartigen und zugleich ein wenig altdamenhaften Eleganz herrschte das ironische Zwielicht, das Richard Schultz zuerst in den Lobbys der großen europäischen Hotels gesehen hatte. Die Klassengesellschaft war in diesen Zimmern aufgehoben (so wie viel früher schon in den

Berliner Salons jüdischer Frauen, wo Schleiermacher, Schlegel und Novalis verkehrten). Aber nur im Zeichen schwuler Egalität, im Zeichen von jugendlicher Schönheit und väterlichem Begehren. Das Wort wurde dort Fleisch. Außerhalb jener beiden Zimmer galt es nichts und durfte sich nicht zeigen. Der Enthusiasmus für Kunst und schöne junge Männer ergriff die dort Versammelten. Aber er führte sie nur noch tiefer ins Privatleben (in ihr Versteck) hinein.

Für die bei Richard Schultz jede Woche am Vorabend seines arbeitsfreien Tags Versammelten war es das Spiel ihres Lebens. Aber eben doch nur ein Spiel. »Zur Begrüßung des Gäste wird im Hauptzimmer der Wohnung, fortan ›Salon‹ genannt, ein Aperitif gereicht. Danach begibt man sich in den kleinen Raum, den Schultz sein Lesezimmer nennt, gleichzeitig aber auch als Schlafzimmer nutzt. Hier hat er bei den Zusammenkünften ein kaltes Büffet angerichtet und hier befinden sich auch – neben den Fotografien seiner Freunde – die privatesten Stücke seiner Sammlung: *Junger Mann mit Peitsche* und *Angler in arkadischer Landschaft*. Das Bett, auf dem tagsüber eine kunstvoll verzierte Decke und mit Seidenstoffen bezogene Kissen liegen, wirkt wie ein persischer Diwan, einladend und exotisch, und hat nichts gemein mit der banalen Intimität einer Federbettgarnitur. Der weitere Abend spielt sich wieder im ›Salon‹ ab. Hier finden, begleitet von gutem Wein, Likören und Schnaps, die Diskussionen und Gespräche statt, die zumeist erst in den frühen Morgenstunden enden. Bei aller intimen Geselligkeit pflegt Schultz auch hier die ihm antrainierten Umgangsformen. Von allen befragten Besuchern wird übereinstimmend die ausgesprochene Höflichkeit von Schultz hervorgehoben. Trotz jahrelanger Freundschaft bleibt man beim ›Sie‹, lediglich die engsten Freunde nennen Schultz ›Ricky‹« (Karl-Heinz Steinle, Der literarische Salon bei Richard Schultz).

Die Kunst, die Kultur, das Kultivierte der persönlichen

Selbstdarstellung und des Umgangs miteinander halfen den Freunden einmal wöchentlich in der Charlottenburger Fredericiastraße, sich selbst anders zu sehen als die Mehrheit sie sah. Aus abartig Veranlagten (»Invertierten«), die am Rand der Gesellschaft und mit einem Bein im Zuchthaus standen, wurden Gentlemen, aus dem Oberkellner Richard Schultz der Regent eines edlen Kreises, aus dem Hinterhof ein Musenhof. Richard Rorty schreibt in »Kontingenz, Ironie und Solidarität«: »Dieses Spielerische ist das Ergebnis einer Fähigkeit, die ihnen gemeinsam ist, der Fähigkeit gelten zu lassen, dass Neubeschreibung, dass Sprache die Macht hat, neue und andere Dinge möglich und wichtig zu machen; diese Macht kann man nur anerkennen, wenn man das Ziel hat, ein immer größeres Repertoire alternativer Beschreibungen anzusammeln, nicht aber die einzig richtige Beschreibung zu finden. Ein solcher Wechsel der Ziele ist aber nur in dem Maße möglich, in dem die Welt und das Selbst entgöttert werden. Dass beide entgöttert sind, heißt soviel wie: Man meint nicht mehr, sie könnten zu uns sprechen, sie hätten eine eigene Sprache, konkurrierten mit den Dichtern. Beide sind weder Quasi-Personen, noch müssen sie in einer bestimmten Weise ausgedrückt oder dargestellt werden.« Ricky und seine Freunde hatten sich durch kunstvolle Neubeschreibung ihres Andersseins verwandelt und gerettet (verklärt). Aufsehend aus so vielen Büchern, Broschüren, Briefen und Tagebüchern fragte ich mich während der heißen polnischen Sommertage des Jahres 2003, was sechzig Jahre zuvor im Internierungslager von Cananaskis bei der Kollision zweier so unterschiedlicher Bildungsromane – des Romans, aus dem mein Vater und desjenigen, aus dem Christian Adolf Isermeyer kam – geschehen sein könnte.

Christian Adolf Isermeyer (1908–2001)

Where a ghost and a prince meet
And all end as mincemeat
That's entertainment.
Fred Astaire

Das Ergebnis dieser Sommerforschungen im Jahr 2003 sei der Einfachheit halber gleich zu Beginn dieses Kapitels ausgeplaudert. Der wichtigste Unterschied zwischen dem Bildungsroman meines Vaters und dem der schwulen Selbstrettung durch Kunst und Kultur schien mir, je länger ich darüber nachdachte, immer deutlicher darin zu liegen, dass die Wandlung der Windhuker Pfadfinder sich als wirkliche Umgestaltung des inneren Menschen verstand. Den jungen Nazis kam es darauf an, sich vom Anruf eines jenseitigen Absoluten tatsächlich, mit allen realen Konsequenzen ergriffen zu fühlen (in blutigem Ernst). Aus den Abgründen der Geschichte, des Blutes, der Ahnen war dieser Ruf an sie ergangen und wirklich geworden (»Höhere Wesen befahlen: Flamingos malen!«). Sie vernahmen jene donnernden Befehle (»Jedermann! Jedermann!«) in der politischen Flammenrede der deutschnationalen Predigt, im zweifelhaften Kunstwollen des zitierten Erweckungsmärleins über den Hauptmann von Erckert und in den Büchern des faschistischen deutsch-südwestafrikanischen Volksschriftstellers Hans Grimm, der zu den literarischen Hausheiligen meiner Großeltern gehörte. Freilich ging es bei den Befehlen höherer Wesen 1939 nicht bloß darum, statt eines Blumenstraußes Flamingos zu malen. Es ging um die Verwandlung der Kinder des deutschen Bürgertums in antibolschewistische Kampfmaschinen.

Die Schwulen dagegen, die sich von verachteten Außenseitern zu geachteten Bürgern wandelten (und in Berlin jetzt sogar zu geachteten Regierenden Bürgermeistern, dachte ich zufrieden auf meinem Balkon und sah in den Sommer und die Bäume hinaus), waren sich jeden Augenblick darüber im Klaren, dass ihre Verwandlung kein blutiger Ernst war. Hundert Jahre lang würde sie vorerst überhaupt noch keine Wirklichkeit annehmen. Die Selbstverklärung des schwulen Bildungsromans war eine nur spielerische Neubeschreibung des Verachteten. Die Selfmadegentlemen in der Berliner Fredericiastraße haben bei der kreativen Arbeit an ihrem Selbstbild ganz gut gewusst, dass die Stimme, die sie gerufen hatte, nicht die des Absoluten war (dass es kein Absolutes gibt). Die Stimme ihres Blutes rief eben offensichtlich nicht den Jedermann, sondern allein diejenigen, die nun zufällig einmal schwul waren und daraus unter widrigen Umständen etwas machen mussten (ihr Leben).

Den Ideologien, die meinem Vater und mir die frühen Mannesjahre versauten, kommt es darauf an, einen reinen Ursprung zu finden (worauf alles, alles gut ist; nur noch ein paar Millionen Unreiner ausgerottet werden müssen; »dann scheint die Sonn' ohn' Unterlass«). Die Lebenskunst, die die Schwulen sich in ihrem Emanzipationsprozess – instinktiv oder notgedrungen – angelegen sein ließen, scheint bei den Juden des 18. Jahrhunderts in die Lehre gegangen zu sein. Die Schwulen sind die Juden der *body politics*. Sie verkörpern erotische Modernisierung. Schwule Lebenskunst ist immer davon ausgegangen, dass es keine reinen Ursprünge gibt. Stattdessen versucht diese Kunst (diese Weisheit) Probleme und Identitäten so zu formulieren und zu formatieren, dass man heil durchkommt und ungefähr glücklich wird dabei. Und so ist mir während der Erforschung Christian Adolf Isermeyers, der von 1943 bis zum Ende des Kriegs in Cananaskis nun der Lehrer meines Vaters werden sollte, nichts so denkwürdig (und schließlich zu einer Art innerem Besitz) geworden, wie zwei Bilder von ihm, auf denen er die Rolle des durch die

Stimmen der Ahnenwelt und ihre absoluten Forderungen verstörten Dänenprinzen Hamlet parodiert und so ausgerechnet die literarische Figur verkaspert, dessen Geschichte mir immer als das vollkommene Porträt der politischen Irrungen meiner eigenen Generation um 1968 erschienen ist.

Die erste der beiden Isermeyer-Hamlet-Karikaturen findet sich in den hektografierten Seiten der »Klatsche«, einer Abiturientenzeitung aus dem Internierungslager Monteith. Er und mein Vater waren bald nach ihrer ersten Begegnung dorthin verlegt worden. Die gutmütig an ihren gefangenen Feinden desinteressierten britischen Wachmannschaften hatten Isermeyer erlaubt, einen richtigen kleinen Abiturvorbereitungskurs hinter Stacheldraht aufzuziehen. Nach der Rückkehr meines Vaters ins zerstörte Deutschland wurde dessen Abschlussprüfung behördlicherseits auch wirklich als reguläre Hochschulzugangsberechtigung anerkannt.

Wir wollen unserem wohlverdienten Leiter der Oberschule ein Denkmal setzen, doch wissen wir nicht, wen wir mehr bewundern sollen, den Jünger Thalias oder den Professor für Kunst- und Literaturgeschichte, schrieben mein Pfadfinder-Vater und fünfundzwanzig aus ähnlichen HJ- oder Wehrmachtszusammenhängen nach Cananaskis und Monteith verschlagene Rabauken über Christian Adolf Isermeyer in ihre Abiturientenzeitung. *Folgende zwei Vorschläge gelangten in die engere Wahl.* Auf einer der beiden hektografierten Zeichnungen – derjenigen, die Isermeyer als den *Jünger Thalias* darstellt – steht er in einem theatralisch, zugleich aber irgendwie auch sehr nachthemdartig wirkenden fußlangen Talar mit weiten, herabhängenden Ärmeln und einer Art Halskrause unter einer angedeuteten Säulen- und Triumpharchitektur. Ihr Giebelfeld ist mit einer Zeile aus Hamlets Mutterverfluchungs-, Frauenablehnungs- und Männer-, speziell Vaterverherrlichungsmonolog aus der zweiten Szene des ersten Akts verziert: »Let me not think o't – Frailty, thy name is woman.« Der Geist seines

Vaters ist Hamlet da schon erschienen. Das jenseitige Absolute hat seine Forderungen geltend gemacht. Die Wirklichkeit ist schon nichts mehr als das wüste, sinnlose Grauen, das die Gnostiker in ihr gesehen haben. Frau Welt und die eigene Mutter sind Huren. Ophelia hat schon aufgrund ihrer Geschlechtszugehörigkeit nichts anderes verdient als den Tod im Wasser. Sollen sie alle sterben. Soll das dänische Königreich doch untergehen.

In der auf Augenhöhe erhobenen Hand hält Isermeyer Yoricks sehr genau und anatomisch richtig gezeichneten Schädel. Den kahlen Kopf in theaterhaft edler Pose zurückgelegt, sieht er ihm in die leeren Augenhöhlen: »Alas, poor Yorick!« Das Schicksal des Narren (wie das des großen Alexander, sagt Hamlet) beweist uns nur, wie wenig angesichts des Todes und der allgemeinen Vanitas die Welt und das Leben unserer Mühe wert sind. Aber in Wirklichkeit macht sich der Künstler über all das nur lustig: An einer dünnen Schnur hängt neben der Hand Hamlet/Isermeyers (sie hält die unvermeidliche Zigarette selbstverständlich wieder zwischen Ring- und Mittelfinger) eine grinsende Satyrmaske. Vor ihm steht, verkleinert wie die Stifter auf mittelalterlichen Altarbildern, eine Art Page mit einem kurzen Röckchen über dem wohlgerundeten Po. Er hebt ihm eine überdimensionierte, mehr als totenschädelgroße Teetasse entgegen. Verführerische Duftschwaden und Dampfwolken kringeln sich an Hamlets Nase vorbei.

Der Tee, die dandyhaft gehaltene Zigarette, der Pagenpo sind in Wirklichkeit sogar in der tristen Umgebung des Internierungslager wichtiger und realer als die absoluten Forderungen der jenseitigen Väterwelt. »Frouwe Werelt« ist gar keine Hure. Oder vielmehr: wenn schon. Umso besser. »In dem Lager gab es eine eigene Schwulenbaracke«, hat Isermeyer fast fünfzig Jahre später seinem Biographen Andreas Sternweiler erzählt, »die nannte sich allgemein so. In der hatten sich eine ganze Reihe von jungen Männern zusammengefunden, die tatsächlich schwul waren oder auch nur aus Mangel an Frauen mitmachten, vielleicht so vierzig Personen. Es gab ja keine andere Möglichkeit im Lager als schwulen Sex. Ich lebte nicht in der schwulen Baracke, aber ich bin dort oft zu Gast gewesen. Da war Highlife. Es gab selbstgebrannten Alkohol, homebrew hieß der. Abends wurden die Fenster verdunkelt, es wurde Musik gemacht, getanzt und ins Bett gegangen. (…) Die kanadischen Wachleute haben das Treiben gebilligt, das sich auch noch nach 22.00 Uhr abspielte, lange nach dem Zapfenstreich. Einige haben sogar ganz gerne in der schwulen Baracke reingeschaut. Für die anderen im Lager war das alles ganz normal. Frauen gab es ja nicht. Die anderen haben sich nur einen abgewichst oder was weiß ich gemacht. Das Leben in der schwulen Baracke war da doch viel besser. Junge Leute haben halt ihre Bedürfnisse. Mein Freund G. K. war damals siebzehn Jahre alt. Er war damals schwul aus Mangel und machte mit. Später hat er wie so viele geheiratet. Durch G. K. war ich ein gern gesehener Gast in der schwulen Baracke. Es war für sie eine Ehre, dass ich als der Schulleiter zu ihnen kam.«

Wie Richard Schultz in Berlin gelingt es Christian Adolf Isermeyer und seinem anonymen Porträtisten in Kanada, die traurige und gefährliche Wirklichkeit mit einigen sicher gesetzten Strichen, mit wenigen jongleurhaft (traumwandlerisch) gehandhabten schweren Zeichen neu zu beschreiben und so zu verwandeln, dass sie zu ihren eigenen Bedürfnissen, Prägungen und zu ihrem unbedingten Lebenswillen plötzlich passen. Das ist die Funktion von Kunst und Kultur in jenem anderen, von Schwulen und von preussischen Jüdinnen des späten achtzehnten Jahrhunderts erfundenen Bildungroman. Ihm begegnete mein Vater nun. »Es war für sie eine Ehre, dass ich als der Schulleiter zu ihnen kam.«

»Nachdem wir Freud gelesen haben, sehen wir weder Blooms starken Dichter noch Kants pflichttreuen Erfüller allgemeiner Verbindlichkeiten als paradigmatisch an. Denn Freud scheute gerade die Vorstellung, es könne ein paradigmatisches menschliches Wesen geben. Er versteht die Menschheit nicht als natürliche Art mit immanenter Natur, mit immanenten Kräften, die sich entwickeln oder unentwickelt bleiben können. Er bricht mit Kants Restplatonismus wie mit Nietzsches Umkehrung des Platonismus, er bringt uns dazu, Nietzsches Übermenschen und Kants gemeines sittliches Bewusstsein als Beispiele für zwei von vielen Formen des Umgangs mit den Kontingenzen der eigenen Erziehung, des Friedensschlusses mit einer blinden Prägung, anzusehen. Für beide spricht einiges. Beide haben Vor- und Nachteile. Anständige Menschen sind oft ziemlich langweilig. Große Geister sind sicherlich der Verrücktheit nah. Freud steht in ehrfürchtiger Scheu vor dem Dichter, bezeichnet ihn aber als infantil. Durch den schlicht moralischen Menschen fühlt er sich gelangweilt, bezeichnet ihn aber als erwachsen. Weder gerät er über einen von beiden in Begeisterung, noch verlangt er von uns, eine Entscheidung zwischen ihnen zu treffen. Er ist nicht der Meinung, dass uns solche Entscheidungen offen stehen« (Richard Rorty: Kontingenz, Ironie und Solidarität).

»But break my heart, for I must hold my tongue«, schrieb der Zeichner der Abiturientenzeitung »Klatsche« mit der letzten Zeile jenes Hamlet-Monologs unter das komische, schöne und tröstliche Porträt seines verehrten, vielleicht geliebten und jedenfalls hoch respektierten und geachteten schwulen Schulleiters Christian Adolf Isermeyer. Damit hat er sich wahrscheinlich selbst als Eingeweihter der warmen Bruderschaft von Liebe, Forschung und Lehre im Lager Monteith zu erkennen gegeben. »Ich zog mit meinem Freund, dem Schiffsjungen, zusammen in eine Baracke, in eine Ecke« (so wieder der große Mann selbst im Gespräch mit seinem jungen Biographen). »Die teilten wir durch Decken ab von den anderen und hatten so in unserer Koje ein bisschen Privatleben. Er büffelte

furchtbar für die Schule, die wir in dem Lager eingerichtet hatten. Ich arbeitete dort als Lehrer und war sogar der Schulleiter. Die Schüler haben bei uns sogar Abitur gemacht, das später in Deutschland anerkannt worden ist. Es gab eine Klasse für Abiturienten mit ungefähr 15 bis 20 Schülern und daneben eine Klasse für Einjährige. Die jungen Leute bekamen so wieder ein Ziel, an dem sie arbeiteten. Andere spielten unentwegt Karten. Es gab mehrere Lehrer. Ich habe Deutsch unterrichtet. Es gab Lehrer für Mathematik, Physik, Englisch und vieles mehr. Das waren sehr gute Leute. Zum Teil waren es vom Beruf her ausgebildete Lehrer, die als solche im Ausland tätig gewesen sind. Eine Beschäftigung für die Männer zu erreichen war das Hauptanliegen. Sonst gab es natürlich viel Sport, Fußball und Hockey. Einige bekamen Musikinstrumente, so entstanden Musikgruppen und Orchester. Das Streichorchester war gut organisiert. Daneben gab es ein Blasorchester. Einige Leute hielten Vorträge über ihre Spezialinteressen. Ich habe damals angefangen, Japanisch zu lernen. Einer, der jahrelang in Japan gelebt hatte, bot den Sprachkursus an. Man musste sich doch irgendwie beschäftigen.« Wir alle – und unsere Republik – mussten nach 1945 lange warten, bis es wieder denkbar wurde, dass der Besuch eines Schulleiters in einem schwulen Etablissement als eine ehrenvolle oder auch nur denkbare Sache betrachtet worden ist.

Das zweite Bild, auf dem der Lehrer meines Vaters als Hamlet mit Yoricks Schädel zu sehen ist, ist dann schon 1955 aufgenommen worden, auf einer Exkursion zu den französischen Kathedralen. Isermeyer und zwei (sehr clownsartig wirkende) Universitätskollegen betätigen sich da offenbar irgendwie als Archäologen oder Totengräber. Sie haben vor einer gotischen Kirche eine Grube ausgehoben, in der einer von ihnen bis zur Brust steht und vor der wirklich einige menschliche Oberschenkelknochen liegen. Isermeyer, auch hier ganz der Chef, hat sich von den niedrigen körperlichen Tätigkeiten dispensiert und einen menschlichen Schädel ergriffen, den die beiden Clowns aus der Grube zutage gefördert zu haben scheinen. Er hält ihn – die Zeichnung in der kanadischen »Klatsche« vielleicht halb bewusst nachstellend – sich auf Armlänge vor die grimmig sinnenden Augen. Seine Jacke hat er, genau wie den weiten Ärmel des nachtgewandartigen Hamlet-Kostüms aus der Abiturientenzeitung von Monteith, über den Arm drapiert. Auch hier ist es ein spielerisches Verhältnis zur Tradition, zu den Stimmen der großen Toten, das Isermeyer offenbart (während Hamlet selber mit seinem Königshaus, seiner Familie, seinem Land, mit Mann und Maus, an der Erscheinung der Vorwelt im Leben zugrunde geht).

Isermeyer war überhaupt von der Art, die niemals zugrunde geht. Er kam aus der kühnen und geborgenen Welt des vorfaschistischen deutschen Großbürgertums nach Monteith. Man war in jenen Familien, Villen und Internaten zwar auch gebildet. Aber im Gegensatz zu uns in unserer Försterdienstvilla in Laskowitz und im südafrikanischen Pfarrhaus von Windhuk hatte man da außerdem auch noch richtiges, ernsthaftes Geld. Durch Bücherkäufe, Auslandsreisen, teure hübsche Jungs, elegante Anzüge, schönen Wein und gutes Essen war es keinesfalls zu erschöpfen. Die Arztvilla in Goslar (»1906 erbaut« steht in Sütterlinschrift schräg im unteren rechten Feld des alten Fotos) gehörte der Familie selber. Und die Isermeyers hätten sie auch besessen, wenn sie sich um die ganze Bildung einen Dreck geschert und stattdessen nur für Pferde und das Reiten interessiert hätten (was Isermeyer, wie er beiläufig bemerkt, allerdings auch perfekt konnte).

Isermeyer blieb im wilhelminischen Gymnasium zweimal sitzen. »Na und?«, sagte ich fröhlich halblaut auf meinem Balkon vor mich hin und blinzelte in die Morgensonne. Ich dachte an meinen zehnjährigen Sohn, der für den Übertritt von der Montessori-Schule aufs reguläre bayerische Gymnasium gerade eine höchst feierlich, humorlos und staatsaktförmig begangene Prüfung hatte absolvieren müssen. Als Christian Adolfs Versetzung das dritte Mal gefährdet war (wahrscheinlich war der junge Isermeyer durch selbständiges Denken höheren Orts unangenehm aufgefallen), schaltete sich sein Vater ein, drohte kurz mit seiner Freundschaft zum örtlichen Reichstagsabgeordneten, und der betreffende Professor Unrat kuschte: »Mein Vater hatte ihm geschrieben, dass es nicht richtig sei, nur nach dem grammatikalischen Wissen eines Schülers die Noten festzulegen und nicht nach den allgemeinen Kenntnissen.«

»Die französische Lebensart und Kultur, die Isermeyer dann während seines Studienaufenthalts erlebte, waren es, die ihn beeindruckten und seine Lebensweise für die Zukunft mitgeprägt haben. Ein gewisses Laisser-faire, gutes Essen, guter Wein und der Genuss schöner Dinge gehörten hinfort zu seinen Bedingungen, die er an ein gutes Leben stellte und in fast allen, auch noch so widrigen Umständen erreichte.« Nichts bewunderte ich, der immer von irgendwelchen höheren Stellen abhängige Bildungskleinbürger, auf meinem Balkon in der Biographie Isermeyers lesend, mehr an diesem Sohn wirklicher Bildungsbürger als seine persönliche Souveränität. Die Tradition ist nicht das Einzige, woran die sich halten konnten, dachte ich neidisch vor mich hin. Die Erscheinung der Toten in ihrem Leben war nie eine Religion für sie. Sie mussten den Stimmen aus dem Jenseits nicht bedingungslos gehorchen. Sie haben sich mit ihnen arrangiert, sie benutzten sie, sich ihr Leben so vorzuerzählen, dass es gelingt (dass es noch gut aussieht, wenn es eigentlich misslungen ist). Sie formulierten ihre verpönten Wünsche so, dass sie ohne Lebenskatastrophe in Erfüllung gehen.

Die Sterne der Pflicht

Auch wenn er damals nicht wusste und noch bis zur Lektüre von Andreas Sternweilers »Liebe, Forschung, Lehre« im Alter von einundachtzig Jahren nur ahnen konnte, über welche Abgründe sie seinen Lehrer durchs Leben getragen hat, wird es eben diese Souveränität gewesen sein, die Gustav Wackwitz mit zwanzig an dem schönen jungen Kunsthistoriker aus der großen weiten Welt faszinierte. Er selbst war schon in den Jahren zuvor aus den Mentorenverhältnissen der Pfadfinderwelt in das zu einer anderen Brudergestalt übergetreten. Hans Felix, ein älterer, aber auch noch sehr junger Mann, rettete ihn damals vor der Disziplinlosigkeit, vor dem Aufgeben der Hoffnung und der persönlichen Hygiene, vor den wochenlangen Skatturnieren im Lager und vor der Schwulenbaracke. Er nahm ihn mit in eine existenzialistisch überhöhte Arbeitswelt (erfüllt von einem geradezu »widerlichen Pflichtbewusstsein«, wie mein Vater neulich, über seinem Weinglas noch immer ein bisschen schuldbewusst lächelnd, erzählt hat). Hans Felix war Kaufmann in Westafrika gewesen, bevor man ihn gefangen genommen hatte. Jetzt teilte er sich mit meinem Vater als festes Team eine der mannslangen Sägen, mit denen sie, die rote Zielscheibe auf dem Rücken ihrer Arbeitsjacken, zu jeder Jahreszeit in die das Lager umgebenden undurchdringlichen kanadischen Wälder hinauszogen.

Die rassenpolitische Friedrich-von-Erckert-Gnosis seiner Pfadfinderzeit hatte sich im Bildungsroman Gustavs damals schon, wohl auch durch diese Freundschaft, verwandelt in einen Pflichtidealismus. Diese Denomination hatte es zwar nicht mehr geradezu auf die *Vernichtung* von Hereros und Namas durch die hart eingeschworenen reinen Scharen vaterlandsdurchgotteter Jungmänner abgesehen. Aber sie hatte immer noch genug Jenseitsinspiriertes, um sich von Sternen aus der Weltvergessenheit zum Höheren berufen zu fühlen und von der Sonne aus dem Dunkel der Welt ins Licht. *Für Hans Felix* steht in einer schwungvollen und intelligenten Jungmännerhandschrift über dem Gedicht, das mein Vater (*Weihnacht 1943 Gustav Wackwitz*) seinem Freund gewidmet hat und das in Maschinenschrift (die kanadische Tastatur hatte keine Umlaute und kein ß) als ein brüchiges, sich fast auflösendes Blatt Papier in unser Familienarchiv gekommen ist.

Sie klagen ergeifernd den Schicksalsweg an:
ihr Leben sei meeroed geworden.
Sie fragen mit Bangen ins Zwielicht hinab:
ob bald nicht der Morgen stiege.
Bettler sind sie des Sattseins!

Und unter Fragen und Klagen und Bettelgemurr
und unter vielwirrem Flachsinn ist keiner
ein Steurer.

Und ist die Welt oed
und schaudert das Meer
der Zeit in der Leere,
und sehn sie nicht Sonne,
so drum nur, weil selbst sie
daemmern,
graeberdumpf.

Ihr aber alle!
Denen im Zielweg die
pfluegenden Kiele schaeumen,
setzt heute ein Segel mehr!
Daß es mitzischt im Loblied der Ferne!
Uns kreist das Leben niemals leer
uns funkeln
und fuehren
Sterne.

Schlecht ist das ja durchaus nicht. Allerdings wie viele Gedichte begabter Amateure emotional und literarisch so überinstrumentiert, dass man nach der Lektüre das Gefühl hat, sich an einer allzu gehaltvollen Torte übergessen zu haben. Es ist zu spüren, dass der junge Kriegsgefangene hier einmal mit aller Wucht und jedem ihm zur Verfügung stehenden metaphorischen Nachdruck sagen wollte, wofür es sich zu leben lohnt. Es ist der Aufruf an den Freund (und an sich selbst), sich im kanadischen Zeitmeer dieser arretierten Jugendjahre nicht klagend treiben zu lassen, sondern auf ihm irgendwie zu navigieren. Besonders rührte mich beim innerlichen Vor-mich-Hinsagen dieser mir tagelang nicht mehr aus dem Kopf gehenden Verse, dass dieser junge Mann ja seine Familie, seine Vergangenheit, seine Zukunft, sein Hab und Gut ein paar Jahre zuvor bei einem *Schiffbruch* verloren hatte. Jetzt aber würden die alten Rezepte des Heroismus die bangen Fragen, das Zwielicht, das Bettelgemurr, das dumpfe Grab des Lebens besiegen und das öde Meer in einen besonnten, schäumenden Zielweg verwandeln, auf dem die zischenden Segel ein Loblied der Ferne singen.

Führer dieser heroischen Pflichtreise wären dann nicht mehr Friedrich von Erckert und Adolf Hitler. Immer noch aber (bedeutsam postuliert nach dem letzten Zeilenbruch; unterstrichen durch den einzigen Reim des Gedichts): Sterne. Das Bild der Himmelskörper (der an den Himmel versetzten großen Toten) ruft den Mann in gnostisch-pythagoreischer Tradition aus der nichtswürdigen Gräberwelt (wenn schon nicht mehr aus dem eigenen Körper, dem Grab der Seele) in die Höhe und ans Licht. Diese Metaphorik ist dem gleichen Transzendentalismus verpflichtet, der den nationalsozialistischen Bildungsroman meines Vaters regiert hatte. Das Absolute spricht von jenseits der Welt in ein böses und wertloses Dahinleben hinunter; der Mann folgt ihm und verwandelt sich. Die Welt wird verklärt und hell. Die Lebensreise geht weiter.

Ein leitartikelhaft an den Anfang gestellter Text der Monteither Abiturientenzeitung »Klatsche« (und zugleich der Einzige nicht launig-komische) trägt den Titel »Wir sind frei«. Damit ist nicht nur die Freude über das Ende der Schulzeit gemeint. Am 7., 8. und 9. April 1945, einen Monat, bevor die deutschen Streitkräfte in Karlshorst bedingungslos kapitulierten, führte die Abiturientenklasse von Monteith als eine Art Krönung ihrer Reifeprüfung Shakespeares Tragikomödie »Der Kaufmann von Venedig« im Lager auf. Im Reich war das Stück verboten gewesen, weil man sich mit dem Juden Shylock auch positiv identifizieren kann. Als die »Klatsche« erschien, war schon klar, dass sich die Tore des Lagers bald öffnen und die *pflügenden Kiele* der Royal Navy die jungen Deutschen in den nächsten Monaten (vielleicht sogar schon Wochen) über den Atlantik nach Europa und in das vollkommen zerstörte Deutschland zurückbringen würden. Der alte Mann hat mir neulich am Telefon von der Fassungslosigkeit erzählt, die ihn im britisch besetzten Münster/Westfalen angesichts der vollkommen zerstörten Stadt und vor allem ihres dem Erdboden gleichgemachten Doms überkam. Im Frühsommer 1945 hatte man ihn dort auf den Bahnsteig gestellt und seinem weiteren Schicksal überlassen.

»Es ist uns leicht wie nie zuvor«, schreibt der anonyme Leitartikler der »Klatsche«. In seinem Stil erkenne ich meinen

Vater nicht wieder. Umso eindrucksvoller sind die Übereinstimmungen, was jenen kantianisch inspirierten und in gnostischen Bilderwelten formulierten Pflichtidealismus angeht. Er scheint in der Abiturklasse Monteith in derselben Weise allgemeine Stimmung gewesen zu sein, wie fünftklassige marxistische Propaganda in den Schulklassen der späten sechziger Jahre. »Denn nichts mehr liegt uns im Wege, dass uns die Welt zur Dienerin werde. Da soll uns alle Muehe nur ein Spiel der Kraefte sein, die von allem Schmieren und Dirigieren fast verkuemmert sind. An der Sonne werden sie sich mehren und spannen, wie sie es im Staube des Schulzimmers niemals haetten tun koennen, und aus der Betaeubung erwacht wieder der frische Mut, der unsere Lust nach Leben und Taten neu beschwingt und uns zum Ziele unserer Wuensche fuehren wird! Von der Freiheit sind wir ganz berauscht, jetzt soll das Leben erst beginnen; wohin die Lust uns treibt, mag alles sausen in vollem Lauf; denn wir wollen uns nicht Einhalt tun, wenn uns das Leben ueberschiesst, gerade dann wollen wir alles greifen, was sich uns bietet: Die Erde sei der Spielball unserer Lust, und wenn sie nicht langt, pfluecken wir noch die Sterne zu unserem Vergnuegen. Aber wovon reden wir nur?«

Der Leitartikler der »Klatsche« stürzt von seinen Höhenflügen hier plötzlich wieder auf die Erde. Man sieht beim Lesen und Abschreiben Mickey Sachs vor sich, die komische Figur in Woody Allens Film »Hannah und ihre Schwestern«, jenen hypochondrischen TV-Produzenten, den auf dem Bürgersteig vor der Krankenhauspforte, mitten in den Erleichterungsluftsprüngen (er hat keinen Gehirntumor) die tiefe Bedeutungslosigkeit allen Seins anwandelt. Auch ist der »Klatsche«-Autor am Schluss dieses Abschnitts unbewusst ein bisschen sehr in die Nähe des »Heute gehört uns Deutschland/Morgen die ganze Welt« geraten und unterschwellig wohl etwas erschrocken. »Von der Freiheit? Reden wir uns denn zum Hohn? Wissen wir denn gar nicht mehr...« Ich blende hier den Leitartikel der Abiturientenzeitung »Klatsche« vorläufig einmal aus und verrate seine leicht zu erratende Pointe. »Erst die Pflicht«, heißt es da nämlich zum Schluss, sogar in Großbuchstaben, »macht uns frei.«

Man scheint an Erzählungen wie der vom Himmelsfunken, der seine verlorenen Brüder in der bösen Welt einsammelt und nach Hause bringt, wenn man sie einmal als Sechzehnjähriger verinnerlicht hat, viel mehr zu hängen als an den Inhalten, die auf dem Schiff dieser spätantiken Märchen durch unsere Seele und die Geschichte reisen. »Ich bitt euch, denkt es gruendlich durch« (wir blenden den Leitartikel der »Klatsche« wieder ein), »das Wort, das oben wartend fragt!« (»Erst die Pflicht macht uns frei« fragt, wie vielleicht erinnerlich, oben wartend) »Nicht leicht, sofort nicht, langsam nur, bestimmt und ruhig sprecht: Die Freiheit ist uns fern gerueckt, und schlecht tut sich der Scherz. Jedoch heißt Freiheit mehr als stehn und gehn im Leben wie's beliebt; wir hoerten, was gesagt ist. Freiheit gibt sich jener nur, der Richtung hat. Seht, schwer ist nicht der Jugend dies: IN PFLICHT ZU GEHN!«

Die gefallene Welt, in die das Feuer von oben leuchtet und herabfährt, ist nicht mehr *die deutsche Not und das deutsche Bedürfnis nach Raum, nach freiem Lebensraum.* Es scheint sich eher um jenes Sodom und Gomorrha zu handeln, das durch freigelassene Triebe und nicht gezügelte Freiheitsansprüche angeblich entsteht. Denn »Wer ist frei?«, fragt der »Klatsche«-Kolumnist mahnend-bohrend: »Ist es der, der Vater und Mutter vergisst, Weib und Kind verschmaeht, die Heimat verlacht und nicht nach dem Vaterlande fragt, der von keiner Bindung weiss, nur dem eigenen Trieb gehorcht, der nur sein Gesetz kennt und nur nach seinem Gesetze lebt? Aber ist das Gesetz nicht schon der Feind der Freiheit? Ist etwa auch er nicht frei? – Allein was heißt Gesetz, und wer kennt das seinige. Denn was nuetzt alle Freiheit dem, der sich nicht kennt?«

So fragten die entzündeten jungen Männer von Monteith damals, mit denen Christian Adolf Isermeyer den »Kaufmann von Venedig« inszenierte, während die letzten stipulatorischen Funksprüche aus dem Bunker der Reichskanzlei in die Welt drangen. Die wurden freilich jetzt nicht mehr als Himmelsfunken empfunden und wollten nicht einmal mehr die letzten Getreuen so recht entzünden. Schlau wie immer während seines langen, schönen und beispielhaften Lebens, hat Isermeyer »den Genuss schöner Dinge in fast allen, auch noch so widrigen Umständen« auch damals cool mitgenommen – in den letzten Monaten des Gefangenenlagers Monteith eben den Anblick langbeiniger Zwanzigjähriger in Strumpfhosen. Die jungen Männer der Lagerabiturklasse aber werden, so gern er sie ansah, ihrem Lehrer und Schulleiter oft genug entsetzlich auf die Nerven gegangen sein mit ihrem »Weib und Kind verschmaeht, von keiner Bindung weiss, nur dem eigenen Trieb gehorcht« und so weiter.

Gustav Wackwitz spielte im »Kaufmann von Venedig« die Hauptrolle, den Bassanio. Das Renaissancekostüm, in dem ihn der Bühnenbildner und Ausstatter des Stücks auf dem Innenumschlag des Programmhefts in einer sehr ähnlichen Federzeichnung porträtiert hat, steht ihm gut. Als kleiner Junge habe ich ihn noch so gekannt, wie er auf dieser Zeichnung aussieht: Mager, ein bisschen unrasiert, von den letzten Ausläufern der schweren Akne gezeichnet, die er mir dann vererbt hat (hoffentlich kriegt mein Sohn sie nicht). Den entzündeten Enthusiasmus von Monteith hatte er als mein Vater verloren. Wahrscheinlich deshalb, weil die gestauten Hormone als sektierischer Brennstoff nicht mehr so ins Gewicht fielen. Aber es war auch noch etwas anderes passiert.

Mein Vater hat mit Christian Adolf Isermeyer nicht nur nach dem Krieg im zerstörten Hamburg, sondern bis ins Alter gelegentlichen Kontakt gehalten. Aus seiner Gefangenschaftszeit hat er mir zeitlebens eigentlich nur ein einziges Erlebnis erzählt, das allerdings mehrmals. Auch nachdem ich ihm den Band »Liebe, Forschung, Lehre« geschickt hatte, ist er am Telefon wieder einmal darauf zu sprechen gekommen. Es ist nicht viel und nichts Dramatisches mit diesem Schulerlebnis aus dem Lager Monteith. Und eigentlich kommt auch Isermeyer in ihm nur durch eine Art Abwesenheit vor, mit einem gewissen Achselzucken. Der Schulleiter hatte in Deutsch einen Satz Goethes aus den »Betrachtungen im Sinne der Wanderer« als Aufsatzthema gestellt: »Das Beste, was wir von der Geschichte haben«, lautet dieser Satz, »ist der Enthusiasmus, den sie erregt.«

Gott weiß, was Goethe sich dabei gedacht hat. Gustav Wackwitz aber scheint in dieser Aufgabenstellung eine einmalige Chance gesehen zu haben. Jedenfalls setzte er sich in eine ruhige Ecke seiner Lagerbaracke und schrieb, entzündet und enthusiasmiert wie je ein Einundzwanzigjähriger, der seit seiner nationalsozialistischen Pfadfinderzeit nur noch Männer und Wälder gesehen hat, einen Traktat voller Schicksalswege, Bettler des Sattseins, Zielwegen und zischenden Lobliedern der Ferne. Als er seinen Aufsatz, noch ganz im Rausch, Isermeyer in seine Baracke mit dem für ihn und seinen jungen Freund mit einer Decke abgeteilten Doppelbett brachte (so jedenfalls möchte man sich die Szene vorstellen), scheint er ganz sicher gewesen zu sein, nun gesagt zu haben, was noch keiner gesagt hatte.

Die gefallene Welt hatte auf meinen Vater gewartet. Ihre Not war zu Ende, wenn sie sich nur nach Gustav Wackwitz' Aufsatz richten würde. Die Welt würde aufhorchen müssen. Der Funke des Aufsatzes über den Enthusiasmus, den die Geschichte erregt, würde sich als Weltenbrand durch die kanadischen Wälder fressen, Ozeane überspringen, Kontinente aufwecken, und der Ruhm seines Autors würde vielleicht vor ihm schon in der Heimat sein (»Der an den Schlaf der Welt rührt:

Gustav«). Das etwa muss der Tagtraum seines Verfassers über diesen Aufsatz gewesen sein. Die Kommentierung Christian Adolf Isermeyers war von zivilisierter, fast schonungsvoller Sparsamkeit. Sie bestand in der rot geschriebenen Note 2+, die jedoch durchgestrichen und durch eine 2– ersetzt war. Diese Korrektur seines Aufsatzes durch seinen schwulen Deutschlehrer, sagte mein Vater neulich am Telefon noch einmal, sei das entscheidende pädagogische Erlebnis seiner Schulzeit gewesen.

Beast of Burden

Im Spätherbst 2003 hatte mich die Leitung des Berliner Literaturhauses zu einer Art Lesekongress mit den etablierten literarischen Größen meiner Generation eingeladen (Frauen und Männern, zwischen denen und mir dann freilich die zu erwartende Sprachlosigkeit geherrscht hatte). Als Hotel hatte man mir das »Bogota« in der Schlüterstraße zugewiesen. Das »Bogota«, von dem ich nicht herausgebracht habe, wie es zu seinem seltsamen Namen gekommen ist, scheint erst seit den fünfziger Jahren von einem eleganten Appartmenthaus zu einem weitläufigen (wenn auch nach heutigen Standards eher bescheidenen und altmodischen) Hotel umgebaut worden zu sein. Jedenfalls stammt aus dieser Zeit der etwas wurmstichige Luxus seiner Aufenthaltsräume, Treppenhäuser, perserteppichbelegten Foyers, Spiegelfronten, Gemälde, Fauteuils und Korridore. Am Samstag während einer Kongresspause hatte ich mir bei »Loris« auf dem Kurfürstendamm einen hellbraunen Nadelstreifenanzug gekauft. Als sei diese Anschaffung und Ausgabe eigens zu diesem Streifzug riskiert worden, verlor ich mich gleich nach meinem Einkaufsausflug fast zwei Stunden lang und bis zu einer Art euphorischer Selbstauflösung in den Fluren, Altanen, Salons, Frühstückszimmern und Erkern des Hotels »Bogota«.

Ich saß, der einzige Gast dieses Nachmittags, in den tiefen Sesseln eines holzgetäfelten Salons, ein großes Gemälde aus den zwanziger Jahren im Rücken. Eine frühlingshaft-windbewegte Allee irgendwo in der flachen Landschaft Brandenburgs war darauf zu sehen. Ich rauchte und sah zu den hohen Fenstern hinaus, vor denen Wintersonne langsam im Gezweig der Stadtbäume umherwanderte, bis ein nebliger Dämmer sie auslöschte. Hier war, wie spätere Recherchen ergeben haben, vor sechzig Jahren das Arbeitszimmer des nationalsozialistischen Kulturministers gewesen, die Wirkungsstätte eines Mannes, der allen Ernstes und in Wirklichkeit wie der »Große Diktator« in Charlie Chaplins Film hieß: Hinkel. Erst wieder zu Hause würde ich feststellen, dass der Dämon meiner Forschungen es zu allem Überfluss so gefügt hatte, dass in diese Räume nach dem Kulturminister Hinkel der 1945 gegründete »Kulturbund zur demokratischen Erneuerung Deutschlands« eingezogen war, für den wiederum Richard Schultz arbeitete – jener schwule Oberkellner, Kunstsammler und Selbsthelfer, der mir während meiner Erkundung der homosexuellen Einflüsse auf meinen Lebensweg schon im Sommer als Held, Dulder, Selbstverwandler und großer Liebender begegnet war.

Im obersten Geschoss des riesigen, zu jeder Tageszeit von altmodischen Frühstücksdüften durchzogenen Hotels stieß ich, von der Selbstdarstellungsbroschüre des Hauses geleitet, auf das ehemalige Atelier der Modefotografin Else-Ernestine Neulaender-Simon. Es ist ein maisonetteartig zwei Stockwerke hoher dielen- oder foyerartiger Raum, der sein diffuses Licht aus großen Fenstern und von einer Art Galerie erhält. Eine Treppe führt zu ihr hinauf. Von einer durch altdeutschwuchtige Balken verdüsterten Decke hängt ein unpassender, irgendwie jagdschlossartiger Messingleuchter herab. Ein Glastischchen und eine Stehlampe sind eingerahmt von zwei Klapp- oder Faltsesseln nach gotischen oder Renaissance-Vorbildern. Und eine Tafel informiert den Besucher über die – sehr wenigen – biographischen Fakten, die man von Else-Ernestine Neulaender-Simon hat.

Sie wurde 1900 als eines von neun Kindern eines wohlhabenden jüdischen Kaufmanns in Berlin-Kreuzberg geboren. Nach einer Lehrzeit als Fotografin im Lette-Haus nannte sie sich, irgendeiner Eingebung folgend, »Yva«. Unter diesem Künstlernamen ist sie in der fiebrig-befristeten Blütezeit von Kultur und Lifestyle zwischen 1925 und 1933 in Berlin zu einem Star der Mode-, Werbe- und erotischen Fotografie geworden, Lehrmeisterin beispielsweise des großen Helmut Newton, der in eben diesem Atelierraum ihr Assistent war (»We did a lot of underwear catalogues, which I loved«, schreibt er in seiner Autobiographie). Wie viele erfolgreiche und patriotische deutsche Juden hat sie zu spät erkannt oder zu lange verdrängt, welches Schicksal die Nazis ihr zugedacht hatten. Noch bis zur Schließung ihres Ateliers 1938 hat sie für die auch von den Nazis nicht abgeschafften Blätter für die elegante junge Dame weiter gearbeitet. 1942 wurde die noch sehr schöne Frau, zusammen mit einem wohlhabenden älteren Herrn, den sie 1938 geheiratet hatte, in einem Viehwaggon vom Bahnhof Grunewald aus ins polnische »Generalgouvernement« transportiert, wahrscheinlich in das Lager Majdanek bei Lublin. Worauf nie wieder jemand etwas von den beiden gehört hat.

In Türstockhöhe sind rund um den Atelierraum Abzüge der Arbeiten Yvas aufgehängt. Auf ihnen ist ein Volk von zugleich zerbrechlichen und selbstbewussten, sogar arroganten jungen Frauen und (wenigen) ihnen meist irgendwie anbetend, behilflich oder accessoireartig zugeordneten Männern inszeniert. Vorhin, als ich draußen auf dem Kurfürstendamm meinen Anzug anprobiert und gekauft hatte, war dieses Volk als fotografiertes Bild in den Schaufenstern und als lebendiges Nachbild auf den Bürgersteigen allgegenwärtig gewesen, verschiedene Düfte hinter sich herziehend (die Musik ihrer hohen Absätze, die halb berechnende, halb traumverlorene Dramaturgie ihrer Bewegungen, Posen und Mienen). Noch die Art, in der die Verkäuferin bei »Loris« vorhin mit ihren schön manikürten Händen die Lage der Schulterpolster überprüft hatte, schien mir plötzlich Teil einer Inszenierung, die in Ateliers wie diesem vor fast einem Jahrhundert begonnen hatte. Auch die Verkäuferin bei »Loris« war eine sich ihrer Wirkung in traumverlorener Sicherheit bewusste Angehörige dieses Volkes. Mit einem so geheimnisvollen (fast abgründigen) und doch zugleich so mütterlich vertrauenserweckenden Lächeln hatte sie mir zur nächstkleineren Größe geraten, dass ich gleich auch ihren Ratschlag befolgte, noch das passende Hemd dazuzukaufen. Im Dachgeschoss des Hotels »Bogota«, in meinem neuen Anzug mit dem dazu passenden Hemd, war es ein Schock, plötzlich zu verstehen, dass die »Yva«-Gedenkstätte dieses altmodischen Ateliers ein Gründungsort der femininen Weltkultur ist.

Es war mir bis zu diesem Nachmittag in Yvas Atelier nie recht bewusst geworden, dass jene weibliche Nation schon seit den zwanziger Jahren die Straßen der Städte und die Träume der Männer bevölkert. Jede folgende Generation junger Städtebewohnerinnen, die über auch nur ein bisschen politische Freiheit und Geld verfügt, bekennt sich spätestens seit 1925 zu ihr. »Teekleid aus Seide«; »Nachmittagskleid aus schwarzer Seide«; »Gartenkleid aus beigefarbenem rotgemustertem Leinen. Rotweiße Jacke aus demselben Material«; »Das Stilkleid aus schwarzem Taft«; »Eleganter Abendmantel aus türkisblauem Seidensamt mit lachsfarbenem Seidenfutter«; »Nachmittagskleid, getragen von Karin Stilke«. Die Frauen auf den Fotos an den Wänden sahen in einer merkwürdig hermetischen Selbstversunkenheit unbestimmt vor sich hin (selten in die Kamera), hypnotisiert vielleicht von ihrer eigenen Vorstellung von sich selbst. In ihren ausgeleuchteten Gesichtern spiegelte sich der eigenartige Aristokratismus körperlicher Attraktivität: Die Gewissheit schöner Frauen, dass ihnen aufgrund ihres Körpers Privilegien zugestanden werden, wenn nicht von diesem Mann, dann von jenem, überall wo es zivilisiert zugeht, wo Freiheit und Geld herrschen (*»If you won't rock me/somebody will«*).

Dass die erotischen Machtverhältnisse etwas Vorbürgerliches in der bürgerlichen Normalität aufrichten, dass der moderne Luxuskapitalismus um ein absolutistisches Traumbild kreist wie der frühe um den Königshof, war mir schon zu Hause aufgegangen, beim Nachdenken über die polnischen Frauen. Sie sind feminismusfern gut gelaunte, fröhlich und selbstbewusst ihre Hysterie zelebrierende Erbinnen der jahrhundertealten Frauenverehrung und -verwöhnung, die in den maßgebenden Kreisen der einzigen europäischen Adelsrepublik seit der Renaissance geherrscht hat. *Was mich erregt und auch irgendwie aufregt an der traditionellen Frauenrolle, die man in Polen so gut studieren kann,* gibt mein Tagebuch zum Beispiel am 12.6.2001 zu Protokoll, *ist ihr objektiver Absolutismus/Aristokratismus. K. muss nur sie selbst sein, um reale Macht auszuüben, eine direkt aus ihrem Körper begründete, durch keine Leistung etc. begründete Macht über die Männer (den Mann, beruhige dich...!), der/die sie begehrt/en. Sie ist in einem viel mehr als metaphorischen Sinn eine »Königin«, jedenfalls so lange, wie die Macht ihres Körpers wirkt. Danach die »entthronte Königin«, gekränkte Diva (E.)*

Und ich erinnerte mich an einen visionsartig klaren Moment an einem jüngst vergangenen Samstagabend, der in einer Krakauer Bar schon viel zu lang in die Nacht gereist war. Mir wurde plötzlich klar, dass es das Schönste an »Beast of Burden« von den Rolling Stones ist (man hatte den unzählige Male gehörten Titel irgendwann weit jenseits der Mitternacht aufgelegt), dass man ihn am einleuchtendsten als das Liebeslied eines alternden reichen Mannes für eine junge Frau verstehen kann. »Eine Huldigungsode des Spätkapitalismus an jemanden wie B.«, dachte ich angetrunken und glücklich vor mich hin und steckte mir noch eine der Zigaretten an, die ich am nächsten Morgen dann bitter bereuen würde.

»Am I hard enough, am I rough enough, am I rich enough, in love enough? I'm not too blind to see…« Macht und Geld, der durch Arbeit, Anstrengung und spät im Leben von Männern erworbene Reichtum der modernen Konsumgesellschaften muss sich vor allem vom Begehren junger Frauen verwerfen oder rechtfertigen lassen. Sie kaufen oder lassen sich von ihren Männern kaufen, was längst die wichtigste Ware geworden ist: Kleider, Kosmetika, CDs und die Bilder und Vorstellungen über das richtige Leben, die ihr eigentlicher Inhalt

sind (»der Platonismus der Mode«). Die innerweltliche Transzendenz der Waren (ihre »theologischen Mucken«, denen Marx die Maske herunterriss) sind ja in Wirklichkeit eine Art Religion der konsumistischen Weltgesellschaft geworden. In einem tiefen Lesesessel jenes Salons im Hotel »Bogota« (im Amtszimmer des nationalsozialistischen Kulturministers Hinkel) rauchend, behaglich die Hosenbeine meines neuen Anzugs betrachtend, wurde mir klar, dass seither alle Diktatoren der Welt auch dieser Religion der jungen Frauen und ihrer Bewunderer – »Yva« war hier in diesem Haus eine ihrer frühen Hohepriesterinnen gewesen – den Kampf ansagen mussten. Und dass ihnen vielleicht vor allem diese Feindschaft letztlich den verdienten Untergang bringt (Hitlers Kriegserklärung an Amerika).

Das Museum der modernen Welt

Als meine Mutter meinem Großvater 1938 eröffnete, dass sie von Esslingen nach Berlin gehen und am dortigen Lette-Haus sich ausgerechnet zur Modezeichnerin ausbilden lassen wollte, rechnete sie eigentlich mit einem seiner berühmten Wutanfälle. Sie war achtzehn Jahre alt und hatte die Mittlere Reife hinter sich. Ihr Vater, der mit einer Erfindung (dem »Hartmetz'schen Dampf-Luft-Regulator«) zu Geld und in eine leitende Stellung bei der Oberesslinger Maschinenfabrik »Hahn und Kolb« gekommen war, besaß eine so niedrige NSDAP-Mitgliedsnummer, dass er fast noch als alter Kämpfer gelten konnte. Und eine Ausbildung am Lette-Haus am Berliner Viktoria-Luise-Platz (noch heute eine renommierte Fachschule für Foto- und Modedesign) stellte eine junge Frau an die vordere Front der zeitgenössischen Frauenemanzipationsbewegung.

Wilhelm Adolf Lette (1799–1886) hatte, bevor er ein liberaler preußischer Staatsrat wurde, in der Frankfurter Paulskirche zum linken Flügel gehört, und die von ihm begründete Ausbildungsstätte für junge Frauen, damals noch etwas Unerhörtes und nur im fortgeschrittenen Preußen Denkbares, war in den zwanziger Jahren von einer reinen Hauswirtschaftsschule zu einer Art Kunstgewerbeakademie für die Grundlagendisziplinen des aufblühenden Konsumkapitalismus geworden. Vor allem ihre Fotografiewerkstatt war in den zwanziger Jahren im ganzen Reich berühmt. Yva, ein prominentes Beispiel für die Karrierechancen, die die ästhetische Luxusproduktion der zwanziger Jahre einer Frau eröffnen konnte, durfte 1938, als meine Mutter an ihrer ehemaligen Schule zu lernen begann, schon nicht mehr arbeiten und lebte mit ihrem Mann als ratlose Privatfrau im vierten und fünften Stock des späteren Hotel »Bogota«. Wie alle jüdischen Deutschen war sie jeden Monat wieder ein bisschen entrechteter (dass sie in Majdanek sterben würde, ahnte sie nicht).

Yvas Fotoarbeiten für die »Dame«, den »Uhu« und andere Illustrierte des Ullstein-Konzerns hatten in den Jahren zuvor das energische, freiheitsliebende und originelle, künstlerisch begabte und zu ihrem lebenslangen Kummer zur Korpulenz neigende Mädchen, das einmal meine Mutter werden sollte, als Botschaften eines freien und glamourösen Lebens erreicht. Ich stelle mir vor, dass jene fotografischen Botschaften meine Mutter in ihrem Esslinger Exil auf derselben Wellenlänge der Befreiung und Lichtoffenbarung berührten wie mich zum Beispiel das »Weiße Album« der Beatles in ihrem Alter über das Radio erreichte, berührte und verwandelte (»Why don't we do it in the road«). Es ist deshalb kein Zufall – oder eben ein sehr poetischer Zufall – gewesen, dass ich meine Erkundungsreise zum Lette-Haus am Berliner Viktoria-Luise-Platz in den letzten Dezembertagen des Jahres 2003 in Begleitung meines elfeinhalbjährigen Sohnes unternommen habe.

Er war während der letzten Wochen in einem seltsamen und für Erwachsene nicht nachvollziehbaren (»Papa, das verstehst du eben nicht«) konsumistisch-artistischen Traum von sich selbst als einer Art Hip-Hop-Gesamtkunstwerk versunken gewesen. Bei meinem letzten Besuch in München hatte er unbedingt eine Ausstellung über zeitgenössische Kunst und Hip-Hop in der Stuck-Villa sehen wollen. Jetzt in Berlin hatte ich (kaum war die Autobiographie Helmut Newtons in der »Bücherstube Marga Schoeller« erworben und in der »Paris Bar« ein Kaffee heruntergestürzt) in ein offenbar sogar bis nach Süddeutschland hinunter berühmtes »Hip-Hop-Schuhgeschäft« unter den S-Bahn-Bögen an der neuen Kranzler-Passage mitgemusst. Außerordentlich pampige und des Deutschen kaum mächtige farbige Amerikanerinnen hatten dort mit hoher *street credibility* Dienst getan und für meinen Sohn war ein Paar überteuerter Baseball-Schuhe der Marke DC fällig gewesen. Unter ihren Sohlen ließ das unheimliche Kind, als wir schließlich am Viktoria-Luise-Platz aus dem Auto gestiegen waren, zu allerlei gemurmelten Hip-Hop-Gesängen, in »Moon Walk-Manier«, unter rhythmischem Schulterzucken, den Kies des dortigen kleinen Parks knirschen und stieben.

Es war ein düsterer Tag. Der Platz lag unter einem niedrigen Himmel. Es war noch nicht drei und fast schon dunkel. Postfeiertagsdepression wollte machtvoll die Flügel spreiten. Moderndes Laub lag lieblos im runden Springbrunnenbassin der Platzmitte herum. Graffitis verunzierten die Säulenrotunde, in deren Bogen, auf einer steinernen Bank mit Löwenfüßen, meine Mutter als junges Mädchen ihr Pausenbrot verzehrt haben mochte. Es gelang keine Sekunde, in mir das feierliche Geschichtsgefühl heraufzubeschwören, auf das es mir mit diesem Besuch eigentlich angekommen war. Die Fassade des Lette-Hauses war von Alfred Messel entworfen. Ich fotografierte lustlos das Wappen der Schule (ein Bienenstock, umgeben von den Emblemen des Bügelbretts, des Webstuhls, der Palette und des Hermeshelms). Gegenüber hatte zu allem Überfluss auch noch Billy Wilder gewohnt. »Mein Gott ist das beziehungsreich/Ich glaub ich übergeb mich gleich«, dachte ich.

Ich hatte es mir unbestimmt so vorgestellt, dass ich mich in einem der schicken Cafés des Viktoria-Luise-Platzes über der Autobiographie Helmut Newtons allerlei erleuchtungsartig über mich kommenden historisch-familiengeschichtlichen Epiphanien würde hingeben können. Aber der Rest unseres Aufenthalts dort war ausgefüllt von den Wutanfällen, Selbstverwünschungen und Reinigungsritualen meines Sohnes, der in Moon-Walk-Trance in einen der zahlreichen Hundehaufen des Platzes getreten war. Die stinkende, ungut schokoladenfarbene Masse in den schneeweißen Fischgrätrillen der noch fabrikfrischen Sohlen. Das verzweifelte Humpeln von einer Pfütze zu dem schlammigen Winterrasen, der das Elend eher noch verschlimmerte. Meine väterlichen Tröstungsversuche und ihr ungehörtes Verhallen. Der Untergang des gerade noch glorreichen Selbstbilds in den tückischen Wirren der Objektwelt.

Meine Tante, realistisch und beruhigend wie auch in solchen Angelegenheiten nur pensionierte praktische Ärztinnen sein können, stellte das in seinen neuen Schuhen konzentrierte narzisstische Gleichgewicht des jungen Ghettokriegers zu Hause mit Hilfe einer Klobürste und fließendem Wasser mühelos wieder her. Bald schon wieder erzitterte ihr Wohnzimmer unter dem synkopisch ziehenden und hüpfenden Getrampel meines manisch mit der Schulter ruckenden und verzückt ins Leere sehenden Sohns. Vor dem Vakuum seines Blicks tat sich der Prospekt einer von Hundehaufen ganz freien *Bronx* auf. Oder einer anderen seinem Vater zuverlässig unbegreiflichen Sehnsuchtsgegend.

In der Nacht, unter der hohen Decke des Gästezimmers meiner Tante, träumte mir von einem »Museum der modernen Welt«. Einerseits schien mir diese außerordentlich weitläufige, verzweigte und vielleicht sogar unendlich große Trauminstitution die gleiche Konzeption zu verfolgen wie das Pariser »Musée d'Orsay« (wo ich noch nie war), andererseits befand es sich irgendwie auch auf der Berliner Museumsinsel. Ich erinnere mich besonders an einen weiten und dabei ganz niedrigen Ausstellungssaal, in dem sehr farbige und wie ausgeschnitten deutlich umrissene Reiterszenen und Schlachtenbilder von Ucello hingen, ausgeführt merkwürdigerweise als große Wandteppiche. In Treppenhäusern, so hoch und düster, wie ich sie im Schloss von Austerlitz in Mähren gesehen habe, hingen Stillleben und Tierbilder. Die gemalten Gegenstände und Wesen, das war das Besondere dieser Gemälde, bewegten sich bei längerem Hinsehen manchmal, als könnten sie lebendig werden oder wären es von Zeit zu Zeit. Und eine abgelegene Seitengalerie des »Museums der modernen Welt« war der Garderobe des englischen Gentlemans als einem Kulturwelterbe gewidmet.

Meine in diesem Stadium schon fliegende Traumperson (eigentlich hatte ich mich wohl irgendwie zusammengezogen zu einem im Raum frei beweglichen sehenden Punkt) schwebte ganz nah an die auf einen unbeschreiblichen Hochglanz gebrachten Schuhe und Stiefel aus altem braunem Leder heran. Ich bewunderte die irisierenden Farbabstufungen zahlloser mauve-, lavendel- und grüngoldfarbenen Westen, mit denen die hohen Wände bedeckt waren. Wie in einer jener erlebnisorientierten Museumsinstallationen war der Übergang in einen weiterführenden Museumskorridor hinein als begehbarer Schrank gestaltet. Durch die dicht an dicht hängenden, obszön oder lächerlich zahlreichen Anzüge, Hemden und Mäntel des englischen Gentleman drang man aus der ihm gewidmeten Galerie in einen angrenzenden Ausstellungsbereich. Mein Sohn, der mich im Traum plötzlich begleitete, ging nonchalant und gelangweilt, spielerisch mit der Hand an all dem Stoff entlangfahrend, durch das Dickicht (die Vagina) dieser durch Männerkleidung gebildeten Schleuse oder Passage, während ich ihm nachrief, er solle das alles hier doch besser beachten und genauer ansehen. Es handle sich schließlich um die historisch bemerkenswerten und kunstgeschichtlich interessanten Vorläufer seiner derzeitigen Hip-Hop-Obsession. Aber er war schon zwischen den auf ihren Bügeln hin und her schwingenden und wogenden Kleidungsstücken verschwunden.

Mit der Autobiographie Helmut Newtons, einem wunderschön gedruckten, gebundenen, mit Fotos illustrierten und vor allem sehr intelligent, witzig, rührend und sprachlich kompetent geschriebenen Buch, ergaben sich in den nächsten Tagen noch verschiedene erzählenswerte Koinzidenzen und Erkenntnisse. Helmut Newton (eigentlich: Neustädter) war so alt wie meine Mutter und hatte sein Handwerk nicht wie sie (oder wie noch während der Republik seine Lehrherrin Yva) am Lette-Haus gelernt, sondern als Lehrling und dann sehr schnell als bezahlter Assistent in jenem doppelstöckigen Atelier im heutigen Hotel »Bogota« in der Schlüterstraße. Er erzählt in seinem Buch davon, wie in den Jahren, als auch meine Mutter schon in Berlin war, jene Nation der jungen Frauen und ihrer Bewunderer ihre Rituale, Feste, Treffpunkte (ihre *body politics*) schon in einen noch geduldeten, aber fast nicht mehr völlig legalen Untergrund verlegt hatte, in ein Schattenreich, wo auch die Jüdinnen und Juden unter ihnen noch Menschen sein durften. Das geheime Leben der Schwulen seit dem Kaiserreich, so stelle ich es mir vor, war Vorbild auch dieser heterosexuellen *nation in distress*.

Für »arische« junge Frauen galten ohnehin noch Restbestände bürgerlich-zivilisierter Courtoisie. Meine Mutter hat mir aus jener Zeit der kulturellen Doppelherrschaft in Berlin ein paar Mal die Anekdote von einem älteren, ihnen völlig unbekannten Mann erzählt, der sie und eine Freundin auf dem Kurfürstendamm zur Rede gestellt und in ein väterlich ermahnendes Gespräch darüber verwickelt habe, wieso sie als deutsche Mädel geschminkt seien und Lippenstift trügen. Aus dem nahe liegenden Einwand der beiden jungen Volksgenossinnen, das ginge ihn nicht das Geringste an, habe sich ein zunehmend lautstark geführter Wortwechsel entsponnen, in dessen weiterem Verlauf der Mann, der den jungen Frauen vielleicht nicht gleich mit seinem Führer kommen wollte und stattdessen auf einen irgendwie mehrheitsfähigeren Nationalheroen verfallen war, ausgerufen habe: »Wenn euch der Bismarck sähe!« Worauf die Freundin meiner Mutter gesagt haben soll, der Eiserne Kanzler habe vielleicht auch lieber zwei geschminkte junge Frauen angesehen »als so einen Schrumpfgermanen wie Sie!«. Wobei es sich bei dieser Wendung ins heroisch Schlagfertige wahrscheinlich in Wirklichkeit um eine jener Antworten handelt, die einem tatsächlich leider immer erst eine halbe Stunde zu spät einfallen.

Aber die Pointe dieser bei uns oft zitierten Familienanekdote erkannte ich, zurück in meiner Krakauer Bibliothek, über der Lektüre von Helmut Newtons Autobiographie wieder. Offenbar bis weit in den eigentlichen Krieg hinein ist die Eleganz und Erotik, die das Bild dieser Berliner Straßen bis 1933 geprägt hatten, von den Nazis nur merkwürdig zögernd unterdrückt worden, gebremst durch allerlei Rücksichten und wohl auch durch Reste von Ritterlichkeit. Newtons bewundernde Verliebtheit in Yva, die damals ihr Geschäft, wie Newtons Vater das seine, schon nicht mehr selber führen durfte. Die Flirts, Liebesgeschichten und sexuellen Abenteuer im Halenseer Freibad, dessen Besuch für ihn als Juden eigentlich schon illegal war. Schließlich die von seiner dann bald im KZ ermordeten Mutter als letztes Geschenk spendierte luxuriöse Schiffspassage in die Freiheit, nach Singapur, einem Leben als legendärer Künstler jener »World without Men« entgegen (wie der Titel eines seiner Fotobücher lautet), einer großen, weiten Welt, die das Versprechen dieser Berliner Straßen an die jungen Frauen der Moderne ist. Während die Welt meiner Mutter bis in den Krieg hinein, der ihren vierundzwanzigjährigen Körper für immer beschädigen würde, im Schatten der Verbrechen von Jahr zu Jahr vermuffte, sich verdüsterte und schrumpfgermanisierte.

Irgendwann vor dem Silvesterabend des Jahres 2003, vor einer Neujahrsnacht, die ich bis morgens um acht oder neun im gut-gelaunt-familiären Sodom und Gomorrha der Bars und Diskotheken von Krakau verbringen würde, habe ich den Schlussabschnitt von Helmut Newtons Autobiographie gelesen. Er erzählt die Geschichte einer Heimkehr, eines Sieges, einer Legitimation, einer Verklärung – und einer Umdeutung jenes verachteten, verfolgten, nie ernst genommenen erotischen Versprechens der zwanziger Jahre in einen Teil unserer demokratischen Kultur. Unter der Kapitelüberschrift »Return to Berlin« ist da auf einer knappen Seite der eigentlich unglaubliche Vorgang geschildert, dass das offenbar außerordentlich umfangreiche Archiv des Schülers, Assistenten und Nachfolgers von Else-Ernestine Neulaender-Simon auf Betreiben des Regierenden Bürgermeisters Klaus Wowereit, des ersten schwulen Politikers unserer Republik, der nach einem nonchalanten, selbstbewussten und humorvollen öffentlichen Coming-out in sein Amt gewählt worden ist, in einen großen, kasernenartigen wilhelminischen Bau hinter dem Bahnhof Zoo einziehen und dort eine endgültige museale Heimat finden soll (»from the windows I can see across the road to the railwaystation to the quay, from where I said goodbye to my parents sixty-four years ago to go out into the wide, wide world«).

Ich sah am Silvesternachmittag (es begann schon dunkler zu werden) vom Buch auf in das Krakauer Schneetreiben vor meinem Fenster und wusste, dass in meinem Land nicht nur die Schwulen einen fast vollständigen Sieg im Anerkennungskampf errungen haben, sondern dass sie, großzügig und solidarisch, wie sie in Jahrhunderten der Verfolgung offenbar geworden sind, auch uns eigentlich längst wie Schwule lebenden »Heteros der modernen Welt« in ihren Sieg einbeziehen und an ihm teilhaben lassen wollen. »Unter der Regierung Wilhelms II., deutschen Kaisers, Königs von Preussen erb. v. d. kameradschaftl. Vereinigung d. Offiziere d. Landwehr Insp. Berlin MCMDC« steht im Giebelfeld über sechs Pilastern des soliden, repräsentativen und weitläufigen Gebäudes von 1909, in dem das Bildervolk der jungen Frauen, dem Yva, Helmut Newton und meine Mutter ihr Arbeitsleben gewidmet haben, ihr Museum bekommen werden (»Pussy-Power in der Landwehrinspektion« dachte ich fröhlich und sah ins Schneetreiben; die preußische Landwehr war eine Art Reservisten- oder Schattenheer, dessen Idee aus den antinapoleonischen Kriegen stammte und das im Nazi-Volkssturm geisterhaft wieder auferstanden ist).

Blow up

Und nach sechs Tagen nahm Jesus zu sich Petrus und Jakobus und Johannes, seinen Bruder, und führte sie beiseits auf einen hohen Berg. Und er ward verklärt vor ihnen; und sein Angesicht leuchtete wie die Sonne, und seine Kleider wurden weiß wie ein Licht.

Matthäus 17, 1–2

Neben vielem anderen ist jener Aufsatz meines Vaters über den Enthusiasmus, den die Geschichte in uns erregt, wahrscheinlich eine platonische Liebeserklärung an seinen Lehrer gewesen. Die Verwandlung eines nationalistisch, vielleicht sogar noch nationalsozialistischen jungen Mannes in einen Angehörigen der »Skeptischen Generation« (nur so habe ich ihn gekannt) war das Ergebnis einer emotionalen Zurückweisung. Die Kette der emotionalen Überlieferung von Männergeneration zu Männergeneration war zuvor schon zerbrochen (die nackten Epheben, die völkisch-schwule Erhitzung unter afrikanischem Himmel; die Sterne; Friedrich von Erckert; »Alle vergeudete Verehrung«). Etwas zu lernen war 1943 im Internierungslager Monteith nicht mehr von der Väterwelt, sondern nur noch von den Schwulen (Frauen gab es ja nicht).

Aber der wichtigste Mann im damaligen Leben meines Vaters hatte für die sublimierte völkische Ephebenerotik, in deren Klima mein Vater das Leben und die Überlieferung der Männer kennen gelernt hatte, kein Organ. Und es zeigte sich, dass ich, bevor ich in die Traditionen und Selbstverständlichkeiten der Überlieferung von Männergeneration zu Männergeneration würde eintreten können, an den Punkt zurückkehren musste, an den mein beschämter Vater mit seinem entzündeten Aufsatz, seiner 2– und dem Unverständnis dieses eleganten, gefährlichen und anziehenden Mannes im Internierungslager Monteith schon einmal gekommen war (bevor er das alles so schnell wie möglich vergessen und meine Mutter kennen gelernt hat; das Leben ging weiter).

In den Osterferien 1968 fuhr ein siebzehnjähriger Junge mit der Eisenbahn vom Bodensee in seine schwäbische Heimatstadt. In der Spätnachmittagssonne waren so viele Schattierungen von Grün in so schneller Folge vor dem Abteilfenster zu sehen, dass ich in eine milde Trance geriet. Der Zug tauchte aus dem Laubschatten auf und Täler eröffneten sich, in denen es nichts gab außer Wiesen, Flusswäldern, grauen Kalksteinfelsen und Eisenbahnbrücken. Auf dieser Zugfahrt entstand ein Gedicht über einen Engel, der in einer solchen Landschaft vom Himmel auf die Erde stürzt und (merkwürdigerweise mit einem zischenden Geräusch) in einem Fluss versinkt. Noch am selben Abend, nach einem Abendessen im Haus meiner Eltern, ging ich ins Kino.

Der Londoner Fotograf (er trägt weiße Hosen und ein schwarzes Samtjackett; er fährt einen Rolls-Royce) ist besessen von der Idee der Objektivität. Der Film führt ihn ein beim orwellhaft neusachlichen Ausspähen eines Obdachlosenasyls. Sehen ist für den Fotografen ein technisch strenger, verlässlicher Prozess der Wirklichkeitsannäherung, vom Filmeinlegen bis zur Vergrößerung. So kommt er in den kleinen Park. Hier weht ein starker, unablässiger Wind. Die Aura des Ortes hat sich zum Pneuma radikalisiert. Die Wolken, Bäume, Hecken und Gräser, plötzlich sind sie ein Orakelhain, wollen etwas sagen. Später ist auf den Fotos die Naturstimmung zum Beweismaterial verdichtet: Ein Toter liegt unter einem Baum, eine Waffe im Gesträuch. Ein Londoner Nachmittag Ende der sechziger Jahre folgt. Draußen könnte es Samstag sein, ein grauer, windiger Sommertag. Im Atelier des Fotografen erscheinen Mary-Quant-artige langhaarige Mädchen in Miniröcken. Aber das Unerklärliche im Park behauptet sein Recht gegen all die Wirklichkeit. Schließlich verwirrt sich alles, die Yardbirds spielen, am Morgen ist der Park leer, die Bäume rauschen. Am Schluss des Films spielen Clowns morgens früh auf einem Tennisplatz im Park mit einem unsichtbaren Ball. Er ist über den hohen Drahtzaun gegangen und dem übernächtigten Fotografen, der sich hier mit seiner Kamera herumtreibt, direkt vor die Füße gerollt. Die Clowns warten und wundern sich, weil der Fotograf zögert. Dann hebt er den Ball auf, wirft ihn zurück, und plötzlich gibt es ihn.

Durch eine schwäbische Kleinstadt, wie sie in den frühen Romanen von Hermann Hesse beschrieben ist, ging der sehr junge Mann in den folgenden Wochen und Monaten als der Fotograf aus Antonionis »Blow up«. Es war jetzt völlig unzweifelhaft geworden, wie das gute Leben aussah und wie man leben müsste. Eine als Handwerk geübte Kunstform nicht ganz etablierter kultureller Legitimität (die Modefotografie, die den Beruf meiner Mutter überflüssig gemacht hatte) würde sich plötzlich dem Einbruch des Unerklärlichen öffnen und eine unabsehbare Wahrheit und Bedeutung gewinnen. Ein Leben am Rand der eigentlichen Kunst (aber im Gegensatz zu meiner Mutter mit dem nötigen Geld, einen Rolls-Royce zu kaufen und in einer solchen Londoner Atelierwohnung zu leben). Weiße Hosen und ein schwarzes Samtjackett. Der Holzpropeller eines altmodischen Sportflugzeugs, den der Fotograf in einem Antiquitätengeschäft sieht und sofort haben muss. Im Keller eines Abbruchhauses fand sich ein gusseisernes Nachtschränkchen aus dem neunzehnten Jahrhundert, das ich abschliff, neu lackierte und nach langen Kämpfen mit den zuständigen Autoritäten neben meinem Internatsbett im Schlafsaal aufstellte. Die schönen Frauen, die sich dem Fotografen an den Hals werfen. Angst vor ihnen. Nachts in Klubs gehen, wo die Yardbirds auftreten.

Die weißen Hosen und das Samtjackett (bei mir war es ein braunes), die Bestandteile des neuen Lebenstraums, die am leichtesten zu beschaffen waren, hatte ich schon, als ich zwei Jahre später, im Frühling 1970, mit der Eisenbahn über die

Ebenen der Champagne nach Paris zu einem Freund meiner Eltern fuhr, der mich auf ein paar Tage eingeladen hatte. Kubricks »2001 – Odyssee im Weltraum«; Polanskis »Tanz der Vampire« waren im Kino der kleinen Stadt schon zu sehen gewesen. Die ersten Zurückweisungen der Mary-Quant-artigen langhaarigen Mädchen in Miniröcken, die durchaus nicht darauf brannten, sich mir an den Hals zu werfen, lagen schon hinter mir. Der Familienfreund hatte mich mit elf fasziniert wie kein Erwachsener vor ihm. Er flirtete mit meiner Mutter, die in seiner Gegenwart auflebte. Er behandelte meinen Vater mit der Achtung, die dem Chef gebührte. Mir aber brachte er ein Interesse entgegen, das ich von niemandem kannte und dem ich vorsichtig und erstaunt entgegenkam. Wir verloren ihn dann wieder aus den Augen. Ich schrieb ihm Briefe, als ich älter wurde und schon im Internat war.

Als ich den Charles Swann unseres schwäbischen Combray jetzt in Paris (seiner eigentlichen Umgebung) wiedersah, war etwas von der ungreifbaren Eleganz um ihn, deren gesellschaftliches Symbol damals die »Rolling Stones« abgaben, gefährlich und anziehend zugleich. Er holte seinen sprachlos staunenden jungen Gast vom Gare de l'Est ab. Der Arc de Triomphe und seine geflügelten Genien leuchteten hinter dem Hellgrün der Kastanien im starken Licht der Straßenlaternen. Er trug einen Anzug, der mit meinem Konfirmationsanzug und den Anzügen meines Vaters so viel zu tun hatte wie ein Rolls-Royce mit unserem Audi 100. Er hatte Schuhe aus einer Art Leder an, wie es bei uns zu Haus allenfalls für Frauenschuhe verwendet wurde. Ein weißes, unbestimmt teuer aussehendes Hemd. Er rauchte »Players Navy Cut« aus einer Schachtel, in deren Zentrum ein Seemann in einem Rettungsring zu sehen war.

Seine sehr kleine Wohnung lag in der Nähe des Étoile. Ein großes Fenster ging auf einen mit Bäumen ganz zugewachsenen Innenhof. Der blinkende, duftende Luxus in seinem schrankkleinen Badezimmer. Das Ledersofa, auf dem ich schlief. Ein Uher-Tonbandgerät, auf dem wir »Let it bleed«, »You got the silver« und »Monkey Man« spielten, während es den ersten und alle folgenden Abende viel später wurde, als ich zu Hause oder im Internat je zu Bett gegangen war. Überall gab es Sandsteinskulpturen in sich versunkener Boddhisattven und tantrisch geschwungener Frauenleiber, die er aus Indien mitgebracht hatte. Es herrschte eine Eleganz, die zu allem, was mir heilig war, hinführte. Zu den schönen Frauen (dachte ich; es war schlechterdings nicht vorstellbar, dass jemand, der mir so nah zu stehen schien, sich nach etwas ganz anderem sehnte als ich). Zu den großen Städten. Zu der großen, süßen, gefährlichen Musik. Zur Kunst. Er zeigte mir seine Zeichnungen, die in Pariser und Kölner Galerien ausgestellt gewesen und in der »New York Review of Books« gedruckt worden waren. Er sagte, ich sollte statt Fontane, durch dessen »Stechlin« ich mich gerade pflichtschuldig quälte, Burroughs »Naked Lunch« oder Brautigans »Trout Fishing in America« lesen. Er erzählte von Mary McCarthy, die er in dieser Wohnung zum Essen eingeladen hatte und die ihn »als den kleinen Terroristen Werner« in einem ihrer Bücher porträtiert hatte. Der Freund meiner Familie hatte sich, seit ich ihn ganz zu Beginn der sechziger Jahre als Kind gesehen hatte, verwandelt (er hatte sich verklärt). Er war ein anderer geworden (»Das Recht, ein anderer zu werden« nannte die Dorothee Sölle in einem längst vergessenen theologischen Bestseller, von dem damals im Religionsunterricht des protestantischen Internats viel die Rede war, die Gnade).

Es war ihm das gleiche Kunststück (oder Kunstwerk) gelungen, wie Ricky Schultz und seinen Freunden. Oder wie den Beatles, die ich (1965, bei unserer ersten Begegnung) mit ihm zum ersten Mal gehört hatte. Sie waren in weniger als einem halben Jahrzehnt aus schmissig-melodischen Unterhaltungskünstlern mit einheitlichen Frisuren, Bühnenmanierismen und -garderoben zu heroischen Künstlertitanen geworden, in deren Musik sich die Freiheit und Tragik dieser Zeit bis heute definiert und überliefert. »Obwohl sich die Beatles im Zentrum ihrer Manie gelähmt fühlten«, sollte Norman Mailer wenig später schreiben, »bezogen sie ihr Publikum ein, indem sie ihm neue Dimensionen eröffneten. Sie sagten komplexe und kontroverse Dinge, die vor ihnen undenkbar gewesen waren; stellten sich mit verstörenden und unverständlichen Bildern selbst dar; machten verwirrenden Lärm. Während ihre Musik besser und anspruchsvoller wurde als alles, was sie bisher gemacht hatten, entwickelte sich ihre Persönlichkeit als Gruppe und als Band provokativer und dimensionenreicher als die Umstände oder irgendjemandes Ehrgeiz je erlaubt oder gefordert hätten. Für eine plötzlich bedrohliche Welt fanden sie Antworten und Interpretationen in der Sprache des Symbolischen, in der Logik des Traums. Zufällig und absichtlich, durch Verführung und Aggression, Aufruhr und Versenkung feuerten sie die ersten Schüsse der Schlacht um das Bewusstsein, deren Toben die zweite Hälfte ihres Jahrzehnts erfüllen würde.«

Dieses Jahrzehnt der Beatles war jetzt zu Ende. Die Karriere nicht nur der ersten und größten Popgruppe aller Zeiten, sondern auch aller folgenden und überhaupt all dessen, was seither Pop heißt, war nach dem alchemischen Gesetz der Verwandlung niederer Materie in hohe und schließlich die höchste vor sich gegangen. Aus Unterhaltungsmusik war große Kunst geworden, Gold aus Dreck. Und zugleich war zum Beispiel »The White Album« so vollkommen, so begeisternd und entspannend Unterhaltungsmusik geblieben, wie man Andy Warhols Kunst-Brillokartons nicht von denen in einem Supermarkt unterscheiden kann. Das ästhetische-modernistische und insgeheim zugleich religiöse Gesetz der Verklärung des Gewöhnlichen war an der Musik und im Leben dieser vier jungen Männer wahr geworden (sie waren nur ein paar Jahre älter als ich selbst; also gab es Hoffnung auch für einen dünnen, schüchternen Jungen aus dem Evangelisch-Theologischen Seminar). Ihr Leben hatte sich verwandelt in den Kommentar zu »einer Theorie, die mindestens so alt ist wie der heilige Augustinus und die ihrerseits vielleicht die ästhetische Umformung einer wesentlich christlichen Lehre ist, dass der Geringste uns – vielleicht gerade der Geringste unter uns – in heiliger Gnade erstrahlt« (Arthur C. Danto). An den Beatles war Gnade geschehen. Sie waren der Eckstein, den die Bauleute verworfen hatten. Seit »Sergeant Peppers Lonely Hearts Club Band« und für lange, entscheidende Jahre erschienen sie als höhere Wesen. Bis die Substanz des Heiligen, das Pop-Mana, um die Jahreswende 1969 auf die Rolling Stones überging (die apostolische Übertragung von »Let it be« zu »Let it bleed«; eine andere Geschichte).

Auch im Leben des Pariser Freundes (er muss damals um die Fünfunddreißig gewesen sein) waren die unterirdischen ästhetischen Kontinentalverschiebungen am Werk gewesen, deren Beben und Schockwellen mich in der Provinz (damals gab es so etwas noch) mit Antonionis »Blow up« oder auf der schwarzen, glänzenden Scheibe von »Let it bleed« erreicht hatten. Ich hatte das Meisterwerk der Rolling Stones vor diesem Parisbesuch in einem Elektrogeschäft ein paar Straßen von meinem Internat entfernt unter den misstrauischen Blicken des Besitzers einmal anhören dürfen; dann nur noch gelegentlich einzelne Stücke im Radio. Das Pariser Männer- und Lebensvorbild war dem Fotografen in Antonionis Film mit seiner Wandlung so nahe gekommen, wie kein Mensch, den ich zuvor je gesehen hatte. Er war der erste Mann, den ich vollkommen schön fand, »und sein Angesicht leuchtete wie die Sonne, und seine Kleider wurden weiß wie ein Licht«.

Und wie meine Erinnerung an die Tage mit ihm stelle ich mir heute noch die zivilisierte Gesellschaft vor. Wir gingen sonntags in einem Bistro frühstücken und danach in den Louvre (als hätte ich damals zum ersten Mal starken Kaffee getrunken; in meinem Kopf spielen, während ich mich an diese Vormittage erinnere, The Velvet Underground »Sunday morning« mit den unsterblichen Zeilen »It's all those wasted years/So close behind«). Wir sprachen nachmittagelang Französisch, und er korrigierte meine Aussprache. Er nahm mich zu einer reichen älteren Freundin mit und brachte mir bei, wie man mit Stäbchen isst. Einmal, spät in der Nacht, gingen wir Hand in Hand die Champs-Élysées hinunter. Eines anderen Abends, nachdem wir uns mit einem Freund von ihm getroffen hatten, ging ich den ganzen weiteren Abend allein von einem der damals gerade in Mode gekommenen »Drugstores« zum nächsten und unterhielt mich eine Weile (bis ihr Freund auftauchte) mit einem Mädchen, deren geschminkte Augen, deren Dekolletee, deren kniehohe Lackstiefel heute noch manchmal in meinen Träumen auftauchen (zurück auf dem Ledersofa, das er für mich zum Schlafen zurechtgemacht hatte, berichtete ich ihm träumerisch atemlos; es war, als ob meine Seele entgleist wäre und ich nie mehr nach Hause zurückfinden würde).

Tatsächlich überfiel mich ein paar Tage später, im Liegewagen zurück nach Blaubeuren, dann eine Traurigkeit, als sei mein siebzehnjähriges Leben unwiderruflich vorbei und als hätte ich das Wichtigste versäumt. Eine Zeit lang gab es noch die Idee, nach dem Abitur zum Studieren nach Paris überzusiedeln. Einer jungen Frau in vergleichbaren Umständen wäre es vielleicht gelungen, in Paris ein neuer Mensch zu werden. In der Beziehung zu einem älteren Mann hätte sie – gesellschaftlich akzeptiert, vielleicht sogar bewundert und beneidet – Generationen, Länder und kulturelle Klassenschranken übersprungen. Sie wäre glücklicher geworden als ich (ein paar Jahrzehnte früher glücklich als ich). Dieses mühelose, erotische, blitzartige, gleichsam fliegende Verwandlungsglück war auch meine Sommermorgen- und Balkonphantasie über die jungen Freunde Richard Schultz' und Christian Adolf Isermeyers nach meinem Besuch im Schwulen Museum am Berliner Mehringdamm gewesen; etwas Ähnliches hatte ich viel früher schon manchmal in Träumereien über eine schöne junge Frau ausgearbeitet, die in eine Parallelklasse ging und später, kaum zwanzigjährig, einen reichen älteren Kanadier geheiratet haben soll.

Aber ich war ein Mann, ich war unrettbar heterosexuell, ich war in allem, woran mir wirklich lag, fast pathologisch schüchtern, und obwohl ich den Pariser Freund dann immer wieder gesehen habe, nahm bald darauf, wie es zu erwarten und wahrscheinlich ja auch richtig war, die Welt eines konventionellen Jungmännerlebens mich hin (»da sie aber ihre Augen aufhoben, sahen sie niemand denn Jesum allein«). Das Abitur. Die erste Frau, von der ich mir überlegte, ob ich sie heiraten sollte. Das Studium in München und Stuttgart. Und eigentlich ist erst jetzt, über den Fotos der eleganten jungen Männer, der italienischen Landschaften, der Museumsinterieurs und Renaissancearchitekturen in Christian Adolf Isermeyers Biographie (von der auch mein Vater, wie er mir am Telefon gestand, im Sommer 2003 wochenlang träumte) wieder etwas aus den Nächten in der kleinen eleganten Wohnung meines Pariser Freundes in mir aufgetaucht. Etwas, das mich mein Leben lang begleitet hat und dem ich, nachdem ich es so früh verloren habe, insgeheim immer näher gekommen bin, je älter ich wurde. Erst jetzt hebe ich den Ball auf, werfe ihn zurück, und plötzlich gibt es ihn.

Wie in allen über fünfzigjährigen Lebensläufen ist in meinem so viel auch schief gegangen und enttäuschend gewesen, dass die Vorstellung, es gebe nur eine einzige Beschreibung des richtigen Lebens, mich in den Selbstmord oder in den finalen Bußkampf um die göttliche Gnade führen müsste. Denn mir (und allen anderen meines Alters) wäre dann, wie Heinrich von Kleist, der Schutzheilige der philosophischen Selbstmörder, schrieb, wirklich »auf Erden nicht zu helfen«. Stattdessen (statt dass wir uns alle umbringen) hat sich in mir die fast religiöse Überzeugung von der transzendierenden Kraft der Lebenslüge herausgebildet, eine Art Glaube daran, dass Gott in Wirklichkeit ein Liberaler ist, der »anerkennt, dass Neubeschreibung, dass Sprache die Macht hat, neue und andere Dinge möglich und wichtig zu machen« (»What if God were one of us«).

Das Leben der Toten

Während seines sechsjährigen kanadischen Begrabenseins hat mein Vater nicht nur mit lyrischer Kreativität experimentiert, sondern auch mehrere Erzählungen geschrieben. Sie knüpfen stilistisch und inhaltlich stark an seine Reiseberichte und Predigtmärlein aus der Windhuker Pfadfinder-Selbstdarstellungsbroschüre an. Aber es zeigen sich in diesen Texten auch schon weiterführende und zukunftsträchtige künstlerische Entwicklungstendenzen seines Bildungsromans. Besonders eine Art autobiographische Künstlernovelle meines Vaters, in der das Vorbild des »Tonio Kröger« zu spüren ist, hat mich während meiner Recherchearbeiten abende- und tagelang fasziniert durch die Präzision und Konsequenz, mit der eine Hand voll esoterischer spätantiker Motive (die Sterne; die gefallene Welt; der Ruf des Göttlichen; die großen, lebendigen Toten; das Gespräch mit Gott in der Kunst) sich im Bildungsroman meines Vaters, über verschiedene ideologische Kontexte, lebensgeschichtliche Materialien, Kontinente und Familien entfaltet hat.

Wir bereiteten uns zur Endpruefung. Die Schule, ihre Physik-, Chemie- und Biologiesaele standen uns abends zur Verfuegung, damit wir an den Sonderfaechern, in denen wir uns hervortun wollten, arbeiten koennten. Eines Abends, es war schon spaet, wuehlte ich noch im Biologiesaal herum und sass ueber dem Mikroskop und geriet in atemschnelle Erregtheit ueber das Wunder der Zellveraenderung in einem kranken Weinblatt, das ich mit Sorgfalt zur mikroskopischen Beobachtung vorbehandelt hatte.

Es war mir damals mit der gefuehlssicheren Unbedingtheit eines Achtzehnjaehrigen klar, dass ich ein Botaniker werden muesste. Neben dem Biologiesaal, in der hohen Aula, sass Irmgard Groener am Fluegel und jagte ihre Finger in unerschoepfter Leichtigkeit, wie im Taenzerschwung, die chromatischen Tonleitern hinauf und hinunter. Sie tat es nun schon seit einer Stunde und meine Ohren haetten ihr Spiel – weil mir auch meine Blattbeobachtung all meinen Sinn fesselte – gar nicht mehr wahrgenommen, wenn sie nicht hin und wieder, wie sie es in allen Dingen tat, ihren Einfaellen die Bahn gelassen und ihre Fingeruebungen in Melodien uebergefuehrt haette, die sie dann zuende spielte, wohl mit derselben Vollherzigkeit, mit der ich mein Weinblatt schnitt und faerbte. Irmgards Fluegel schwieg nun und da wurde ich unversehens einen heimlichen Gedankenweg gefuehrt und spuerte, ploetzlich erstaunend, wie sehr wir in den letzten Tagen eigene Menschen geworden waren, unbewusst wachsend und eines Tages dann mit neuen Augen neue Umrisse erkennend, ich dachte an Ulrichs Geburtstagsfest vor anderthalb Jahren und wuenschte mir mit einem Male, dass Irmgard wieder spielen moechte. Ob es nun der Wunsch war – manchmal geschieht Seltsames bei Menschen – oder ob Irmgard etwas Aehnliches gedacht hatte, wer weiss das?

Da klangen nun, derweil die leeren Raeume der Schule wartend lauschten, wie silberner Jubel die ersten Takte einer unbekannten Musik zu mir herueber, und es kam ein nie erlebtes Schauern ueber mich, wie es wohl immer sein mag, wenn sich unsere eigene Seele in der Gestaltungsfuelle eines grossen Fremden selbst begegnet, sich vergoettert findet in einem strahlenreinen Spiegel. Wer kann sein eigenes Herz kennen, ausser wenn es selige Antwort klingt in einem verwandten Goetterton?

Nun stand ich in der Aula.

Und das Erlebnis kam, dass aller Raum und alles Sehen sich dem Klange beugt, dass die Seele die Kraft des Traumes hat, ein Bild und eine Melodie zur erschuetternden und ewigen Wesenseinheit zu verschmelzen. Es kam, wie eine Gnade kommt und kein Mensch wird je wissen, wie mir war.

Der Saal war leer und hoch und strahlte unter vielen Lampen. Es war nichts darin als die Klarheit silberner Musik und die zwei Menschen am Fluegel. Irmgard spielte mit gesenktem, schimmerndem Haarschopf, und wenn ihre Haende nicht in Bewegung gewesen waeren, haette ich geglaubt, sie schliefe. Ulrich Lanck stand hart hinter ihr, regungslos, mit verschraenkten Armen und geschlossenen Hacken, und er blickte auf das Maedchen herab, aber er schien es nicht zu sehen. Und die lichten Jubelgeister einer Musik, jeder verschwommenen Beschreibung entrueckt, durchschwangen uns wie erloesendes Feuer, dass wir ganz einsam in uns wurden und nichts in uns Raum hatte als sie, und es mag gewesen sein, dass wir durch sie eine Ewigkeit oder ein Nichts lang wie Sterne gluehten, nur dem Einen, dem Allweltlichen offenbar. Da begann unter den Haenden der Spielerin jener zweite Teil, wo es ist, als vergehe alle Welt und als habe Gott einer erkorenen Seele im Schlaf seine Groesse, seine vollendete Einfachheit, seinen Atem geschenkt, und als singe nun die auf- und niederschwingende Tonreihe unter herb darueberlaeutenden Terzen in einem Andante gottmenschlicher Ordnung. Seit jener Nacht lebt in meinem Sinn die Gestalt Ulrich Lancks vereint mit dem Gesange des Andante, und dies ist geschehen aus einer inneren Wahrheit und Richtigkeit heraus, fuer die ich keine Erklaerung weiss. Wo das Herz erlebt, bleibt nichts zu erklaeren. –

Als sie geendet hatte und die Halle unter vielen Lampen wieder tonlos und kalt strahlte, drehte sich Irmgard Groener etwas verlegen um und sah mit ganz dunklen Augen und blut-

frischer Stirn zu Ulrich hinauf und sah zu mir herueber, und wir konnten zu dritt nicht ein einziges Woertlein sagen, und die Stille des kalthellen Aulasaales schien um so hohler, da in uns noch so viel Musik in die Tiefen tropfte. Zuletzt trat Ulrich an den Fluegel und deckte sacht den Deckel ueber die Tasten und sagte dann: »Heute lass es genug sein. Wir wollen jetzt nach Hause. – Aber spaeter, Irmgard, musst du mir wieder spielen, einmal, weisst du, ich meine die Stelle – wo die Musik mit sich selbst spricht.«

»Das Andante?«

»Ja, so heisst es wohl!«

Irmgard sagte: »Ich kann es auswendig.«

Sie sagte mit leiser Stimme, als meinte sie den Sternenhimmel: »Es ist das Italienische Klavierkonzert F-Dur von Johann Sebastian Bach.«

Ich konnte zeitweilig kaum glauben und wagte niemandem zu erzählen, wie verblüffend religionsförmig und theologisch stimmig das kunstreligiöse Weltanschauungskonstrukt in dieser Novelle ausgearbeitet ist. Im alchemischen Laboratorium der kanadischen Gefangenschaft hat es mein Vater aus umformulierten und neu codierten Motiven seiner nationalsozialistischen Erziehung gebastelt und sich zurechtgelegt, sicher nicht in einem bewussten Akt des Nachdenkens, sondern indem er intuitiv alle Einflüsse, beiläufigen Bemerkungen, Reaktionen der großen Brudergestalten, Lehrer, Vorbilder verarbeitete, im Versuch, so zu werden wie sie. Wie Bildung und Erziehung eben immer und überall, auch in den kanadischen Wäldern, vor sich geht und funktioniert.

In der Dachkammer eines ihnen und ihrer Liebe feindlichen Hauses, kurz vor oder nach meiner ungeplanten Zeugung, muss diese Beseelungsreligion von Monteith in einer dann schon auch von meiner Mutter mitformulierten Denomination zu der Religion der kleinen Sekte oder Monarchie geworden sein, die meine Eltern der zerstörten Stadt, ihren Eltern, ihrer ungewissen Zukunft als ein immaterielles Eigentum entgegengesetzt haben; der Sommerhitze und Winterkälte, der nur mit einem kleinen Kohleofen heizbaren Dachkammer am Esslinger Zollberg. Aber diese kunstreligiösen Erlebnisse halfen meinem Vater auch, nicht völlig in der Wissenschaft zu versinken und zu verschwinden (in Tübingen war er inzwischen Schüler des Mittelalter- und Germanenforschers Heinrich Dannenbauer geworden). Zum Quellenstudium nach London ans Britische Museum gereist, sucht ihn 1953 zum Beispiel über historischen Akten die Vision eines jenseitig/diesseitigen Kunstgöttlichen heim und erinnert ihn an den eigentlichen, überweltlichen Sinn wissenschaftlicher Formen und Gesetze. Im weltberühmten Kuppelsaal in Bloomsbury wird mein Vater durch Wasser des Geistes befeuchtet wie der alttestamentarische Hirsch, der nach der Quelle schreit. Mit seinen gestochen scharfen Aufzeichnungen in disziplinierter tintenblauer Jungmännerschrift schreibt sich Gustav Wackwitz in eine Tradition europäischer Mystik ein, von der ihm bewusst vielleicht gar nichts bekannt war. Medizinisch gesprochen muss es eine akustische Halluzination gewesen sein, wovon in seinem Tagebuch aus jener Zeit, einem notizbuchkleinen Heft mit käferbraunem Kunstledereinband erzählt wird; ein psychopathologisch vielleicht nicht ganz unbedenkliches musikalisches Stimmenhören aus dem Jenseits seines Stammhirns.

So was ist mir schon lange nicht passiert; zeigt, daß ich doch noch nicht ganz verstaubt bin. Ich sitze im Brit. Mus. Lesesaal unter der Riesen blau-beigen Kuppel und wühle mich schleppend durch meine Bände langweiliger Abhandlungen der Aborigines Protection Society; und auf einmal, gänzlich unerwartet (wie ein Erröten) u. unkontrollierbar, kommt Bachs Violinkonzert, der erste Satz, u. ich muß aufhören zu lesen u.

ich höre die Geige unter dem Orchester reden, eine ganz adlige, ganz vollendete Stimme (und die ganze rechte Rückenseite, rauf und runter, kriegt einen Schauder und eine Taufe).

Seinem Sohn freilich, der jetzt schon über zwanzig Jahre älter ist als der junge Visionär im Britischen Museum, lief es beim Lesen dieser Aufzeichnung von 1953 aus anderen Gründen kalt den Rücken herunter. Nämlich als mir während meiner Alchemie- und Mystikstudien klar wurde, dass nicht nur der Taufguss aus dem kulturreligiösen Jenseits aus der mystischen Tradition stammt. Sondern zum Beispiel auch der merkwürdige und ungebräuchliche Gebrauch des Verbs »kriegen« in der letzten Zeile dieses Abschnitts. Bei Jakob Böhme zum Beispiel taucht diese Verwendung praktisch ununterbrochen auf: »Es ging mit mir gleich als wenn ein Korn in die Erde gesät wird, so wächst das hervor in allem Sturm und Ungewitter, wider alle Vernunft ... So ward der innere Mensch gewappnet und kriegte gar einen teuren Führer«, schreibt er etwa über seinen mystischen »Durchbruch« in Görlitz. Und dann, schon ganz nah an der Taufmetaphorik meines Vaters im Britischen Museum und seiner Epiphanie des Kunstgotts über den staubigen Akten seiner ungeliebten Doktorarbeit: »Das reine Bild ist in Gott verborgen, im Worte, das Mensch ward, gestanden. Jetzt, als die Seele am Ziele stehet, krieget sie die wieder mit der schönen Jungfrau der Weisheit Gottes.«

Erinnerungen an das Evangelische Gesangbuch haben mitgespielt bei diesem gespenstischen Wiederauftauchen der Tauf-, Wiedergeburts-, Durchbruch- und »Schauder«-Metaphern der deutschen Mystik im käferbraunen Kunstledertagebuch meines Vaters aus den Jahren 1952 und 1953. Oder eben die Echos der Bachkantaten, die mit dem Lichtschein aus dem Wohnzimmer ins Kinderzimmer drangen und einem kleinen Jungen die Angst vor der Dunkelheit nahmen. Denn an ihrer Aufführung in der Windhuker Christuskirche hatte der älteste Sohn des namibischen Landesprobsts als Junge – als Pfadfindergruppe getarnte Hitlerjugend hin oder her – auf Geheiß seines Vaters mit seiner Geige regelmäßig mitwirken müssen. Vor allem aber waren es sehr konkrete Umstände, die während der Schwangerschaft seiner späteren Frau jene merkwürdige Bildungsreligion hervorgebracht haben. Dieser neuheidnische Privatglaube inspirierte den Widerstand eines jungen Paars gegen die noch mehr als halb nationalsozialistische Nachkriegsfamilie am Esslinger Zollberg. Er war ihre Form des Vertrauens in die Zukunft und die eigenen Möglichkeiten.

Über den Verfall der Orakel

Als er an Palodes vorbeisegelte und weder Wind noch Wellen sich zeigten, rief Thamos, auf dem Bug stehend, die Worte, die er gehört hatte, auf die Insel hinüber: ›Der große Pan ist tot.‹ Noch bevor er geendet hatte, erhob sich auf der Insel ein großer Schmerzensschrei, nicht von einer Stimme, sondern von vielen, vermischt mit Ausrufen der Verwunderung und des Erstaunens. Da das Schiff viele Passagiere befördert hatte, verbreitete sich die Geschichte nach seiner Landung in ganz Rom, und der Kaiser Tiberius schickte nach Thamos. Der Kaiser war so überzeugt von der Wahrheit seiner Erzählung, daß er eine Untersuchung über diesen Pan anstellte. Und die zahlreichen Gelehrten seines Hofs einigten sich auf die Ansicht, er sei der Sohn des Hermes mit der Penelope gewesen.

Plutarch: Über den Verfall der Orakel

Anders als Tristram Shandy in Laurence Sternes komischem Roman kann ich meine Zeugung nicht auf den Tag und die Stunde datieren. Dafür weiß ich mit einer seltsamen, in ihrer Art auch sehr komischen Genauigkeit, was mein Vater während der warmen und frühlingshaften schwäbischen Apriltage des Jahres 1951, als es passiert sein muss (so unpassend und ungeplant, wie die meisten Kinder nun einmal gezeugt werden) gedacht, was er für Phantasien gehabt, mit welchen Theorien er sich beschäftigt hat. »An deinem Vater ist ein Professor verloren gegangen«, sagte mir meine Großmutter einmal vor dem Zubettgehen, als ich zehn oder elf war; unausgesprochen, aber dem Kind schon deutlich und peinlich stand das »Aber dann kamst ja du« im Raum.

(15. April 1951) nachmittags ½ 5: hier sitz ich, vor Dannenbauers Haus – da scheinen sie alle bei dem blauen Sonnenwetter unterwegs zu sein – am Österberg, über dem Neckar

und bin zum ersten Mal im Jahr vom Frühling überwältigt. Dabei ist es nur ein erster blühender Kirschbaum in all seiner rührend-strahlend-bescheidenen Lebendigkeit, durch dessen weißes Gefieder der Himmel blau hindurchsickert, u. der umwoben ist vom Fluge tausender Bienen. Dieses summende Befruchten, dieses Stück Schöpfungsprozeß in actu an diesem weißen, schlanken Baum, das junge Gras (in dem mein Tintenfaß steht) der warme Wind, der goldene Frühling – ich bin glücklich u. still, atme, staune, bin friedlich-demütig, allein, doch allem verbunden – dankbar, daß ich lebendig bin.) –

Er war 29. Es war kaum fünf Jahre her, seit ihn die britische Armee aus der kanadischen Gefangenschaft nach Europa gebracht und ihn im zerstörten Münster in seinen weiteren Lebenslauf entlassen hatte. Er war ein viel versprechender junger Mann im Historischen Seminar der Tübinger Universität. Er war wohlgelitten nicht nur bei seinem Lehrer Heinrich Dannenbauer, einem durch das Tausendjährige Reich kompromittierten Mediävisten. Auch in den Kreisen um den gerade erst aus dem amerikanischen Exil nach Tübingen übergesiedelten Hans Rothfels war man auf ihn aufmerksam geworden. Aus Rothfels' Seilschaft (die sich nun von der Volksgeschichte abwandte und auf die Zeitgeschichte warf) gingen jetzt die Gründergeneration der bundesrepublikanischen Historikerzunft und deren bis heute einflussreiche Nachkriegseliten hervor. Tübingen war ein guter Karrierestandort für einen jungen Historiker mit guten Verbindungen und dem richtigen »Stallgeruch«.

Gustav Wackwitz kam aus einem profilierten bildungsbürgerlich-deutschnationalen Elternhaus (das im gutbürgerlichen Rahmen auch nationalsozialistisch gewesen war). Aber er war mangels Gelegenheit kein Nazi gewesen. Er hatte, anders als die Mehrheit seiner in Stalingrad fürs Vaterland verheizten Jahrgangsgenossen, überlebt. Er hatte die richtigen Reflexe. Er hatte seit kurzem eine attraktive und in den Kreisen seiner akademischen Lehrer und zukünftigen Kollegen »vorzeigbare« Ehefrau. Er muss seinen Vaterfiguren wie eine glücklich konservierte, republik-, westbindungs- und zukunftstaugliche Version ihrer Erinnerung an sich selbst vorgekommen sein, eine Wiederauferstehung ihrer eigenen Jugend (aber vielleicht kommen alle jungen Leute ihren Lehrern so vor).

Meine Großmutter hatte schon Recht: Ihr Ältester war intelligent, hatte gewinnende Umgangsformen, die ödipale Zutraulichkeit seines Alters gegenüber älteren Respektspersonen, die richtige Witterung für den gängigen Jargon und die modischen Probleme seiner Wissenschaft. Wenn es ihm dann trotzdem nicht gelungen ist, daraus etwas zu machen, was einer akademischen Karriere auch nur entfernt gleichgesehen hat, war daran allerdings nicht meine ungeplante Zeugung schuld. Eher ein starkes Tabu, das die Tradition, in der Gustav Wackwitz aufgewachsen war, über Berufe wie den des Professors verhängt hatte. Mit wie viel »Mana« aufgeladen, wie spirituell gefährlich für die Söhne meines Großvaters eine Laufbahn in den höheren Regionen intellektueller oder künstlerischer Sichtbarkeit gewesen sein muss, dafür ist das Schicksal meines Onkels, des jüngeren Bruders meines Vaters, vielleicht das beste, also das schlimmste Beispiel.

Ihn hatte eine Verkettung von Umständen, von denen die Schließung der Berliner Sektorengrenze 1961 der dramatischste war, mit kaum fünfundzwanzig Jahren zum Professor für virtuoses Orgelspiel an der Berliner Hochschule der Künste gemacht (er war überrumpelt worden). Mit welchen Bedeutungshorizonten sein zukünftiger Beruf für ihn umstellt war, eine wie schwer erträgliche Überforderung die Vorstellung, dass er nun ein Künstler sein sollte, für Peter Wackwitz gewesen sein muss, geht aus Passagen des käferbraunen Tagebuchs meines Vaters über den September 1951 hervor. Dort wird eine Reise der beiden Brüder im schwäbischen Neckartal beschrieben, eine Woche lang mit dem Fahrrad von einem Landgasthof zum nächsten.

> *Peters Streben u. dessen Quintessenz, wie er es als Widmung seiner jüngst verflossenen Dulcinea ins Buch schrieb (u. damit richtig auch Perlen vor die Sau warf): »Die Heiligkeit des Lebens vollzieht sich im Kunstwerk, u. dessen Vollkommenheit zu erschließen u. weiterzutragen im Dienste des Menschen ist uns die Erfüllung, die uns weiterleben läßt im Glauben an eine Kraft, die den Tod seiner Rätsel entkleidet.«*

Peter Wackwitz und sein großer Bruder haben in ihrem intimsten Inneren ihr Leben lang nicht begriffen oder wahrhaben wollen, dass der große Pan tot ist (»Noch bevor er geendet hatte, erhob sich auf der Insel ein großer Schmerzensschrei, nicht von einer Stimme, sondern von vielen, vermischt mit Ausrufen der Verwunderung und des Erstaunens«). Die Frau von Günter Grass ist die einzige Schülerin meines Onkels, die ich kennen gelernt habe. Sie sagte mir im Restaurant nach einer Lesung ihres Mannes in Krakau, Peter Wackwitz sei nicht nur ihr wichtigster Lehrer, sondern auch ein makelloser Musiker gewesen. Sie werde nie begreifen, warum er nur eine einzige Platte aufgenommen hat, und die fast unter Ausschluss der Öffentlichkeit. Mein Onkel hat mich, so lieb ich ihn immer hatte, nie beachtet. Erst kurz vor seinem Tod habe ich ihn, wenn auch nur ein bisschen, näher kennen gelernt. Er war ein schwerer, gegen das Ende zu körperlich fast aufgelöster, sanfter und vollkommen verschlossener Mann. Am Vormittag gegen elf, zum Kochen, öffnete er die erste der vier oder fünf Flaschen Wein, die er täglich trank.

Keiner der beiden Brüder, die 1951 mit dem Fahrrad von

Tübingen nach Heidelberg fuhren, würden es mir glauben, würden es überhaupt anders als mit Schweigen oder einem verächtlichen Grunzen quittieren. Ich aber, ihr wenig beachteter Sohn und Neffe, weiß und habe herausgebracht, dass aus ihren großen Begabungen aufgrund eines gnostischen Spätschadens nichts geworden ist. Wirklich Professor oder ein anerkannter Künstler zu sein, hätte sie in die heißeste Zone unseres familiären Bildungsromans gebracht, dorthin, wo die *Heiligkeit des Lebens* abhing vom gelungenen oder misslungenen *Kunstwerk, u. dessen Vollkommenheit zu erschliessen u. weiterzutragen im Dienste des Menschen.* So viel und so Großes hing in dieser Zone nur von ihnen ab, von ihrer Begabung, ihrem Fleiß, ihrer Durchsetzungskraft, ihrem Heroismus und jenem *Glauben an eine Kraft, die den Tod seiner Rätsel entkleidet* (ein Glaube, der beiden in Wirklichkeit längst abhanden gekommen war).

Es war zu viel für sie, zumal sie für diesen Kraftakt außerdem die Skrupellosigkeit hätten aufbringen müssen, ihren Vater in sich umzubringen. Vor allem der symbolische Vatermord, der zu jeder kreativen Berufsausübung gehört, wäre zu viel für sie gewesen. Und meinem Vater stand 1951 zudem noch die Aufgabe bevor, sein gnostisches Erbteil aus der faschistischen Variante und Verkleidung, in der es ihm zuerst erschienen war und seine Jugend ruiniert hatte, in eine kulturkonservativ-unpolitische Denomination umzuarbeiten, mit der er unbeschadet in die Zukunft seines Landes würde gehen können. Diese Arbeit, so scheint es, hat er (wie übrigens die intellektuellen Eliten der jungen Bundesrepublik überhaupt in dieser Zeit) zu derselben Zeit in Angriff genommen und bewältigt, in der er seinen Sohn gezeugt hat.

15. April: Dannenbauer war aber doch da, u. ich blieb bei ihm bis abends halbacht. Sie machte Tee, u. er kokettierte u. alberte dann mit Frl. P. herum u. lobte die 1 ½ Tage, wo sie in Weingarten war, als wohltuend friedlich u. sanft. Dann gingen die beiden Damen aufs »Äckerle«, u. der Professor u. ich kamen ins Gespräch. Er will jetzt über die altdeutsche Kaiserzeit lesen u. graust sich davor, denn es sei die langweiligste u. deprimierendste Sache, die man sich bei einem Kolleg denken könne. Überall stolpere man über bewährte u. halt nicht mehr besser zu machende Formulierungen aller möglicher großer Leute, angefangen bei Giesebrecht, über Hauck bis zu Haller bzw. man rutsche in ihre Formulierungen u.v.a. die bewährten Dispositionen als in alte Gleise hinein; es sei nichts zu machen, der Stoff halt langweilig u. ausgewalzt. Neues nicht leicht möglich. Zwar könnte man wohl das Interesse auf eine der großen Forschungsfragen konzentrieren, gewissermaßen eine Reihe von notdürftig miteinander verbundenen Spezialreferaten geben, aber er habe keine Lust mehr: »Von mir aus könnte das Sommersemester noch ein ganzes Jahr entfernt sein! Wenn es nur schon vorbei wäre!« Die innere Spannkraft sei ihm in den letzten Jahren verloren gegangen! »Früher war die Geschichte eine Liebe, jetzt ist sie nur noch ein Beruf. Man treibt ihn halt.« Aber mehr –: abwinkende Handbewegung.

Ich frage ihn, ob er im Winter nicht lieber seine Verfassungsgeschichte statt des – für ihn ebenfalls langweiligen – Spätmittelalters lesen wolle. Er will es sich überlegen. Jetzt im Sommer wollte er es noch nicht machen, da sein Verfassungskolleg ihm zu schade sei, um es der Gefahr eines halbleeren Hörsaals auszusetzen, da jetzt doch alles zu dem Neuen, Rothfels, laufen werde. Ich frage, was denn sein Buch mache, dessen Anfangskapitel (Alarich in Rom etc.) er uns 1947 mal vorgelesen hatte. Es sollte die politische und kulturelle Entwicklung von der Spätantike ins Frühmittelalter werden, ein Buch, von dem ich mir gerade aus Dannenbauers Schreibtisch viel Gutes u.v.a. stilistisch Sauberes versprechen würde. Aber: es ist liegengeblieben. Es scheint ihm doch auch sehr bedauerlich zu sein, denn sichtlich mit Ärger – wie von lästigen Fliegen – erzählt er, wie er in den letzten 2 Jahren vor lauter Kandidaten-Arbeiten, Examina, Senatssitzungen, Korrespondenzen u. ähnlichem Dreck zu nichts »Gescheitem« gekommen wäre. Damals, 47/48, als er sich im Stoff u. der Stoff sich in ihm bewegte, als er viel gelesen u. als die Probleme sich ihm aus der Lektüre wie der Arbeit gestellt u. geklärt hätten, wenn er morgens beim Aufstehen u. abends beim Einschlafen u. nachmittags bei der Zigarre u. auf dem Spaziergang die Formulierungen, die sich aufgedrängt hätten, abgewogen u. eingepaßt habe, da sei er also, kurz, im hoffnungsvollen Stande geistiger Schwangerschaft gewesen, alles sei warm gelaufen u. ging gut geschmiert; jetzt sei das vorbei; u. wenn man einmal »heraus« sei, wenn die Dichte der Atmosphäre verflöge, dann sei es furchtbar schwer, wieder anzuknüpfen; das Wiederwarmlaufen sei nicht einmal das Schlimmste; das Häßliche sei das einmal angefangen Liegengelassene; wende man sich ihm später wieder zu, so mache es meist einen so derelikten Eindruck u. schmecke derart ähnlich altem Bier, daß die Lust zur Wiederaufnahme der alten Sachen kaum aufkommen könne. Dies eine allgemeine Erscheinung beim Arbeiten geistiger Dinge, jedenfalls bei ihm: der Guß muß einheitlich sein, im Zustande quälendlustvoller Erregung u. nervöser Spannungsakkumulation hingesetzt – sonst werde es an Schmarrn! (So etwas hat er mir schon öfter erzählt; was mir anzuzeigen scheint – auch die unmittelbar wirkende Prägnanz u. gedankliche wie stilistische Zügigkeit seiner Aufsätze verraten es – daß der bärbeißige Alte im Wesen ein echter Künstler ist.)

Weiter über das Frühmittelalter geredet (dabei heftig geraucht). Ich sage ihm, daß ich froh bin, gerade das Kolleg bei ihm gehört zu haben, denn dabei ist mir zum ersten Mal Gewalt u. Einmaligkeit u. Wichtigkeit der Periode klargeworden. Zum guten Teil liege das bei einem so gelagerten Thema an der jeweiligen Disposition; ist die gelungen u. der Sache und ihren Veränderungen angemessen, dann ist alles gewonnen! Besonders, sage ich ihm, hat mich sein Kapitel über die Umwandlung der spätantiken zur christlich-lateinisch-fränkischen Bildung überzeugt. Das war plastisch und plausibel, trug das Zeichen zwingender Richtigkeit. Wird dies Gefühl intellektueller Befriedigung nicht nur der Plausibilität, sondern der zwingenden sachlichen Notwendigkeit beim Hörer erzeugt, so ist das im Geistigen meist ein sicheres Kriterium für die auch objektive Richtigkeit der Darstellung. Dannenbauer (im Zimmer auf u. ab gehend): das sei ihm bei dem Kapitel sehr lieb zu hören; es sei das schwierigste und heikelste Stück der Arbeit gewesen, auch ein ganz neuer Zusatz im Kolleg, u. es sei ihm nichts wichtiger u. auch fraglicher gewesen, als die plausible Form gerade dieses Kapitels. Alles sei darin aus den Quellen gearbeitet (Kerstens sagte mir schon mal, er habe einen ganzen Winter lang Kirchenväter gelesen) – auf gelehrte Vorarbeiten habe er sich kaum stützen können, alles ein ungreifbarer Morast, worin das Waten für ihn besonders mühsam u. ein Abenteuer, denn er sei weder ein Altphilologe noch ein Spürhund auf der Fährte von »topoi«, wie z. B. Curtius. Wie große Genugtuung endlich, als er hinterher dessen »Lat. Lit. u. europä. MA« gelesen u. sich sagen habe können: der erzählt Dir auch nichts Neues mehr! (wie es ihm ähnlich bei den meisten anderen Sachen gehe). Über dem Kapitel übrigens der frühen christlichen Bildung des Abendlandes sei auch das Buch liegengeblieben.

Ich sage ihm, daß manche Leute, z. B. auch Kerstens, damals gar nicht recht kapiert hätten, was er, Dannenbauer, in diesem Kapitel eigentlich gewollt habe: nämlich nicht eine Seilbahnreise von Gipfel zu Gipfel der Literatur- u. Geistesgeschichte, sondern vielmehr eine Skizzierung oder Freilegung der Struktur einer Bildungstradition, ihrer institutionellen Eigenart u. Atmosphäre sowohl, der Herkunft, der Elemente u. der Umformung dieser Tradition, also eine Zeichnung der Bahnen u. Gleise, in denen die Sachen geschaffen würden, von denen Literaturgeschichte etc. reden. – Er: ja, ja, stimmt! – Ich lese grade die ins Thema fallenden Vorlesungen von E. Hatch aus den 80er Jahren. – Er: die sind bahnbrechend, klug, famos geschrieben, in jeder Hinsicht ausgezeichnet. – Ich: Viel weiter ist man auf dem Feld nicht gekommen. – Er: der ganze Harnack gründet sich drauf. Dann schleppt er mir die drei englischen u. französischen Werke zum Thema heran, wofür die deutsche Forschung keine annähernd adäquate Leistung besitzt (darunter der vorzügliche Marrou). Weist mich auf einen Aufsatz in der HZ 1882 von Overbeck, dem brav ketzernden und recht atheistischen Theologieprofessor zu Basel, zur Kritik einer sogen. »Patristik« u. zur Grundlegung einer wissenschaftlichen Literatur der Kirchenväter. (...) Ich (bezügl. Overbeck): woraus man sieht, daß wir keine Wissenschaft wie die Naturwiss. sind, wo jeweils nur der jüngst erreichte Stand der Probleme praktisch wichtig ist: bei uns stehen die neuesten Sachen in den ältesten Büchern. Er: macht seine charakteristische Schnute, zieht die Brauen in die Stirn u. macht mit dem Finger eine Kaffeemühlenbewegung, murmelt: »Es geht immer im Kreise rum.«

Legt mir den Neumannschen Auszug bzw. die erweiterte Disposition des Mittelalterkollegs von J. Burckhardt vor, von dem er, wie er sagt, s.zt. sehr beeindruckt war. Es geht natürlich in kontinuierlicher Fortbildung aus der Spätantike hervor. Mit der in Einzelheiten wie bei manchen wichtigeren Komplexen oder Gestalten nicht recht stichhaltigen u. konventionellen (Gregor I., Leo) Interpretation ist Dannenbauer nicht mehr einverstanden.

Die Rede kommt auf Vogt und daß er sich nicht festlegen lasse; charakteristisch –: »ja, man muß eben doch... auch ... etc.« Dannenbauer: »Frage ich ihn über Politik u. Zeitläufte, so schweigt er; frage ich ihn über Universitätsdinge, schweigt er wieder; frage ich ihn endlich über Konstantin, so sagt er auch nichts! – Wahrscheinlich bin ich ihm verdächtig, weil ich ein Ketzer bin u. Ja u. Nein wissen möchte.«

Von da aus auf Toynbee gekommen. Über die Unzulänglichkeit aller Versuche wie des seinen. Bemerkt, daß sich beim Betrachten geschichtlicher Dinge jedem das Nachdenken darüber aufdrängt. Ganz ohne weshalb, wozu, warum geht es nicht. Der echte Historiker aber weiß um die Hoffnungslosigkeit jedes Versuchs, hypothetische Antworten auf diese Fragen nun in ein funktional strukturiertes System zu arbeiten, eine Teleologie o. andere feste Gerüste, auf einem Sinnprinzip basierend. Das Nachdenken muß immer ins Offene, ins Fragwürdige hineingestellt sein, es muß für den Historiker, der einer bleiben will, irgendwo einmal aufhören können, d. h. er muß fähig sein, in skeptischer Resultatlosigkeit halt zu machen u. diese Bruchstückhaftigkeit bewußt u. in aller Bescheidenheit zu ertragen, ja eben diese Unvollkommenheit von Schauen u. Denken als unser menschliches Wesensteil in Demut anzuerkennen. – Das Nachdenken über unseren Gegenstand erkennt auch Dannenbauer als notwendig u. wünschbar, verweist auf Lessing: »Sinngebung des Sinnlosen.« Bemerkt, daß aber bei Studenten wie Dozenten der Schritt vom Offenen zum Geschlossen-Systematischen zu wenig als crux und als Gefährdung des Historischen, als spezifischer Umschlag in eine andere geistige Haltung u. aus der historischen Sphäre heraus gesehen u. erkannt wird. Dannenbauer zeigt sich dabei wieder als ein im Grunde gänzlich unphilosophischer Kopf: es sei doch bei aller Philosophie immer nur das gleiche, der Geist kenne in seiner Beschränktheit keine thematische Abwechslung, alle Geschichtsphilosophie sei doch immer nur der alte Augustin in Verkleidung. Früher habe auch er sich noch gleichsam geistig verpflichtet gefühlt, die Philosophen zu lesen; jetzt habe er das längst aufgegeben. Neues wüßten sie nicht zu sagen, man gewinne gar nichts oder wenig aus der abstrakten Problematik, u. das Anschauungsbedürfnis, das an sich etwas dem Abstrakten gegenüber höchst legitim Autonomes ist, bleibe ungesättigt.

Schließlich auf Hallers letzten Aufsatz gekommen. Ich erzähle ihm meine Empfindung beim neuen Lesen, er muckt hell auf u. sagt eifrig, ich hätte vollkommen richtig gesehen, macht mich auf eine Bemerkung in der Skizze über Haller aufmerksam, wo Wittram in »Welt als Geschichte« den Alten als Sohn vieler lutherischer Pfarrer- und Superintendentengeschlechter bestimmt sieht. Übrigens sei aus dem Hallerschen Aufsatz mehr über die Weltgeschichte zu lernen als aus dem ganzen Toynbee. Gefreut habe ich mich dann innerlich, als auch Dannenbauer persönlichst bekannte, daß er die letzten hallerschen Konsequenzen nicht mitzuvollziehen gedenke. Mir war diese Bemerkung sehr lieb u. interessant, v.a. deshalb, weil er damit uneingestanden Folgendes andeutete: wer ein historischer Skeptiker von Dannenbauers Schärfe ist, u. dennoch Hallers mutig atheistischen Naturfatalismus als für sich selbst nicht verbindlich erklärt, der muß fast Christ im lutherischen Sinne sein. – Dabei fiel mir ein, daß er einmal im Kolleg, über Kulturtradition u. geistige Werte sprechend, den 90. Psalm zusammen mit einigem Wenigem aus Wort u. Musik als non plus ultra menschlichen Ausdrucks nannte. –

Schließlich faßte ich einen Mut u. sagte ihm, seine Art, die Dinge zu sehen, seine Arbeitsweise u. Interessenrichtung, überhaupt seine Haltung dem Leben u. der Kunst gegenüber erinnere mich immer deutlicher an das, was ich mir unter Natur u. Sehweise Jacob Burckhardts vorstelle. Dannenbauer gesteht, daß ihm Burckhardt einer der liebsten u. interessantesten Lehrer sei, lehnte aber jeden Vergleich als unangemessen ab. Nein, von Burckhardt habe er – leider – nichts! Ich bestritt noch, behauptete in diesem Punkt nicht Weiteres, bestand aber darauf, daß ihrer beider Einstellung u. Urteil über eigene

Arbeiten u. eigene Erkenntnisse z. B. ihrer beider wissenschaftliches Anliegen u. geistige Sehnsucht etwas Verwandtes hätten. Dannenbauer macht seine Schnute, bewegt den Kopf, zieht Augenbrauen hoch, lächelt u. sagt nichts. Dann: »Ich habe nichts dagegen, wenn Sie in mir einen gewissen Verwandten, wenn auch einen blassen Abglanz, einen Teil vom Ganzen – Hallers sehen!« Auch hier: offenste, unaffektierte Bescheidenheit der Selbstbeurteilung im Verhältnis zu Menschen u. Geistern, denen er sich verpflichtet fühlt. Daneben aber starkes heimliches Selbstbewußtsein vielen anderen – meist literarisch sehr rührigen – Fachgenossen gegenüber: »Wenn ich manchen lese, habe ich oft die Genugtuung: Was du mir sagst, ist mir nichts Neues; u. was Du schreibst, kann ich auch – u. stilistisch besser!«

Im übrigen immer wieder durchschimmernd: eine tiefe, müde, oft ganz erschütternde Enttäuschung u. Mutlosigkeit; enttäuscht durch die letzten Jahre, mutlos gegenüber einem tätigen Leben. Irgendetwas tief Menschliches muß in den Jahren seiner Amtsenthebung u. im Chaos nach dem Umbruch in ihm gesprungen sein, einen tieftraurigen Knacks in der inneren Form bekommen haben. Auch auf die Beurteilung der Wissenschaft färbt das ab. Vielleicht ist es die Tatsache, daß dieser von Menschen Vergrämte u. Verbeulte seine resignierende Verachtung nicht an anderen Menschen, v.a. nicht an jungen Leuten abreagiert, niemanden geistig Schwächeren seine Bitterkeit u. seine Säure schmecken läßt, daß er vielmehr zarte Galanterie u. augenzwinkernden Humor, unaufdringliche Hilfsbereitschaft u. das intuitive Zuhörenkönnen miteinander verbindet, daß kein Junger schockiert oder entmutigt ihn verläßt, daß er alle charmanten Qualitäten eines alten Edelmannes auch in der eigenen Zerzaustheit nicht verleugnen kann, weil sie innere Qualitäten sind, vielleicht liegt es daran, daß ich ihn recht liebhabe.

Auf ein achselzuckendes Wort von ihm über Wert u. Sich-Verlohnen historischer Betrachtung sage ich: »Solange einem das eigene Leben noch interessant ist, bleibt es einem auch die Geschichte.« Dannenbauer sieht mich nachdenklich an; dann: »Stimmt. Als mir mein Leben uninteressant wurde, verlor ich den besten Geschmack an meinem Stoff.« Ich: »Wahrscheinlich bin ich zu jung, um recht zu erfassen, wie Sie es meinen.« Er: »Nun, die letzten Jahre –«, u. eine traurige Handbewegung.

Die letzten Jahre, die der alte Mann mit seinen traurigen Handbewegungen zu verscheuchen versucht, sind die seiner Amtsenthebung durch die Hochschuladministration der britischen Besatzungsmacht. Heinrich Dannenbauer war Nazi gewesen. Einen Vortrag von 1935 über die Vorgeschichte des deutschen Volkes musste ich über die Fernleihe aus einem Giftschrank des New Yorker YIVO-Instituts (einer Spezialsammlung mit dem Signet »Nazi Propaganda Literature«) bestellen, wo man eine handverlesene Auswahl des schlimmsten antisemitischen und nationalsozialistischen Drecks auf Mikrofilm einsehen kann. Aber als die Fotokopie, unter der ich mir schon das Schlimmste vorgestellt hatte, mit der Eilpost dann kam, erwies sich das zentrale corpus delicti Heinrich Dannenbauers als eine wissenschaftlich gediegene, die schlimmste Naziideologie gleichsam begütigend richtig stellende Auseinandersetzung mit Alfred Rosenbergs Rassengnosis.

Es ging bei dieser Auseinandersetzung, in deren Verlauf Dannenbauer von den entsprechenden SS-Stellen hochschulpolitisch früh kaltgestellt wurde, um Folgendes: Rosenberg und die SS wollten vom Phantasma eines rassisch reinen germanischen Hochmenschentums nicht lassen, das alle paar Jahrhunderte aus dem heimischen Norden hervorkam und sich – einerseits brandschatzend und vergewaltigend, andererseits aber merkwürdigerweise auch wieder kulturstiftend – über die von untermenschenhaften Mischlingswesen (den von Guido v. List so genannten »Schrättlingen«) verunstaltete Welt verbreitete. Worauf das Hochmenschentum sich zu Neuzucht und Bastardausmerzung wieder in sein nordisches Eis zurückzog. Diesen Ursprungsmythen gegenüber bestand Dannenbauer, der zwar Nazi war, aber doch naiv genug, sich für so etwas wie die Wirklichkeit zu interessieren, auf den Fakten.

Die Germanen, gibt sein Aufsatz zu bedenken, seien ein nicht vom Nordpol, sondern aus Asien stammendes, aus einer Mischung verschiedener Bevölkerungs- und Kulturgruppen entstandenes Volk, dessen eigentliches Talent in ihrer außerordentlichen Beeinflussbarkeit und Lernfähigkeit bestanden habe. Besonders eindrucksvoll habe sich diese germanische Begabung in der Auseinandersetzung und Symbiose mit den Römern bewiesen. Derartiges 1934 auf einem Schulungslager der SA vorzutragen (und später in einem Tübinger Hörsaal zu wiederholen und bei Niemeyer drucken zu lassen) ist nicht »Nazi Propaganda« gewesen, wie die Klassifizierung des YIVO-Instituts behauptet, sondern eine Handlung, die Naivität und Gutgläubigkeit bewies, eine große Portion professorale Weltfremdheit. Aber sicher auch Mut.

Das Protokoll des Gesprächs meines Vaters mit Heinrich Dannenbauer vom 15. April 1951 (war ich damals schon gezeugt? Oder würde es in einer der folgenden Nächte passieren?) ist ein seltenes Dokument der Umgangsformen, der Redeweise, des »Habitus« deutscher Nachkriegsgeisteswissenschaftler. Es dokumentiert eine Mischung aus Kleinbürgerlichkeit, weiten Perspektiven, wissenschaftlicher Leistungsfähigkeit und politischer Weinerlichkeit, gegen die die Generation der Gruppe 47 damals ihre eigenen Stammesloyalitäten aufbaute und die der deutschen Universität 1968 wenig später regelrecht um die Ohren fliegen sollte. Dannenbauer war keiner der Nazi-

Ordinarien, die ihren Lehrstuhl während der kurzen tausend Jahre nur ihrer politischen Zuverlässigkeit zu verdanken hatten. Vielmehr einer der vielen Nazi-Kollaborateure der deutschen historischen Zunft, die sich aus Überzeugung wie aus Opportunismus, aus akademischer Weltfremdheit wie aus heroisch-verbitterten Erinnerungen an den Ersten Weltkrieg heraus den damaligen Machthabern an den Hals warfen.

Der alte Mann ist außerdem insofern ein besonders gutes Beispiel für das historische Ungeschick der deutschen Historiker, als er den Nazis, als sie hochschulpolitisch wirklich im Sattel saßen, dann eben gar nicht zackig genug war, sondern der Gegenstand wütender Angriffe der NS-Studentenschaft und das Opfer allerhand anderer Intrigen (die Gottfried-Benn-Variante). Zur echten Tragik reichte es allerdings auch wieder nicht, denn es war ihm weder vor noch nach 1945 wirklich etwas Gravierendes passiert. Zu der Zeit meiner Zeugung kurz vor oder nach dem Gespräch, das im maikäferbraunen Tagebuch meines Vaters in dessen bewundernswert flüssiger und lesbarer kleiner Handschrift protokolliert ist, scheint das bitterste Schicksal Heinrich Dannenbauers darin bestanden zu haben, dass alle Welt in die Vorlesungen und Kollegien seines Rivalen Hans Rothfels rannte, den die Universitätsverwaltung und das württembergische Kultusministerium unter Carlo Schmidt gerade 1951 mit großen Ehrenbezeugungen aus dem amerikanischen Exil nach Tübingen zurückgeholt hatten, wo er in den nächsten Jahren der Doyen der antitotalitären »Zeitgeschichtsforschung« werden sollte.

Dannenbauer, so kann man es zusammenfassen, war in der gleichen Weise gekränkt wie mein eigener Großvater. Dass mein Vater, auf dessen Schreibtisch noch bis weit in die Sechziger ein Bild Dannenbauers gestanden hat, sich gerade ihm anschloss, muss auch ein Resultat oder Echo der Gespräche mit seinem eigenen Vater gewesen sein. Denn mein Großvater führte Anfang der 50er Jahre einen langen, erbitterten und befremdlich selbstgerechten Kampf gegen gewisse Entnazifizierungskränkungen vonseiten der ostdeutschen Kirchenverwaltung und der in ihr zu Einfluss gekommenen und von ihm brünstig gehassten ehemaligen Mitglieder der »Bekennenden Kirche«. Mit den Kränkungen der Mitläufergeneration hängt das wichtigste Leitmotiv des Gesprächs vom 15. April 1951 zusammen. Man könnte es so verstehen, dass der junge und der alte Mann an jenem Frühlingstag in Wirklichkeit über den Verfall der Orakel redeten.

Von da aus auf Toynbee gekommen. Über die Unzulänglichkeit aller Versuche wie des seinen. Bemerkt, daß sich beim Betrachten geschichtlicher Dinge jedem das Nachdenken darüber aufdrängt. Ganz ohne weshalb, wozu, warum geht es nicht. Der echte Historiker aber weiß um die Hoffnungslosigkeit jedes Versuchs, hypothetische Antworten auf diese Fragen nun in ein funktional strukturiertes System zu arbeiten, eine Teleologie o. andere feste Gerüste, auf einem Sinnprinzip basierend. Das Nachdenken muß immer ins Offene, ins Fragwürdige hineingestellt sein, es muß für den Historiker, der einer bleiben will, irgendwo einmal aufhören können, d. h. er muß fähig sein, in skeptischer Resultatlosigkeit halt zu machen u. diese Bruchstückhaftigkeit bewußt u. in aller Bescheidenheit zu ertragen, ja eben diese Unvollkommenheit von Schauen u. Denken als unser menschliches Wesensteil in Demut anzuerkennen.

Es geht den beiden um die resignierte Ablehnung der millenarischen Motive, von denen Geschichtsteleologie in jeder Form zehrt. Das Bild einer (rassisch) reinen oder von marxistischem Wissen beseelten Schar, die durch die Geschichte zieht und ein Ziel vor Augen hat (das dann das Ende der Geschichte wäre, die civitas dei, das germanische Weltreich, der Sozialismus) hat irreparablen Schaden genommen. Die Traurigkeit des alten Wissenschaftlers hat wirklich etwas Erschütterndes, auch wenn man weiß, dass viel selbstgerechte Gekränktheit zugleich mit im Spiel ist. Diese Form der Traurigkeit kommt über die Priester und die ehemals Gläubigen, wenn eine Religion gestorben ist.

»Als Ammonius verstummte, sagte ich: ›Warum erzählst du uns nicht alles über das Orakel, Cleombrotus? Denn groß war der göttliche Einfluss hier, und scheint sich gegenwärtig doch etwas verflüchtigt zu haben‹«, berichtet der Erzähler in Plutarchs Dialogessay über das Verstummen der Orakel, in dem sich fünf gelehrte Freunde im fast schon ganz verlassenen Delphi über den Tod, das Verblassen, das merkwürdige und unerklärliche Verschwinden der antiken Götter unterhalten. »Als Cleombrotus weder etwas zur Antwort gab, noch auch nur den Blick vom Boden aufhob, sagte Demetrius: ›Man muss keine großen Forschungen anstellen oder auch nur viele Fragen darüber, wie die Dinge hier stehen, wenn wir das Verstummen der Orakel hier betrachten oder vielmehr ihr völliges Verschwinden bis auf eines oder zwei. Aber wir sollten uns über die Gründe dafür verständigen, warum sie so völlig geschwächt worden sind. Was müssen wir über andere Gegenden reden, wenn sie sogar hier in Böotien, wo die Orakel einst in den verschiedensten Dialekten gesprochen haben, fast ganz verstummt sind, als seien hier einstmals Ströme fließenden Wassers gewesen und nun eine große Dürre der Prophetie über das Land gekommen? Denn nirgends als vielleicht in der Gegend von Lebadeia kann Böotien denen etwas bieten, die nach den Quellen der Wahrsagekunst durstig sind und über den Rest der Orakel des Landes ist Verstummen gekommen und gänzliche Verlassenheit über einige. Und noch zur Zeit der Persischen Kriege standen viele von ihnen in höchstem Ansehen, der Ptoische Apollo nicht weniger als der von Amphiaraus.«

Es sei doch bei aller Philosophie immer nur das gleiche, der Geist kenne in seiner Beschränktheit keine thematische Abwechslung, alle Geschichtsphilosophie sei doch immer nur der alte Augustin in Verkleidung. Früher habe auch er sich noch gleichsam geistig verpflichtet gefühlt, die Philosophen zu lesen; jetzt habe er das längst aufgegeben. Neues wüßten sie nicht zu sagen, man gewinne gar nichts oder wenig aus der abstrakten Problematik, u. das Anschauungsbedürfnis, das an sich etwas dem Abstrakten gegenüber höchst legitim Autonomes ist, bleibe ungesättigt.

Heinrich Dannenbauer war Lehrstuhlnachfolger des großen Historikers Johannes Haller, der den ganzen Krieg hindurch an einer monumentalen Geschichte des Papsttums gearbeitet hatte. In jenem letzten Aufsatz Hallers, von dem im Frühling 1951 zwischen Dannenbauer und meinem Vater so viel die Rede ist, scheint der große Mann eine heroisch-düster-fatalistische (eine »Der Nibelungen Not«-artige, mit der Teleologie schmollende) Sicht der Geschichte und ihres Verlaufs entworfen zu haben. Aus dem Brand des teleologischen Geschichtsgebäudes aber haben die beiden Überlebenden des Weltkriegs, die im Tübinger Frühling den Blick über eine innere Landschaft mit verfallenen Orakeln schweifen ließen, der alte und der junge, zwei fast unbeschädigte Kultgefäße gerettet: das Luthertum und das Werk Jacob Burckhardts.

Freitag 13. April: Vorige Nacht las ich nach langer Zeit wieder Hallers letzten Aufsatz. Nach der, wie ich glaube, entscheidenden Kristallisierung meiner eigenen Grundhaltung dem Historischen gegenüber, einer Entscheidung, die im letzten Winter fiel, u. in Hallers Richtung fiel, wollte ich den alten Ketzer wieder ansehen, was er mir heute zu sagen hätte. Der Aufsatz ist ein erschütterndes Geisteszeugnis von großer Kraft u. der geballten Knappheit eines sehr klugen alten Skeptikers, dem das polemische Feuer noch nicht ausgegangen ist. Im Facit: Bekenntnis zu einem rationalistischen Pessimismus, mit dem ich sehr weit mitgehen kann. Fremd aber bleibt mir weiterhin der seltsame Naturfatalismus, der sich wohl aus der Umbildung, einer Säkularisierung des traditionellen Luthertums entwickelt hat. Ich frage mich, ob es – wie Haller wohl sagen würde – wirklich mangelnder geistiger Mut ist, der es mir unmöglich macht, ihm bis zur letzten Konsequenz zu folgen: zu der Ablehnung aller persönlichen Transzendenz, die glaubt, daß der Weltwille absolut indifferent gegenüber seinen Geschöpfen sei, u. daß das Individuum völlig wert- u. gewichtslos im Verhältnis zu der alles Individuelle in der Notwendigkeit seiner Entwicklungsdynamik verschlingenden Gattung sei. Selbst wenn man ganz historischer Skeptiker bleibt u. die hybride u. letztlich doch so beschränkt-dumme Willkür aller schlauen geschichtsphilosophischen Systematiker ablehnt (wie man wohl als Historiker muß) – so ist es doch möglich zu glauben, daß alle Wertverluste u. -zerstörungen im Irdischen, alle schauerliche Frustration u. »Liquidation« individueller Ausformung im Irdischen, all seine Vernichtung dessen, was einmal war, u. schön war, u. sich für die Möglichkeit eines Weltzentrums hielt – daß all dies Grauen »notwendig« in einem anderen Sinn als dem Hallers wäre: die irdische Vernichtung des Individuellen ist vielleicht gleichbedeutend mit der »Aufhebung« des Individuellen in der Allheit Gottes.

Was den greisen Deutschnationalen Johannes Haller in seinem letzten Aufsatz angewandelt hatte, könnte man vielleicht am ehesten als einen geschichtsphilosophischen Führerbunkerkomplex beschreiben. Bei Ernst Jünger gibt es ähnliche Denkfiguren, ökologisch gedreht, bis in die achtziger Jahre hinein. Jetzt sei, so könnte man das polemisch paraphrasieren, schon alles egal. Die Geschichte schreite mit der Gewalt eines natürlichen Verhängnisses und ohne Verbindung zu irgendeinem Sinn über Menschen, historische Gestalten und Reiche (vor allem natürlich über Reiche) hinweg. Vor allem gebe es jenen Sinnfunken nicht, der den Nazis (denen Haller vor 1933 tüchtig vorgearbeitet hatte) die Begründung für ihre unsteten Fahrten (»habt acht, habt acht«) durch die Geschichte geliefert hatte. Es gab nur den »Naturfatalismus«, und alle Transzendenzanmutung vor dem Schauspiel der Geschichte gilt als *mangelnder geistiger Mut*, wenn nicht überhaupt gleich als *die hybride u. letztlich doch so beschränkt-dumme Willkür aller schlauen geschichtsphilosophischen Systematiker.*

Geschichte hat keinen Sinn, darin sind sich die Tübinger Historiker jetzt plötzlich vollkommen einig, nachdem sie so lange so viel Sinn in der Geschichte gesehen und so felsenfest behauptet haben (»als seien hier einstmals Ströme fließenden Wassers gewesen und nun eine große Dürre der Prophetie über das Land gekommen«). Noch die Festschrift für seinen Lehrer und Vorgänger Johannes Haller, die Dannenbauer 1940 herausgab (»Das Reich. Idee und Gestalt«) ist völlig »durchdrungen«, wie das damals hieß, von der kranken Idee, der Sinn der Geschichte liege in einem deutschen Großreich. Damit und überhaupt mit dem Sinn der Geschichte war es jetzt auf einmal gar nichts mehr. Und dem jungen Mann, der mich damals vielleicht schon gezeugt hatte und nun seinen Platz an der Tübinger Universität und überhaupt auf der Welt suchte, blieb nur noch übrig, die Idee der Transzendenz, ohne die er seinem Vater, dem protestantischen Superintendenten im heimischen Luckenwalde, nun doch nicht unter die Augen treten durfte, vor dem herrisch-heroischen »geistigen Mut« des »alten Ketzers« Johannes Haller in Sicherheit zu bringen, dem es nach dem verlorenen Krieg, kurz vor seinem Tod im Jahr 1947, gar nicht sinnlos genug zugehen konnte auf der Welt.

Einerseits. Zweitens aber passierte im inneren Haushalt

meines Vaters nun noch etwas anderes, etwas für die bildungsbürgerliche kleine Liebesmonarchie meiner Eltern und dann für unsere Familie Entscheidendes und Zukunftsträchtiges. Mein Vater entdeckte eine Kompromissfigur zwischen der ideenpolitisch nun geforderten Geschichtsskepsis und der Gnosis, die 1951 (wie die Theologie in Benjamins Metapher des Historischen Materialismus) »klein und hässlich ist und sich nirgends sehen lassen kann«. *Schließlich fasste ich einen Mut u. sagte ihm, seine Art, die Dinge zu sehen, seine Arbeitsweise u. Interessenrichtung, überhaupt seine Haltung dem Leben u. der Kunst gegenüber erinnere mich immer deutlicher an das, was ich mir unter Natur u. Sehweise Jacob Burckhardts vorstelle. Dannenbauer gesteht, dass ihm Burckhardt einer der liebsten u. interessantesten Lehrer sei, lehnte aber jeden Vergleich als unangemessen ab. Nein, von Burckhardt habe er – leider – nichts!*

Burckhardts »Weltgeschichtliche Betrachtungen« schenkte mir mein Vater, als ich 1971 – erfüllt von marxistisch-leninistischer Gnosis – anfing, selber Geschichte zu studieren (wieder ein irgendwie rührender, aber auch erschreckender Beweis für die vollkommene Sprachlosigkeit, die damals zwischen uns geherrscht haben muss). Und der dunkelgrüne Band einer Ausgabe der »Kultur der Renaissance in Italien«, der im Bücherschrank meiner Mutter stand, gehörte zu den Büchern, die im Wohnzimmer einen Ehrenplatz hatten und von denen ich schon als Kind spürte, dass ein besonderes »Mana« von ihnen ausging und ihnen von meinen Eltern beigemessen wurde (Bismarcks und C. G. Jungs Erinnerungen waren weitere Beispiele für diese Zusammenballungen geistiger Macht in bestimmten Bucheinbänden; die Goethe-, Luther- und Fontane-Ausgaben meines Vaters; oder auch ein in den siebziger Jahren angeschaffter *coffee-table*-Bildband über griechische Kunst).

Oder habe ich nur erfunden, dass der Einband jener mütterlichen Ausgabe der »Kultur der Renaissance in Italien« grün war? Es könnte sich um eine Art kontaminierte Erinnerung handeln. 1975 kam ein Suhrkamp-Bändchen meines Doktorvaters Heinz Schlaffer und seiner Frau Hannelore heraus (»Studien zum ästhetischen Historismus«), das tatsächlich dunkelgrün ist. Ich betrachte die Unterstreichungen und Notizen, die ich und meine damalige Freundin in fast dutschkehafter Wildheit damals hineingeschmiert haben. Über der Lektüre dieses Buchs scheinen wir, irgendwann 1975 oder 1976, Burckhardt in die Koordinaten einer Literaturwissenschaft eingeordnet zu haben, die inzwischen schon wieder sehr millenarisch gestimmt war und sich eigentlich eher als angewandte historisch-materialistische Sozialgeschichte verstand. Meine eigenen Unterstreichungen und Anmerkungen sind in inzwischen sehr verblasster Tinte auf den vergilbten, damals noch nicht säurefreien Seiten zu sehen. Und meine Freundin fuhrwerkte mit einem dicken roten Buntstift, vielen Schlangenlinien, Fragezeichen, Pfeilen und Kringeln im Text herum.

Wir verstanden damals nur, dass Burckhardt sich mit Hilfe seiner merkwürdig musealen und gleichsam stillgelegten Auffassung der Kultur aus den politischen Kämpfen seiner Zeit herausträumte. Was wir dann sicher »nicht gut« oder »wieder typisch« fanden. Gar nicht aufgefallen und deshalb von Unterstreichungen, Kringeln und Schlangenlinien ganz frei sind in meiner Ausgabe jedoch Passagen des Schlaffer'schen Aufsatzes wie die Folgende, aus denen wir zur Abwechslung einmal etwas über uns selber hätten lernen können: »Noch die Weltgeschichtlichen Betrachtungen«, schreibt Schlaffer da, »verweilen mit ungewöhnlicher Ausführlichkeit und Zustimmung bei der ›großartigen, umständlichen Eschatologie‹ Ottos von Freising, die einen heilsgeschichtlichen Weg von der ›Verfinsterung der sittlichen Mächte‹ über den ›Weltbrand‹ bis zu einer ›neugeborenen Welt‹ mit einem ›verjüngten Menschengeschlecht‹ vorgezeichnet sehen. Merkwürdig ist, dass diese scheinbar sehr individuelle Neigung zur Eschatologie in einer Lokal-, sogar in einer Familientradition steht. Bereits zu Ende des 18. Jahrhunderts hatte die Basler Christentumsgesellschaft, damals geleitet von Johann Rudolf Burckhardt, dem Großvater Jacobs, mit solchen Ideen die Zeitgeschichte zu interpretieren versucht.«

Befangen im 1975 längst wieder virulent gewordenen und neu aufgeflammten politischen Millenarismus konnten wir, als wir in dem grünen Suhrkamp-Bändchen unsere Unterstreichungen, Schlangenlinien und Kringel anbrachten, nicht sehen, dass die apolitische, nur kulturgeschichtliche Gnosis Jacob Burckhardts eine Art Überwinterungsposition dieser Häresie nach 1945 darstellte. Mit meiner Freundin und mir (in unserer eigenen kleinen gnostischen Sekte und Monarchie) war sie längst wieder in einen heißen Aggregatzustand totalitärer Ausdrücklichkeit übergegangen. Deshalb ließ uns die »theologische Abkunft dieses (allerdings aus dem häretischen, nicht dem orthodoxen Ideenvorrat des neueren Christentums entnommenen) Krisenbewusstseins« so gleichgültig. Wie es den Enthusiasten eigentlich aller Zeiten überhaupt nie aufgeht und ins Bewusstsein dringt, dass sie nicht von Dem-Wissen-An-Sich erleuchtet und entzündet sind. Sondern Exemplare (vielleicht Opfer) einer Tradition, einer in der Geschichte bereitliegenden Disposition, die sich ihrer ureigensten Gedanken und Gefühle gleichsam bedient (»The Invasion of the Body Snatchers«). »Tatsächlich gibt es eine apokalyptische Kultur«, schrieb Thomas Mann, »die den Ekstatikern bis zu einem gewissen Grade feststehende Gesichte und Erlebnisse überliefert – so sehr es als psychologische Merkwürdigkeit anmuten mag, daß einer nachfiebert, was andere vorgefiebert haben, und daß man unselbständig, anleiheweise und nach der Schablone verzückt ist.« Wobei, wie sich bald herausstellen würde, für die Verzückung, nach Schablone oder nicht, meine Mutter zuständig war, die nun in diese Geschichte eintritt – mit dem Bericht über eine der Auslandsreisen, wie sie nach 1945 plötzlich möglich waren und auf der sie, wie viele noch junge Angehörige des besiegten Herrenvolks, ihre kulturelle Konversion erlebte.

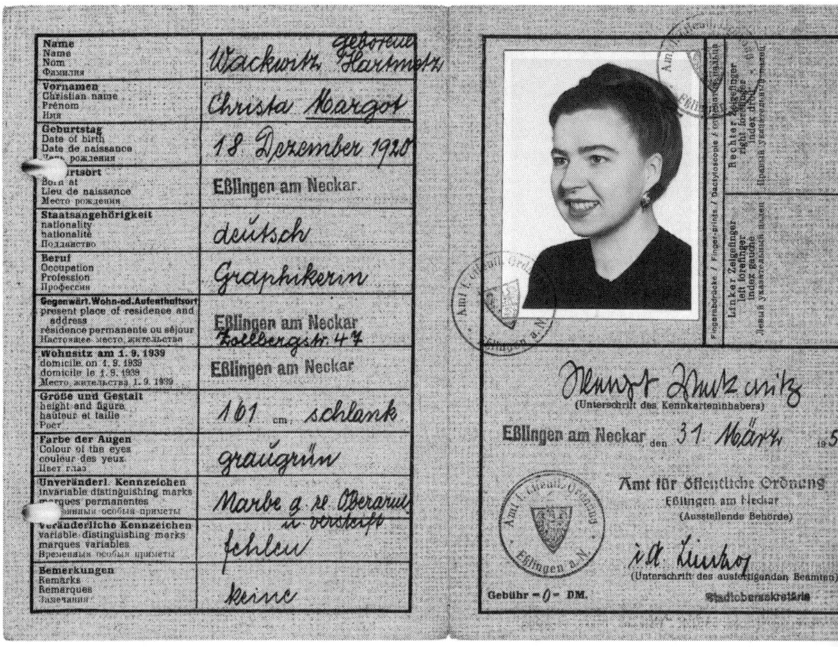

Name / Name / Nom / Фамилия	Wackwitz geborene Hartmetz
Vornamen / Christian name / Prénom / Имя	Christa Margot
Geburtstag / Date of birth / Date de naissance / День рождения	18 Dezember 1920
Geburtsort / Born at / Lieu de naissance / Место рождения	Eßlingen am Neckar
Staatsangehörigkeit / nationality / nationalité / Подданство	deutsch
Beruf / Occupation / Profession / Профессия	Graphikerin
Gegenwärt. Wohn-od. Aufenthaltsort / present place of residence and address / résidence permanente ou séjour / Настоящее место жительства	Eßlingen am Neckar Zollbergstr. 47
Wohnsitz am 1. 9. 1939 / domicile on 1. 9. 1939 / domicile le 1. 9. 1939 / Место жительства 1. 9. 1939	Eßlingen am Neckar
Größe und Gestalt / height and figure / hauteur et taille / Рост	161 cm, schlank
Farbe der Augen / Colour of the eyes / couleur des yeux / Цвет глаз	graugrün
Unveränderl. Kennzeichen / invariable distinguishing marks / marques permanentes / Неизменныя особыя приметы	[illegible]
Veränderliche Kennzeichen / variable distinguishing marks / marques variables / Временныя особыя приметы	fehlen
Bemerkungen / Remarks / Remarques / Замечания	keine

Fingerabdrücke / Finger-prints / Dactyloscopie

Rechter Zeigefinger / right forefinger / index droit

Linker Zeigefinger / left forefinger / index gauche

(Unterschrift des Kennkarteninhabers)

Eßlingen am Neckar den 31 März 195

Amt für öffentliche Ordnung
Eßlingen am Neckar
(Ausstellende Behörde)

(Unterschrift des ausfertigenden Beamten)

Gebühr – 0 – DM.

Stadtobersekretärin

Kleine Reisen

Die Eltern meiner Mutter führten eine der Ehen, wie sie in der ersten Hälfte des letzten Jahrhunderts von allen Beteiligten noch als das Erwartbare angesehen und lebenslang ertragen worden sind. Wenn man von den Gründen für die Erlösungshoffnung spricht, die dem politischen Messianismus und dann Hitler von wohlsituierten, gebildeten, traditions- und erfolgreichen Bürgern entgegengebracht wurden (von Leuten, die es eigentlich besser hätten wissen können), wird man auch den sexuellen und emotionalen Zustand der Menschen bedenken müssen, die in solchen Familienverhältnissen lebendig begraben waren. Es spielte bei dieser perversen Empfänglichkeit für die Verlockungen des Totalitarismus auch eine Art verzweifeltes, jetzt endlich aufs Ganze gehendes Ablenkungsbedürfnis mit.

Mein Großvater spielte den begabten und leidenden, den auffälligen und seltsamen Part in dieser Verbindung. Lächerlich gemacht bei jeder sich bietenden Gelegenheit von seiner Frau, merkwürdig weltfremd in allem, was nichts mit seinem Beruf oder seinen technischen Phantasien und Basteleien zu tun hatte (die doch zu Beginn der zwanziger Jahre plötzlich jener eine, der nie mehr wiederholbare Volltreffer gewesen waren), schwankend zwischen verschwommener nationaler Sentimentalität und nicht mehr zu kontrollierenden Ausbrüchen narzisstischer Wut und Gewalttätigkeit, dabei großzügig, kinderlieb und bei Gelegenheit entwaffnend humorvoll, fast ein Fremder für seine Frau und seine drei Töchter, mehr in seiner Werkstatt im Souterrain zu finden als sonst irgendwo im Haus – so hat ihn mir, als sie noch lebte, jedenfalls meine Mutter beschrieben. Für sie war er, so sehr sie ihn später abge-

lehnt und sogar gehasst hat, die Zentralfigur nicht nur ihrer Kindheit, sondern vielleicht ihres ganzen Lebens.

Er war im ersten Krieg gewesen. Er war ein stadtbekannter und zeitweilig prominenter Esslinger Nazi vor und während des zweiten. Als er 1946 aus amerikanischer Haft entlassen wurde, war es für den ehemaligen NSDAP-Ortsgruppenleiter Ernst Hartmetz auch mit der leitenden Stellung bei »Hahn &. Kolb« aus. Er lebte, ein politisch geschasster Frühpensionär, von seiner Rente und von den Tantiemen seiner Erfindung. Manchmal muss sich mein Großvater in der Adenauer-Republik vorgekommen sein wie ein Geschichtsspion, der sich in Feindesland (Feindeszeit) bewegt, seine Umgebung mühsam zu verstehen sucht und vorsichtig sein muss. Ich liebte das Haus am Zollberg als Kind, meine älteren Cousinen, die dort auf mich warteten und vor allem eben meinen Großvater (von dem meine Mutter mich immer fern zu halten versuchte). Die Fahrten vom Stuttgarter Killesberg nach Esslingen waren Höhepunkte meines mir sowieso unermesslich und unfassbar scheinenden Kinderglücks, auf die ich mich tagelang freute. Erst ging ich zu Fuß an der Hand meiner elegant gekleideten Mutter vom Stuttgarter Steinberg zur Straßenbahnhaltestelle vor der Bundesgartenschau. Der Blick ins Tal und über die Weinberge. Der nach Roststaub und Holz riechende Zug. Das braune Papptäfelchen der Fahrkarte, das ich selber halten und dem Schaffner zeigen durfte. Dann die Esslinger Neckarbrücke mit dem gotischen Torhaus hoch über dem Fluss. Eine lange Treppe unter Bäumen, bevor wir da waren und mich mein Großvater auf den Arm nahm.

Es gab dort Dinge wie gekochten Schinken und Essiggurken zum Abendessen. Und man sah dazu die »Tagesschau« mit der Fanfare, deren heutige Variante für mich noch immer das Abendgefühl heraufbringt. Das spitz elliptische Logo des damals noch einzigen Fernsehkanals stieg über einem stilisierten schwarzweißen Antennenwald aus dem Dunkel empor. Es muss bei einem dieser Abendessen gewesen sein, als meine Großmutter den einzigen Satz sagte, der mir aus dieser ganzen Zeit wörtlich im Gedächtnis geblieben ist (zugleich die früheste politische Erinnerung, die ich habe). Man solle doch jetzt endlich mit diesen alten Geschichten aufhören, sagte sie in ihrem sehr thüringischen Tonfall, als auf dem Bildschirm von der Bestrafung irgendwelcher Nazis die Rede war. Es war noch Jahrzehnte hin, bevor meinem Land überhaupt ganz klar werden würde, was es da vergessen sollte und dann aber nicht vergessen konnte. Und die wollten jetzt schon nichts mehr darüber hören.

Die schlechten Erinnerungen meiner Mutter an ihr Elternhaus gehen bis in die Zeit zurück, als mein Großvater sie mit sieben oder acht plötzlich nicht mehr als Kind sah, sondern die zukünftige Frau in ihr entdeckte (das Alter, in dem wiederum ich bei meiner Mutter in eine unerklärbare und ein Jahrzehnt lang nicht mehr widerrufliche Ungnade fiel; die Urkatastrophe meiner Kindheit und meines Lebens). Was sie bei ihren Besuchen 1955 vor allem vergessen wollte und verdrängen musste – eine elegante Dreißigjährige, die mit ihrem Mann und ihrem kleinen Jungen in der besten Stuttgarter Gegend eine schöne Wohnung bewohnte –, das waren die entwürdigenden Umstände, in denen sie nach dem Krieg in der Dachkammer ihres Elternhauses wohnen musste. Zunächst mit dem Mann, den ihre Eltern nicht leiden konnten und der sie schwanger gemacht hatte, dann auch noch mit dem Baby. Damals ist ein Kriegszustand zwischen meiner Mutter und meinem Großvater, in den ich später auf eine schwer fassbare Weise hineingezogen werden sollte, endgültig und unversöhnlich zum Ausbruch gekommen.

In die ersten Schwangerschaftswochen meiner Mutter aber, mitten in die lähmend brütenden oder zeitweilig hysterisch aufflammenden gegenseitigen Belauerungs- und Beschuldigungszustände hinein, platzte während der Frühlingsmonate des Jahres 1951 ein sensationeller Brief. Zwei entfernte – und legendär wohlhabende – Tanten aus Chicago machten eine Italienreise und luden meine Mutter und deren (übrigens auch bis aufs Messer mit ihr verfeindete) ältere Schwester ein, ein paar Tage mit ihnen in einem Hotel in Mailand zu verbringen. Schon im Frühsommer 1946 hatten sich diese außerordentlich weitläufigen amerikanischen Verwandten in Esslingen gemeldet. Niemand hätte ihnen einen Vorwurf machen können, wenn sie sich um ihre deutschen Schwippschwäger und Cousinen dritten Grades, deren Adresse sie mühsam recherchieren mussten, nicht im Geringsten gekümmert hätten. Aber die nun regelmäßig in Esslingen eintreffenden Lebensmittel- und Kleiderpakete aus Chicago wurden in der folgenden Zeit, zumindest für die Frauen der Familie, unser erster Traum von Amerika. Und zugleich die sinnfällige Widerlegung des entthronten, aber als Haushaltsvorstand immer noch mächtigen, des polternden, schmollenden und gelegentlich unkontrolliert gewalttätigen Nazivaters. Man konnte die neue Zeit essen als »Libby's Obstsalat« in den bunten Dosen, als »Lucky Strike« rauchen, anziehen als Nylonstrümpfe. Und jetzt sollte meine Mutter mit Tante Betty und Tante Elize sogar über die Alpen nach Italien (und zum ersten Mal überhaupt ins Ausland) reisen!

Ich blättere im Tagebuch meines Vaters nicht ohne Scham.

Es hat etwas Zudringliches, mich in die Gedanken dieses damals zwar schon dreißigjährigen, aber immer noch sehr jungen Mannes nach so langer Zeit einzuschleichen. Unerfahrener als ich in seinem Alter kommt er mir vor, enthusiastischer und in vieler Hinsicht weniger verdorben und reflektiert als ich in meinen Tagebüchern aus jenem Lebensalter. Ich habe seine flüssige, schöne und sehr lesbare Schrift vor Augen, die sich bis in sein Alter nicht mehr verändern sollte. Aber mein Vater hat mir diese Indiskretion erlaubt, mit einer Liberalität und Achtung vor den Ergebnissen meines Forschens, die ich mir als Nachwirkung seiner Erziehung bei Christian Adolf Isermeyer vorstellen möchte. Vielleicht auch mit einer gewissen Historikerneugier darauf, was ich über ihn herausfinden (wie ich ihn neu formatieren; wie ich ihn verklären) würde.

Es ist ein heute fast nicht zu glaubendes Klima der Lebensangst, Verunsicherung und Engstirnigkeit, das damals in dem Haus am Zollberg geherrscht haben muss, in dem ich einige Monate später zur Welt gekommen bin. Das Tagebuch meines Vaters erlaubt einen Blick in die Hölle, die das Privatleben der besiegten und gedemütigten Herrenrasse in vielen solchen Haushalten des noch lange in Besatzungszonen geteilten Deutschland gewesen sein muss, während der große Konrad Adenauer uns alle weitsichtig, entschlossen, schlau und unbekümmert in den Westen und die neue Zeit steuerte.

19. Juni: Stef fährt nach Italien! Ausgemacht mit unseren amerikanischen Verwandten und Wohltätern waren nur ein paar Tage in Mailand. Meine Tante, die auch mitfuhr, kam nach deren Ablauf wieder nach Hause. Mein Vater aber hatte meine Mutter ermutigt oder vielleicht sogar beauftragt, wenn sie schon einmal in Italien war, dann doch noch auf eigene Faust und ihre gemeinsamen Kosten nach Florenz weiterzufahren. Sie sollte die Stadt sehen, deren Beschreibung durch Jacob Burckhardt der junge Historiker Gustav Wackwitz als eine Art Gründungsurkunde eines zugleich liberalen und gnostischen Bildungsromans gelesen hat. Sie sollte die Stadt sehen, deren Bild er sich nun verschreiben wollte und in der er insgeheim wahrscheinlich heute noch lebt. Sie sollte auch für ihn hinfahren. Sie fuhr in seiner Vertretung und auf den Spuren der Staatsreligion, die in der kleinen erotischen Monarchie dieses Paars herrschte, eine Königin auf Pilgerfahrt ins Ursprungsland (und, ohne es zu wissen, auch auf den Spuren Christian Adolf Isermeyers und seiner Freunde, die ich 2003 auf jenen Fotos über Renaissancebrüstungen gelehnt und in die italienische Sonne blinzeln sah). Erst viel später, als ihre Kinder schon groß waren, sind sie gemeinsam dort hingekommen. Und noch als ich selber irgendwann in den siebziger Jahren an einem Samstagnachmittag von den Hügeln von Fiesole nach Florenz hineinfuhr, was man damals mit dem Auto noch durfte, bin ich mir aus irgendeinem Grund vorgekommen wie bei der Heimkunft in eine unbekannte Vaterstadt.

Sonntag, 24.6. Heute ist Stefanie 6 Tage fort; möglich, daß Lilo heute wiederkommt; Stef vielleicht auch? Ich telegrafierte am Freitag abd nach Mailand, daß Muttis Besuch verschoben, sie selbst doch länger in Florenz bleiben möge! Ob sie's erhalten hat? Was sie macht? Ich habe gewußt, daß sie mir fehlen würde; aber daß ich mich tatsächlich ohne sie so einsam fühle, daß ich nach kurzer Zeit so elegisch und sehnsüchtig nach ihr bin, ahnte ich vorher nicht. (...) Heut abend – konnte ja immerhin sein, daß sie mitkam, rasierte ich mich ganz scharf (zu sanfterem Schmusen), zog mich gut an – aber Ernst rief aus Stuttgart an, daß sie nicht mitgekommen war, nur einen Brief bringe Lilo von ihr. Meine Aufregung, bis ich den Brief endlich hatte! Inzwischen machen Vati und Mutti mir die Hölle heiß: ob sie mir ganzbeinig wiederkäme – in so einem fremden Land, allein; Vati: da hast Du Dir eine saumäßige Verantwortung aufgeladen, das steht fest, hast Deinen Dickkopf wieder durchgesetzt – Mutti: in dem Zustand – Vati:

das hast du ja auch fertiggebracht, etc., gehässig fast, jedenfalls klage- und vorwurfsvoll, voll schwärzester Prophezeiungen. Als Lilo kommt, bekomme ichs nochmal knüppeldick: nur aus Angst vor mir sei sie schließlich nach Florenz weitergefahren, sonst hätte sie sich nicht heimgetraut. Gespuckt habe sie, nicht mal eine Fahrkarte gekriegt etc.! Vati: aber natürlich – es mußte ja sein, er hat die Fahrt ja befohlen! – keinen Ton sage ich; sie verstehen die Sprache ja nicht, die Stef und ich reden; ich verzieh mich mit meinem Brief und bin mit ihrer Handschrift glücklich. (...) Kurz war ich noch oben bei Lilo, ging aber gleich wieder, als ich einige wichtige Informationen aus ihr rausgelockt hatte. Ihr Geschwätz ging mir im übrigen auf die Nerven. Fährt eine erwachsene Frau nach Italien u. erzählt dann läppisches Zeug wie ein Backfisch oder eine Küchenfee. Von Fotografen, Kellnern, Platzregen und dem mangelnden Appetit der Amerikanerinnen. Stundenlang. Von wirklich gesehenen, wichtigen Dingen: Nichts! Zum Kotzen! – Meine süße Stefanie, bin so glücklich, dass Du anders bist. Du und ich – wir zwei!

Dienstag, 26.6. die Eltern machen mich ganz krank und nervös. Weil ihre Tochter noch nach Florenz gefahren ist, machen sie eine Panik, als ob übermorgen die Atombombe platzen sollte. Vati ist beleidigend unfreundlich u. wütet vor sich hin, Mutti weint und macht mir Vorwürfe: ich werde noch sehen, wie fürchterlich es sein wird! Mein Telegramm an Stef hat sie höchlich verwirrt u. erbost; dabei habe ich es in Vatis Gegenwart geplant und durchgesagt; er saß im Sessel, wußte, was ich tat, rührte sich natürlich nicht; wahrscheinlich ging ihm alles zu schnell. Jetzt aber hat er wieder Gelegenheit, Beerdigung zu spielen u. seine langsame, irritable, ohnmächtige, wortarme Wut an mir u. Mutti auszulassen; wenn er was redet, bellt u. schreit er nur. In alles mischen sie sich rein, u. zwar unsachlich u. störend. Wieder in die alte Beklemmung und Hoff-

nungslosigkeit hineingekommen, daß Stef u. ich als erwachsene, urteilsfähige u. selbständige Menschen wie Schnösel, blöde Kinder – ja unverantwortliche u. abscheulich frivole Idioten gehalten u. dementsprechend behandelt werden von Eltern, die selbst so weltfremd geblieben oder geworden sind, daß man, täte man sich nach ihnen richten, regelrecht verkümmern würde. (...) Ob sie nun verwirrt und jammernd von einem Zimmer ins andere laufen oder im Stuhl der Sorgen brüten: die italienische Eisenbahn fährt deshalb nicht schneller und nicht langsamer u. Stefchen muß deshalb doch ihre Fahrkarten alleine lösen und selber aufs Klo gehen! und heimkommen! 2 Möglichkeiten: entweder man hat was vom Leben, oder man hat nichts davon. Im einen Fall befruchtet man das Leben auch Anderer, im zweiten lähmt man seine Umgebung.

Die Maxime, die die Aufzeichnungen meines Vaters aus dem Juni 1951 abschließt, hat er, möchte ich heute glauben, der Lebenskühnheit, Chuzpe, Genusssucht und Kreativität seines Lehrers Isermeyer abgeschaut. Sie wirkt in seinem Text trotzig, ein bisschen wacklig und aufgesetzt. In Wirklichkeit wird das Klima im Haus seiner Schwiegereltern seine Wirkung nicht verfehlt haben, und *die alte Beklemmung und Hoffnungslosigkeit* ist in manchen Formulierungen seines Widerstandstexts deutlich genug zu spüren. Aber mein Vater hatte sich entschlossen, etwas aus seinem Leben zu machen, und es hat dann auch nicht mehr lange gedauert, bis meine Eltern mit ihrem kleinen Jungen (der »Steph«, den Kosenamen meines Vaters für meine Mutter als Taufnamen bekam) eine viel zu teuere Wohnung auf dem Killesberg bezogen und das Familieninferno am Esslinger Zollberg hinter sich ließen.

Bis in ihr Alter hinein aber haben meine Eltern am Bild von Florenz als einem Sinnbild des im Leben eigentlich Wichtigen festgehalten, an den *wirklich gesehenen, wichtigen Dingen*, die ihre Liebe (zu der dann auch ich gehörte) von der Welt der

Backfische und *Küchenfeen* unterschied, von der unerleuchteten Welt am Zollberg und zunehmend dann auch von der Welt aller anderen Menschen. Meine Mutter verfasste über ihre Italienreise einen der eigentlich nur in der Familie meines Vaters üblichen langen literarischen Berichte zur Zirkulation im Familienkreis. Die 14 Seiten auf vergilbtem Durchschlagpapier, die mich wochenlang durch den Frühherbst des Jahres 2003 begleitet haben, erinnerten mich fast bis zum Wiedergängerhaften an das Papier, auf dem ich vor vier Jahren die Memoiren meines Großvaters las. Es scheint, dass mein Vater den Reisebericht meiner Mutter damals abgetippt und an die zahlreichen Mitglieder seiner Familie geschickt hat. Ihr Text sollte sie in die Korrespondenzgemeinschaft laufender schriftlicher Selbstdarstellung dieser noch in den fünfziger Jahren sehr wilhelminischen Pfarrersfamilie einführen.

Aber es wurde mit diesem Text nur offenbar, dass da in Wirklichkeit ein neuer, endgültig nachwilhelminischer Familienroman begonnen hatte. Denn meine Mutter hatte in Florenz das gelobte Land, das Gründungsparadies ihrer Ehe gesehen (erfunden) und ich, mit dem sie damals einen oder zwei Monate schwanger war (das »Bützchen«, wie ich in der Privatsprache meiner Eltern hieß), bin als eine Vorstellung, eine Sehnsucht, ein Zukunftsgespenst mit ihr durch dieses Paradies gegangen. Ich stelle es mir heute als eine kein Ende nehmende, hügelig-südliche Landschaft vor, die in die Straßen und Plätze der damals wohl noch fast dörflichen Renaissancestadt unmerklich hineinführt und jenseits dieser Unterbrechung in alle Zukunft und Unendlichkeit einsam und in sich verschlossen weitergeht.

Die Verzückung

Also: früh um 5 war großes Wecken. Vati und Mutti zitternd vor Aufregung, Gutschu und Ernst irritierend durch bullenhafte Ruhe. Lilo hatte sich schnell noch eine Fieberblase zugelegt, was Mutti zu der klassischen Frage veranlaßte: Ja Lilo, willst Du trotzdem fahren? Gu brachte uns zum Esslinger Bahnhof, Ernst setzte uns in Stuttgart auf Fensterplätze, Wetter grau in grau, ab Horb Landregen. Machte aber nichts, ich mußte sowieso Italienisch lernen. In Singen sehr freundliche Paßkontrolle im Abteil. Ich hatte 10 DM im Busen, das übrige in einer Packung Tempo zwischen den Taschentüchern. In Schaffhausen sah alles genauso aus wie bei uns, dann aber lachten uns schon vom nächsten Dorfbahnhof die besten Schweizer Plakate entgegen, wundervoll stilisiert, in grellen, delikaten Farben, der Rheinfall glitt vorbei und sah genauso aus, wie er bei Frau Lenz auf dem Klo hing, ein süßer Schaffner sah aus wie Wilhelm Tell und sagte: Salü! und merci! und nach 1 Stde waren wir in Zürich.

Es regnete in Strömen und so setzten wir uns in die hübsche Bahnhofshalle und guckten uns die Leute an. Sie hatten alle so etwas wohlsituiert sportlich-elegantes und Sympathisches. Und dann begann die herrliche Strecke über die Alpen. Leider war es trüb und dunstig. Vorbei am Zürcher See mit hübschen modernen Häusern, durch sanft grüne Wiesen mit braunen Kühen in die nassen, grauen Berge, nur wenige Häuser im Talgrund, der immer enger wird, rechts und links türmen sich die Berge immer höher, bald haben sie schmutzig weiße Gletscherflecken, bald richtige Schneekappen, viele Rinnsale sprühen wie duftige Schleier über die grauen Felsen und stürzen in den grün-schaumigen Wildbach, der über riesige Felsbrocken durch das schmale Tal tobt. Höher und höher steigt die Bahn durch viele Tunnels, immer wilder und ungezähmter wird die Landschaft, herrlich, daß es das noch gibt, Natur, die über alle Zivilisation und Technik triumphiert! Die Lawinen des letzten Winters haben breite senkrechte Bahnen gerissen, wie Streichhölzer liegen da die toten Bäume durcheinander. In vielen Kehren schrauben wir uns hoch, das Kirchlein von Wassen sehen wir erst hoch oben am Berg, als wir das Tunnel verlassen, umfahren wir es in gleicher Höhe von der andren Seite, und als es wieder hell wird, liegt es tief unter uns. Wir fahren jetzt so hoch, daß wir sehen, wie schmutzig die Gletscher sind, und wie ihnen allen unten ein kleines Börnchen aus der Hose rinnt, jetzt ist da nur noch eine düstere Urlandschaft aus Felsen, Steinen, Schnee und schäumendem Wasser und da taucht die Bahn unter in den viele Kilometer langen Gotthard-Tunnel. Sicher ist drüben die Sonne! sagen alle, der Gotthard ist die Wetterscheide, aber aus dem Loch raus fahren wir in dasselbe trübe Regenwetter hinunter nach Airolo. Das Tessin ist die Landschaft der Steine. Die Wände, die Dächer, die Kirchen, alles ist aus demselben grauen, schieferartig flachen Stein, auch die Felder und Straßen sind davon eingefaßt. Es scheint ein bitter armes Land zu sein, typisch die hohen Kirchtürme mit flachem Dach gleich darunter rundbogige Zwillingsfenster, durch die man Glocken hängen sieht. Nun wird das Tal wieder breit und flach und schließlich sehen wir Bellinzona in einer weiten dunstigen Ebene liegen, davor, auf dem letzten, in drei Stufen abfallenden Berg, auf jeder Stufe eine düstere Burg aus dem 15. Jahrhundert. Neben mir saß ein grinsender blonder Italiener, an dem ich gleich meine Sprachkenntnisse ausprobierte. Die Unterhaltung ging sehr flott, aber nur weil er besser Deutsch konnte als ich Italienisch. Dann kam eine kränkliche Sonne durch, und plötzlich wurde alles italienisch: das Geschrei, die Häuser, der Dreck und die Organisation. Ab Chiasso auch die Wagen. Wenn wir unseren Begleiter nicht gehabt hätten, wären wir bestimmt falsch umgestiegen, nachdem wir ein paarmal mit unserem Gepäck am Zuge auf und ab gerannt waren. Auf dem Mailänder Bahnhof riß uns gleich ein Gepäckträger die Koffer aus der Hand, obwohl ich ihm verzweifelt versicherte, daß wir »non lire« hätten. Im Nu standen haufenweise Gepäckträger um uns her und redeten auf uns ein. Wir setzten uns schließlich in das Auto des Palasthotels und landeten vor einem wolkenkratzerartigen Palast. Drei Diener in weißer Uniform führten uns in die Halle, deren Wände ganz aus Glas waren. Wir waren wirklich schon gemeldet und wurden im Fahrstuhl in den vierten Stock und in unser Zimmer gebracht. Mir klopfte das Herz vor so viel Vornehmheit. Es sah aus wie von Picasso eingerichtet. Kubistische Möbel, helles gemasertes Holz mit Bronzeklinken, die Farben olivgrün in verschiedenen Tönen, indirekte Beleuchtung, Kühlanlage, der Spiegel in unregelmäßigem Bronzerahmen, ein winziges olivgrünes Bad mit schwarzem Klo und kleiner und großer Wanne, mit Telephon, einem beweglichen Spiegel mit eigener Beleuchtung neben einem großen, zum Rasieren oder Zähneputzen, einem Handtuch für jeden Körperteil, das täglich gewechselt wurde, unzählige Knöpfe und Troddeln, die ich falsch handhabte. Wenn ich das Licht anknipsen wollte, wars der 1. Hilfeschrei und ein Diener kam gerannt. Eine Glaswand führte auf den Balkon, der ganz mit Mosaiksteinen ausgelegt war, von ihm aus sah man auf die Piazza Republica, auf der – weniger schön – Mussolini gehängt worden sein soll. Wir stiegen gleich in sämtliche Wannen und legten uns gleich schlafen. Um ½ 11 ging ich nochmal auf den Balkon, um mich schrecklich zu wundern: Ganz Mailand ging spazieren. Auf dem Vorplatz des Hotels küßten Her-

ren, die bestimmt Großherzöge oder Multimillionäre waren, wunderschönen, schlanken Frauen die Hand und waren ihnen behilflich, in die häuserlangen Autos zu gleiten. Auf den Rasenplätzen spielten kleine Mädchen Fangen, auf dem Fahrweg hockten Männer um einen kleinen Hund, im Toreingang einer Mietskaserne klatschten Frauen in der Küchenschürze, und auf dem Randstein saßen eine Menge kleine Jungen von 6–10 und schrien wie im Parlament. Ueberall war ein Mordsspektakel.

Am nächsten Morgen hatten wir beide sinnigerweise Kopfweh und nahmen nach unserem Frühstück mit Grapefruit Tabletten. So war es schon zu spät für die Brera (Gemäldegalerie). Es war schon sehr heiß, als wir durch den giardino publico gingen. Überall hingen junge Männer malerisch auf den Bänken, träumten, unterhielten sich oder schmetterten Arien(!) Sie hatten anscheinend gar nichts anderes zu tun, Unmengen von süß angezogenen Kindern quaddelten uns um die Beine, und ich lutschte an einem herrlichen, schokoladenüberzogenen Eis. Wir gingen durch eine lange Straße mit entzückenden Geschäften, neiderregend zierlichen und eleganten Frauen zum teatro della Scala, einem niedrigen, gelben Barockbau. Auf dem Platz davor ein kitschiges Monument für Leonardo und seine Schüler. Der Dom ist etwas enttäuschend, für die filigranhafte gotische Ausstattung ist er viel zu breit und niedrig angelegt, mit seinen unzähligen Türmchen, Pfeilern, Details und Statuen (darunter eine von Napoleon I.), und er wirkt wie ein grauer Tropfstein. Die Kreuzung von italienischem und gotischem Raumgefühl ist für uns, die wir die hochaufstrebenden gotischen Dome gewöhnt sind, unbefriedigend. Wir schleppten uns mühsam im Schatten zurück und mußten dann schnell zum Bahnhof. Über eine Stunde standen wir vergeblich an den Sperren. Mir war so schlecht und auf dem Rückweg setzten wir uns an eins der vielen Tischchen an der Straße und aßen ein herrliches Eis, »gelato di cassetto«

mit Nüssen, Orangeade und Früchten. Im Hotel hörten wir, die Amerikaner seien schon da. Lilo rief an und wir fuhren im Lift hinauf, wo Tante Elize schon im Sofa davor saß. Betty kam uns im Gang entgegen, wir umärmelten beide und sie reagierten ganz normal und freundlich. Tante Elize sieht in ihrem weißen Haar reizend und sehr vornehm aus, Betty wie eine Habsburgerin. Abends aßen wir im Dachgarten, der entzückend eingerichtet war. Eine Backsteinwand, weiß glasiert, auf einem Podest eine süße, sehr dumm guckende Büste aus bunter Majoloka, ein Sträußchen in ihrem weißen Busen.

Auf einigen Wänden waren in Kohletechnik, mit wenigen farbigen Blickpunkten mollige kleine Hexen in koketten Stellungen gezeichnet, mit Hahnenschwänzchen und Samtbändchen um den Hals. Stirnfränschen und schiefen Katzenaugen. Ich mußte dran denken, daß die »bellezza« auch in Mailand erscheint. Nächsten Vormittag: Stadtrundschau im Bus. Der Dom gefiel mir diesmal besser, das Innere ist riesengroß und die alten Glasfenster wirklich schön. Der Fremdenführer zeigte uns allen möglichen modernen Kram, einen schrecklich kitschigen Friedhof aus der Gründerzeit, endlich das »Abendmahl« Leonardos, im Refektorium von S. Maria della Grazie. Ein schmaler weißgetünchter Raum mit Kreuzgewölben, an dem einen Schmalende das Abendmahl, jammervoll verschimmelt und aufgelöst. Die Gesichter sind nicht mehr zu erkennen, wenn man sich weit abstellt und die Augen zusammenkneift, hat man eine Ahnung von der ehemaligen Schönheit. Wir Heutigen, die wir es von unzähligen Sonntagsschulbildchen kennen, haben keinen Begriff mehr davon, wie bahnbrechend es in Perspektive und Komposition auf seine Zeitgenossen gewirkt hat. Sonst gab es nichts Erzählenswertes. Abends aßen wir in der »Galeria«, dem Kurfürstendamm Mailands. Eine lange, überdachte Verkaufshalle mit den elegantesten Geschäften und Restaurants. Die Vorspeisen werden in kleinen Wagen an den Tisch gefahren und man kann sich die herr-

lichsten Dinge aussuchen. Ich aß ein in Schinken eingewickeltes kaltes Hühnchen mit vielen Salaten. Das Obst wird ebenfalls am Tisch in einem silbernen Behälter gewaschen, riesenhafte große Kirschen, Apfelsinen, Feigen und Aprikosen. Man sitzt überall an kleinen Tischen vor dem Lokal und amüsiert sich beim Essen über die vorübergehenden toll aufgemachten Leute. Einige Lokale weiter spielte eine Kapelle Verdi, Puccini und italienische Schlager; man kann es dort viel eher hören, und sie spielen es auch nicht so schmalzig wie bei uns. Wir gingen überall umher und besahen uns die Auslagen, zwei schwarzlockige Signores immer hinterher, die uns dauernd durch energisches Augenzwinkern irgendetwas zu verstehen geben wollten. Obwohl sie keiner beachtete, standen sie überall hinter uns und gestikulierten noch durch das Fenster, als wir schon in der Taxe saßen. Die Italiener sind überhaupt haarsträubend zutraulich, aus dem Auto werfen sie einem, vorüberfahrend, Küsse zu, verfolgen einen straßenlang und durchbohren einen mit Blicken, daß man das Gefühl hat, die Würmer im Gedärme fühlen sich beobachtet. Freitag: Scalamuseum. War recht interessant. Vielerlei Erinnerungsstücke an Verdi, Rossini, Mascagni, berühmte Sängerinnen. Viele Schauspielerbilder, entzückende Porzellanfigurinen der italienischen commedia dell'arte, Pulcinella, Dottore, Capitano, etruskische und griechische Schauspielerkrater, Tragödenmasken, ein wonnig bemaltes Spinett, altmodische Operngläser für nur ein Auge, reizende Tabaksdosen und vieles andere. Betty bestach den Diener mit einem großen Trinkgeld; so durften wir noch ins Theater selbst und der Probe fürs abendliche Konzert zuhören. Essen fiel wieder aus wegen völligen Mangels an Appetit bei unseren Gastgeberinnen. Nachmittags: Castello Sforcesca, – eine düstere uralte Stadtburg, die einst für uneinnehmbar galt. Leider waren die dortigen Museen mit etruskischen Sachen geschlossen. Für mich war es besonders interessant, da ich kurz zuvor den Leonardoroman von

Mereschkowskij gelesen hatte, der zum großen Teil dort spielt. Ich stellte mir vor, wie Beatrice d'Este durch das große runde Tor mit dem Fallgitter zur Jagd ausritt und Lodovico Sforza in der Nacht vor seiner Flucht die Schwäne im Wassergraben fütterte und sich mit Leonardo unterhielt. Abends war dann das Konzert in der Scala. Das interessanteste war das Publikum. »Daring« ist gar kein Ausdruck. Man konnte den ältesten Damen bis in den Magen gucken. Als Ausgleich hatten sie Riesenhüte, was nicht so störend war, wie man annehmen möchte, da sie sich dauernd bewegten, um ihr Make-up zu erneuern und um rechts und links das Publikum zu betrachten. Man sah wirklich Niedagewesenes: an kurzen, engen Schlauchkleidern, Schaldrapierungen bis zur Erde wehend, viele asymmetrische Schulterdekolletées, Hüte aus Pelzschwänzen, Blumen und Schleiern. Man spielte einen barocken Italiener, eine Symphonie von Mendelssohn; bei Schönberg wurde furchtbar gezischt, Richard Wagner und zum Schluß ein Bravourstück von natürlich: Verdi. Der Dirigent, ein ganz junger Kerl, stand dauernd in Gefahr, vom Podium zu kippen vor Temperament. Sonnabend: um 9 Uhr fuhr ein eleganter Wagen vor mit Chauffeur und Führer, einem Ägypter, der dauernd dreckige Witze riß, uns »C'est si bon…« ins Ohr sang und sich auch sonst sehr italienisch benahm. Leider war klassisches Waschküchenwetter, alles voll trübem Dunst, trotzdem die Landschaft begeisternd schön: Berge mit malerischen Kirchen, Pinien (wie offene) und Zypressen (wie geschlossene Schirme). Von weitem sah man den Comer See. In kühnen Bögen geht es die Uferstraße hinunter. Am See – alte Villen, flache Häuser mit Gitterbalkonen, wundervolle Parkanlagen bis Bellagio. Das liegt an der Spitze einer Landzunge an der Mitte des Sees. Dort aßen wir »Lunch« auf einer Terrasse über der Uferstraße. Die übrige Stadt ist an ausgetretenen Treppen entlang den Hang hinauf gebaut. Wir aßen einen Fisch aus dem See und tranken honiggelben Florentiner Wein, der sogar mir schmeckte. Der Kellner schälte die Apfelsinen wieder am Tisch und zwar schnitt er mit der Schale auch das ganze äußere Fleisch weg und reichte uns dann die übrige Frucht, in Scheiben geschnitten und mit Zucker bestreut. Der Salat wird auch am Tisch angemacht, und man kann selbst bis in Einzelne bestimmen, wie man ihn haben will. Beim Zutrinken sagte der Ägypter einen reizenden Trinkspruch: »Auf mein Wohl, auf Dein Wohl und auf das Wohl aller schönen Mädchen in der Welt!« Tante Elize, die steinalte Hutzel, die sich aber einen ausgesprochenen Sinn für Humor bewahrt hat, sagte, daß sie ja wohl kaum mehr dazu gehöre. Darauf er erwiderte, daß sie aber bestimmt einmal zu den Schönsten gehört hätte! Mit der Fähre setzten wir dann über zum andren Ufer. Da konnte der Führer sich dann nicht mehr bändigen, schmiß die Arme in die Luft und schmetterte »O sole mio!« »Funiculi-Funicula«, Santa Lucia« und Lilo und ich sangen mit. Drüben wieder Hotels, Gärten, blühende, fremde Bäume. Wir besahen uns die Empire-Villa irgendeines Großherzogs mit einer märchenhaften Gartenanlage am See. Entzückende Wege, Brücken, Schluchten, Pergolas, Statuen, Brunnen und lauter unbekannte, wunderschöne Pflanzen. Kaum saßen wir wieder im Wagen, brach ein mörderisches Gewitter los, machte unsere weiteren Pläne zunichte und verfolgte uns weiter nach Mailand zurück. Abends wieder Essen in der »Galleria«. Es wurden lauter Gerichte gegessen, die ich noch nie gesehen hatte. Eins davon: »Crèpe Suzette«, schmeckte wie Nektar und Ambrosia. Ein Kellner in weißem Frack bereitete es auf einem silbernen kleinen Ofen am Tisch zu, und es war sehr feierlich. In einer silbernen Schale wurden vier hauchdünne, kleine Omelettes gebacken und beiseite gestellt. Dann mischte er viel Butter mit Zucker, allerlei Gewürzen, Grapefruitsaft, Orangensaft, fünferlei Likören, immer wieder Zucker; die Omelettes wurden immer wieder hineingetunkt und wieder herausgenommen, schließlich viermal wie eine Serviette gefaltet und serviert.

Am nächsten Morgen wurden die beiden Tanten vom Bus auf die Fahrt nach Venedig abgeholt. Die beiden waren wirklich süß zu uns. Trotzdem kann ich mir lebhaft vorstellen, daß sie Dir manchmal etwas auf die Nerven gehen. Man kann sich des gehässigen Eindrucks nicht erwehren, daß sie ein Jahr Krieg am eigenen Leib genießbarer gemacht hätte. Der selbstverständliche Anspruch auf Luxus und äußerste Bequemlichkeit hat etwas eigentümlich Aufreizendes. Betty findet z. B. Ohrringe sehr schön, sie trägt aber keine, weil es ihr »too much trouble« macht, sie anzulegen. Ich möchte jedenfalls meine Welt nicht mit der ihren vertauschen.

Lilo und ich trottelten mit unseren Köfferchen zum nahen Bahnhof und ich konnte mir nicht helfen: die Aussicht, bald allein, frei und ledig aller Bindungen und Rücksichten auf andere zu sein, machte mich sehr heiter. Lilo hoffte immer noch, ich würde mit ihr heimfahren, vor allem, nachdem es mit der Fahrkarte nach Florenz noch erhebliche Schwierigkeiten gab und ich früh noch heftig gespuckt hatte. Ich selbst hatte ja auch Herzklopfen, weil ich doch kein Italienisch konnte, aber ich gab schnell meinem inneren Angsthasen einen Tritt in den Hintern und quetschte mich noch in letzter Minute in das übervolle Abteil nach Genua. Alle Leute unterhielten sich sofort mit mir, und da ich so im Englischreden drin war, antwortete ich mechanisch auf Englisch. Ein wohlduftender Herr mit Bärtchen auf der Oberlippe, an dessen hochmodische Kammgarnbrust ich von einer dicken, nach Knoblauch duftenden Dame gepreßt wurde, versuchte sich in unverständlichem Englisch. Als dann zwei Plätze frei wurden, sicherte er einen für mich, glotzte mich dauernd von der Seite an und beobachtete mißtrauisch jede meiner Lebensregungen. Als ich eine aussteigende Dame fragte, ob »das« Genua sei, klopfte er mir beruhigend auf die Schulter und wies dann mit großer Geste auf sich. Es ist erstaunlich, wie gut man sich in zwei den Redenden selbst fremden Sprachen verständigen kann. Ich erfuhr, daß er in England als Kriegsgefangener gewesen war, und er erzählte jedem im Abteil, ich sei eine signora inglese, so als ob er ihnen die Vorzüge einer seltenen Hunderasse erklärte. Worauf mich alle anguckten, als wollten sie sagen: »Drum!« und sich lebhaft über mich unterhielten. Mailand liegt in einem ganz flachen Ackerland mit Reisfeldern und Heckenwegen überall. Gegen Genua hin wird es plötzlich sehr gebirgig; es fing an, wolkenbruchartig zu schütten, doch wurde es bald wieder hell. In Genua erwies sich mein Begleiter als wahrer gentleman, trug meinen Koffer, ohne damit auszubüxen, suchte für mich den weit entlegenen Fahrkartenschalter, löste meine Karte und brachte mich wieder zurück an die andere Sperre. Im Zug nach Pisa saßen lauter spukhäßliche Nonnen und futterten einen ganzen Koffer voll Süßigkeiten. Gemeinsam. Plötzlich riß ein Schaffner die Tür auf, fragte etwas, von dem ich begriff, daß es mich anging, schnappte meinen Koffer und rannte mit mir auf einen anderen Bahnsteig und schmiß mich samt Koffer in einen gleich drauf abfahrenden Zug nach Rom. Deus ex machina; ich kam mir immerfort vor wie im Kino. Kaum war ich im Abteil, das natürlich stockvoll war, winkte mir eine kleine, grauhaarige Frau – ich kam gar nicht nach und mit – rannte mir voraus durch fünf ratternde Abteile bis in eines, das noch schöne Eckplätze hatte. Zwischen den Häusern sah ich zu meinem größten Entzücken das Meer schimmern. Und als die Stadt aufhörte, wurde ich vor überraschter Wonne fast verrückt. Einige Meter vom Zuge entfernt, ganz plötzlich – brauste das türkisfarbene Mittelmeer, schäumend gegen pechschwarze Klippen, lief in dem alten, unendlich schönen Rhythmus den Strand hinauf, während sich dahinter schon wieder der neue Wellenberg zu einem zischenden Brecher aufhob. Ich hätte schreien oder jemanden in den Arm kneifen mögen. Es tat mir richtig leid, daß ich nicht mit jemandem richtig reden konnte und mußte mich richtig beherrschen. Und da saßen die Leute in den Abteilen und guck-

ten gar nicht hin. Man müßte einen neuen Paragraphen machen, womit solche Fahrlässigkeit bestraft wird. Ich war ganz durchgedreht. Seit Sylt – und da war ich acht Jahre alt – hatte ich das Meer nicht mehr gesehen. Und es hatte mir doch schon damals einen gewaltigen Eindruck gemacht. Ich hatte immer nur voll Sehnsucht davon geträumt. Meine ganze Kindheit hindurch waren eben das meine glücklichsten Träume gewesen. Das Meer, das Meer, das Meer – sagte ich immerfort vor mich hin. Einmal, als der Zug stand, wehte sein Duft wie eine selige Erinnerung über mein Gesicht (Ich glaube, das war fast der schönste Moment auf der ganzen Fahrt). Es machte mich einen Moment lang glücklich wie als ganz kleines Mädchen. Ich war böse auf die vielen Tunnels. Dazwischen blitzten kurze, traumhaft schöne Bilder auf: Buchten, alte Forts auf Klippen, bunte Piratenkähne, nackte Kinder, die mit Muscheln spielten, wackelige Häuser mit schiefen Balkons, Frauen in knallroten Röcken, faule Männer im Netzhemd, Luxushotels, Gärten, Palmen, Lorbeer, Affenschwanzbäume, herrliche Felsenbrocken, umspielt von dem klargrünen Schaumwasser, Villen mit Säulen, Terrassen mit Steinvasen und verträumten Götterbildern, und überall das Schönste, Köstlichste – das in vielen Farben schillernde Meer.

Doch dann fuhr der Zug landeinwärts. Ein letzter Ausblick zwischen den Zypressen, dann türmten sich links die Berge auf, rosige und weiße Steinbrüche; nächste Station – Carrara! – Vorbei am Dom und dem fürchterlich schiefen Turm nach Pisa hinein. Wieder umsteigen. Alles betrachtet mich voll Neugier, blond und mollig unter all den rabenschwarzen dünnen Frauen. Und nun durch die reizende, hügelige Toskana mit ihren steinigen Bergen, uralten Kastellen, tropfenförmigen grünen Zypressen und grünen Feldern; ganz flache Häuser, pergolaartiger Weinbau. Nach zwei weiteren Stunden: »die Blüte der Städte«, das Wunder Florenz!

Auf dem Informationsbüro ließ ich mir die Adresse ver-

schiedener »albergos« geben. Gleich am Bahnhofsplatz steht eine romanische Dominikanerkirche. Vor einem der Hotels stand ein netter junger Mann, der gleich meinen Koffer abnahm. Ich hatte meinen Spruch vorher auf Italienisch gelernt. Wir verstanden uns gleich. Das Zimmer mit Küchensteinfliesen, ganz breitem Bett und einem Fenster auf die Straße. Es war zu komisch: die ganzen Straßenpassanten konnten, hätte ich die Läden nicht zugemacht, mich im Bett liegen sehen. Ich trank erstmal drei Liter Wasser und haute dann sofort ab. Zuerst in die erwähnte Kirche: Fresken Ghirlandajos, – dann: S. Lorenzo. Überall Gottesdienst mit vielen Kerzen und Gesang. Ich ging in den Kreuzgang, wo über den alten Bäumen ein malerischer Abendhimmel leuchtete und eine Gruppe von Mönchen über irgendetwas schrecklich lachte. Draußen kaufte ich ein herrlich schmeckendes Eis und ging dann weiter durch dicht gedrängte Straßen zum Dom. Er ist ganz mit farbigen Marmorplatten bedeckt und hat eine der ersten italienischen Kuppeln. Daneben der viereckige, sehr viel schönere und ruhigere Campanile, nach Entwürfen Giottos mit rautenförmigen Bas-reliefs von Donatello. Gegenüber über der Straße ein ebenfalls inkrustierter runder Kuppelbau, durch den die Menschenmassen sich hindurchschoben wie durch eine Straße. Ich ließ mich mitschieben und war im herrlichen Baptisterium, der Taufkapelle »S. Giovanni«. Über zwei Säulengalerien erhebt sich das herrliche Zeltdach ganz aus frühromanischen Mosaikfeldern, prächtigen dunkelfarbigen Figuren mit byzantinischen Glotzaugen auf schimmerndem Goldgrund. In Bändern übereinander Darstellungen aus dem Alten Testament, in der Kuppelspitze mit ausgebreiteten Armen die monumentalen Figuren Gottes und Christi. Ich setzte mich auf ein Steinbänkchen und verfiel in Genickstarre. Alles war so zauberhaft in der Dämmerung. Rechts am Altar wurde bei Kerzenlicht etwas zelebriert, mitten durch den Raum trubelte die Promenade der Sonntagsabendspaziergänger, alles drängte, schubste und schwatzte, vor dem Portal spielte eine Militärkapelle »O sole mio«. Als ich wieder ins Freie kam, war es schon dunkel. Das Gedränge unbeschreiblich und alles – wahnsinnig italienisch. Ich ging langsam zum Hotel zurück. Links ein uraltes schwarzes Kirchlein mitten im Gewühl, S. Maria Maggiore, eine der ältesten Kirchen in Florenz. Innen ein wunderschönes Marienbild mit Engeln, sehr dunkel auf Goldgrund, frühromanisch in der Art des Cimabue. Unterwegs wollte ich zwei Apfelsinen kaufen. Als ich aber hörte, daß sie 180 Lire kosteten, sagte ich »grazie« und ging ohne. Im Hotel wusch ich mich und ging schlafen. Beim Lichtausknipsen klingelte ich zum dritten Mal aus Versehen der Bedienung (alle drei Lichtschalter und die Bedienungsklingel hingen zusammengeknotet am Bett und sahen ganz gleich aus). Mitten im Einschlafen fiel mir ein, daß ich meinen – geliehenen – Baedecker beim Orangenschwindler vergessen hatte. Gutschus strafende Augen guckten mich aus der tintenschwarzen Nacht an. Ich knipste diesmal richtig, zog schnell das Kostüm über und rannte auf die Straße. Der Orangenmann überreichte mir das Buch mit einer vollendeten Verbeugung, und ich ließ mich zum Dank dafür noch um die zwei Apfelsinen bescheissen.

In der Nacht konnte ich vor lauter Tumult und Lärm auf der Straße nicht schlafen. Und das Bett war so endlos breit und leer. Erst träumte ich, ich hätte Läuse, gemeine Kopfläuse, was mich schrecklich aufregte, und gegen Morgen hatte ich eine Vision: wie oft, war mir als schwebte ich auf einer Reise über den Städten. In einer italienischen Straße, die leicht nach hinten zu anstieg, fuhr links in einem pechschwarzen Kanal ein pechschwarzes Fuhrwerk. Das Pferd war zusammengebrochen, bäumte sich immer wieder hoch und der Kutscher schlug mit der knallenden Peitsche, bis beide in der schwarzen Brühe versanken. Ich dachte: das ist ein Film von Cocteau! Plötzlich rasten Pferd und Fuhrwerk wieder hoch und auf die

Straße, wie eine lange Schnake erhob sich der Kutscher in die Luft und peitschte mit einer Rute, die immer größer wurde, wie mit einer Sense weitausholend hin und her durch die Luft und ich wußte plötzlich, das dies eine Allegorie auf den Wahnsinn sei. Von den Dächern her wurde ein riesengroßer Korb mit Ruß ausgeschüttet – grausig, und – schön, der sofort die ganze Szenerie überzog und sie in schwarzes und schiefergraues Relief verwandelte. Da wurde ich wach und hörte Räderrattern und Peitschenknallen auf der Straße.

Um acht Uhr ging ich nun aus dem Hotel. Zuerst – der Dom von innen. Über dem Eingangsportal eine frühe Marienkrönung von Daddi, viele Fresken, sehr dunkel, eines: Dante in rosarotem Gewand vor dem damaligen Florenz, eine unvollendete, enttäuschende Pietà von Michelangelo. Gegenüber dem Baptisterium ein reizender gotischer Loggienbau der Misericordia-Brüderschaft, wo Findelkinder zur Anregung der Mildtätigkeit ausgestellt wurden. Durch die ziemlich kurze Via Calzajoli mit vielen Palazzi; rechts die Kirche Or S. Michele, ein kastenartiges Gebäude, früher Kornspeicher, das nach einer Pest zur Kirche umgebaut wurde. Ringsum in den Außenwänden gotische Nischen mit berühmten Erzstandbildern von Veroccio (Leonardos Lehrer) und Donatello. Man kennt sie aus vielen Abbildungen, besonders den ungläubigen Thomas. An der Rückseite hat es einen Brückengang zum Palast der Florentiner Wollweberzunft, einem schönen burgartigen gotischen Bauwerk mit einem dummen steinernen Schaf als Wappen. Es wurden dort auch jetzt noch Wollballen verladen. Dann ging ich, mich dauernd drehend und guckend wie ein Auto, zum Mercato nuovo, einer offenen Verkaufshalle aus dem 16. Jhdt. und kaufte dort einen gestreiften Schal. Man sieht sie dort überall und ich dachte gleich: wenn das Geld reicht, kaufe ich für dich und mich denselben. Und so tat ichs. Der milde blickende Verkäufer wollte mich schnell um 1000 Lire bescheissen, ich kam ihm aber auf die Schliche.

Paßte immer auf wie ein Schießhund. Und nun kam das Tollste: Aus einer engen Gasse trat ich auf die Piazza della Signoria (die Versammlung der florentinischen Aristokratie, welche die Republik regierte, mit Ausnahme der Zeiten, in denen die Bankiersfamilie der Medici die Herrschaft hielt). Sie ist ungefähr so groß wie der Esslinger Marktplatz. Gegenüber ein kastellartiges Gebäude mit kühnem Turm, ich glaube aus dem 13. Jahrhdt., der Palazzo Vecchio. Rechts eine schöne offene Halle, die Loggia dei Lanzi, in der öffentlich Gericht gehalten wurde. Heute stehen darin berühmte Standbilder, Cellinis Perseus mit dem Haupt der Medusa, der Raub der Sabinerinnen von da Bologna, fünf römische Statuen, darunter die berühmte Thusnelda. (Die Loggia ist sicher das Vorbild für die Münchner Feldherrnhalle und viele ähnliche Säulenbauten). Vor dem Palazzo Vecchio der Neptunsbrunnen, im Boden eingelassen eine Bronzeplatte, wo Savonarola verbrannt wurde, ein schönes Reiterstandbild eines Medici, eine Judith mit dem Haupt des Holofernes, eine Kopie des riesigen David Michelangelos, links vom Eingang der Herkules von da Bologna. Wundervoll der Innenhof mit den ruhigen Säulengängen, in der Mitte der Brunnen mit der bekannten kleinen Verrocchioplastik »Knabe mit Fisch«, ganz entzückend. Wohin Du guckst, siehst Du die Urbilder der Kunstwerke, die Du aus Büchern kennst, fast alle kleiner und bescheidener, und unendlich viel schöner, als man sie sich vorstellt. Prächtig der riesige »Saal der Fünfhundert«, in dem einst Leonardo die Anghiarischlacht anfing, im Wettstreit mit Michelangelo, der auf der gegenüberliegenden Wand die badenden Krieger malte. Beide wurden nicht vollendet, und heute sind die Wände mit Fresken Vasaris bedeckt. An der einen Schmalseite: Der Sieger von Michelangelo. Ein Wunder ist das Studierstübchen Cosimos: ein schmaler kleiner Raum ohne Fenster, ein Gemälde Vasaris am anderen, auf Schiefer gemalt, in dicken Goldrahmen. Der Diener zog eines davon auf wie ein Fenster, dahinter war ein geheimer Gang ins Freie. Ein anderes verbarg die Tür zur Schatzkammer, ein drittes eine halsbrecherische Wendeltreppe hinab zur Bank der Medici. Oben die Räume und die Hauskapelle der Eleonore von Toledo. Einige wunderschöne frühe Madonnenbilder, das übrige von Bronzino im Geschmack der Spätrenaissance ausgestattet. Die Garderobe, ein großer holzgetäfelter Raum, ringsum mit bunten Karten der Welt, wie man sie sich damals vorstellte, bemalt, darunter die »Republik« Deutschland. Es war dann gerade Zeit, in die Uffizien zu gehen, die um drei Uhr öffneten. Gleich im ersten Saal fand ich alle meine alten Lieblinge: Fra Angelico, Simone Martinis Verkündigung, Daddi, alle die süß-herben, zartfarbenen Figürchen auf mystischem Goldgrund – ein Entzücken! Toll der Saal mit den riesenhaften, ganz frühen Madonnen des Cimabue, steif und fern und düster, meterhohe Kruzifixe aus bemaltem Holz, auch die Gestalt Christi flach aufgemalt und nur der Heiligenschein reliefartig hervorgewölbt. Wunderbar und großartig stilisiert. Und dann die überwältigende Reihenfolge: Giotto, Masaccio, Botticelli, Piero della Francesca, Fra Filippo, Filippino Lippi, Veroccio, alle die zauberhaften Blüten der florentinischen Schule bis zu Leonardo und Michelangelo. Auch viele umbrische Künstler, vor allem Raffael, alles unbeschreiblich schön und aufregend. Man wird ganz feierlich berührt, wenn man sich vorstellt, daß man vor derselben Leinwand steht, über welche ihre Hände, ihre Augen und ihr Atem vor vielen hundert Jahren geglitten ist, daß der lebendige Arm eines Giotto diese Lichter aufs Haar der Engel gesetzt hat. Dazwischen immer wieder der Blick auf die sonnenklare alte Stadt – selbst einem Gemälde vergleichbar. Ich kann Dir gar nicht aufzählen, wie viele unserer Lieblingsbilder ich gesehen habe; man geht durch die alten Säle wie das Sterntalerkind und weiß nicht, wie man das Gold alles halten soll, das da herabsinkt.

Dann kletterte ich hoch auf den obersten Wehrgang mit seinen Zinnen. Der Wind heulte, pfiff und flatterte da oben, und ich ging ganz langsam rings herum und sah auf diese herrliche, uralte, einst etruskische Stadt, die Türme, Kuppeln, Campanile, Gärten, den grünen Arno, alles klar und grellplastisch in Licht und Schatten getaucht (die Luft selbst hat ein plastisches Element), voll Lärm und Leben, in der jeder Stein Weltgeschichte erzählt. Eine der Wiegen unserer abendländischen Kultur, voll Charme und kühner Schönheit, eingebettet zwischen die steinigen Hügel Toscanas, mit den dekorativen schwarzen Zypressen, wie sie Leonardo immer malte. Ich war so glücklich und erzählte es dem Bützchen und bat es, sich zu freuen auf diese schöne Welt, auf der solche Wunder liegen wie Florenz eines ist, und ich bat Gott, daß er ihm Augen und Ohren gebe, die Schönheit überall zu sehen und zu hören, und sich davon überwältigen zu lassen, dann wird es reicher sein als mit einem vollen Bankkonto…

Der Staat als Kunstwerk und ich

Mein Sohn war dann unbestimmt enttäuscht von Mailand. Noch als wir von der Autobahn abgefahren waren und ein gebirgsgroßes, irgendwie molluskenhaft kompaktes Stadion passierten, wo (wie wir uns vorstellten) »Inter« oder »der AC« spielten, hatten seine Augen in Erwartung unaussprechlicher Erlebnisse der Weltläufigkeit und coolness gefunkelt, die ihm auf jenen Straßen und Plätzen entgegenkommen würden. *Auf dem Vorplatz des Hotels küßten Herren, die bestimmt Großherzöge oder Multimillionäre waren, wunderschönen, schlanken Frauen die Hand und waren ihnen behilflich, in die häuserlangen Autos zu gleiten.* Aber das wirkliche Mailand erwies sich dann als »irgendwie so altmodisch«. Die Erfüllungsmusik aus den Sehnsuchtslandschaften, die wir uns hinter begehrten Konsumgegenständen erträumen, die wir im Fluchtpunkt der Straßen von Paris, New York (von Mailand) sehen, solange wir noch nicht da sind, verstummte und zog sich zurück, wie immer, wenn man näher kommt. Sie jagt um die Welt, auf der Flucht vor uns.

Auch das Hotel an der Piazza della Repubblica, wo sich meine Tante und meine Mutter 1951 von ihren amerikanischen Tanten verwöhnen ließen, war vor drei Jahren, als eine saudi-arabische Hotelgruppe es gekauft hatte, zum letzten Mal vollkommen umgestaltet worden, wie uns eine freundliche Dame an der Rezeption erzählte. Der *wolkenkratzerartige Palast* des »Westin Palace« war seiner Balkons beraubt. Die

Halle, deren Wände ganz aus Glas waren, erstrahlte, indirekt beleuchtet, im Glanz einer Art Mock-Empire, wie es Ölscheichen gefallen mag. *Mir klopfte das Herz vor so viel Vornehmheit.* Uns an sich auch. Aber es sah hier nicht mehr *aus wie von Picasso eingerichtet.* Eher schien eine Cousine aus dem bekanntlich weitläufigen Bin-Laden-Clan am Werk gewesen zu sein, die in Monte Carlo Innenarchitektur studiert hatte. *Kubistische Möbel, helles gemasertes Holz mit Bronzeklinken, die Farben olivgrün in verschiedenen Tönen, indirekte Beleuchtung, Kühlanlage, der Spiegel in unregelmäßigem Bronzerahmen, ein winziges olivgrünes Bad mit schwarzem Klo.* Von all dem war nur die allgegenwärtige indirekte Beleuchtung geblieben. Ansonsten Rüschen, Goldleisten, Seidenbespannungen, Empiresessel, Streifen, Vorhänge, Lüster. »Irgendwie schwul hier, Papa. Komm wir gehen!«

Wir traten in die windige Sonne der Piazza della Repubblica hinaus und nahmen dasselbe Taxi, das uns hergebracht hatte, wieder zurück zum Domplatz, wo wir in einem genius-loci-konform mit viel Marmor, Messing-Goldleisten und Belle-Epoque-Lampen eingerichteten »McDonald's« in den Vittorio-Emmanuele-Passagen einkehrten, ich freilich mit einem nicht zu unterdrückenden Gefühl der Mulmigkeit. Denn Al-Quaida hatte für die Ostertage 2004 einen Anschlag unter anderem im Herzen des kleinen Satans Italien angekündigt, mit dem wir für unsere Verworfenheit und unseren Unglauben bestraft werden sollten (»eine Kriegserklärung, geschrieben mit Blut und dekoriert mit abgerissenen Körperteilen«, hatte man im Autoradio aus dem entsprechenden Bekenner- und Ankündigungsschreiben zitiert).

Das Gründungsgefühl beim Heiraten, das Aufbruchsgefühl in eine neue Welt, das junge Eheleute, wenn es mit ihrem Vorhaben etwas werden soll, wohl zu allen Zeiten beseelen muss, hatte in den Jahren nach 1945 in Deutschland unwillkürlich eine politische Färbung angenommen. Die privaten

Hoffnungen verbanden sich mit dem Gefühl, dass auch in der neugegründeten Republik jetzt alles ganz anders werden würde. »Nicht wahr, wir haben immer jedes ein eigenes Zimmer?«, sagt die junge Frau zu ihrem Verlobten in Hermann Lenz' 1947 erschienenen Roman »Das stille Haus«: »Und wenn du ein Buch von mir haben willst, dann leihen wir's uns einander immer noch aus, als würden wir uns zum ersten Mal kennen? Und du lässt es dann nicht gleichgültig bei dir herumliegen, oder stellst es gar bei deinen Büchern ein? Ich bin halt jetzt ganz ehrlich und sage, wie ichs denke...« Alles sollte frei sein in den unzähligen kleinen Liebesmonarchien, die jetzt in Deutschland gegründet wurden, und anders als bei den elterlichen Vorbildern der Alten Welt. Demokratisch gleichsam; auf die inneren Impulse von Liebenden gegründet statt auf völkische Prokreation, staatliche Reproduktion und Repräsentation. Die jungen Leute wollten nicht mehr auf den Segen von Nation und Altar angewiesen sein; »und wir wünschen uns beide, dass auch die vielgestaltigen Bilder unseres Innern immer so ineinander fließen möchten und eins bleiben«.

Nicht mehr die Rasse, das Blut, die Ahnen und toten Helden beglaubigten jetzt die Bünde der neuen Menschen. Sie waren frei, sich ihr Jenseits, ihre Tradition, ihr transzendentes Staatsziel nach eigenem Geschmack zu suchen. Die Stadt Wien und eine geträumte Verfeinerung und Sensibilität ihrer Bewohner war Vorbild, Quell- und Zielpunkt in der Liebesmonarchie der Münchner Kunsthistorikerin Hanne Lenz und ihres Ehemanns, des erfolglosen Schriftstellers Hermann Lenz. Sie wohnten auf dem Stuttgarter Killesberg. Ein paar Straßen hangaufwärts stand das kleine Haus, in dem meine Eltern sich etablierten, nachdem sie sich gegen 1955 eigene Einkommensquellen erschlossen hatten. »Er schaute Treutlein Hanni an, die wie eine aus der Zeit um neunzehnhundert aussah mit ihrem schweren Mund und einem Lächeln, das geheimnisvoll erschien. Immer noch hatte sie einen bräunlichen Hauch auf den Lidern, als wäre sie eine Verwöhnte, obwohl sie herumgestoßen worden war und zwischen Bombentrümmern gelebt hatte.«

Der unzerstörte göttliche Funke eigener Träume und Entwürfe, der zwischen die Bombentrümmer gefallen war, kam in der Liebe auf demokratische Weise wieder zu sich. Und damit wurde auch das Land wieder heil, wenn vorerst auch nur in der Vorstellung. »Die verwüstete Stadt und das lächelnde Sommerwetter, die frischen Bäume und die saubere Luft, die jungen Blätter, die sich neben zerfetzten Steinen regten, und die Falken, die in der Ruine des Neuen Schlosses hausten, oben, wo die Lakaienzimmer gewesen waren, und von ihren Jungen heiser begrüßt wurden; dazu die Reste einer breiten Treppe, die sich wand, mit Steinsplittern besät war und Grasbüschel in den Ritzen hatte: All das faszinierte Eugen Rapp, denn solch eine junge Ruine, lang wie eine verschachtelte Steinkiste, die erschien ihm sonderbarer als eine jahrhundertealte. Er hatte das Neue Schloss erst kürzlich (vor drei Jahren) fensterglänzend und großzügig gesehen, während es jetzt voller Trümmer lag, ein Trampelpfad sich zwischen Backsteinhaufen hindurchwand, nackte Mauern wie wundgerissen aussahen, ein aufgespaltener Kamin wie ein Wurm in die Höhe führte und an die rohe Wand mit Kreide »use a rubber« gemalt war. Dahinter aber ging es zwischen Säulen in den Rosengarten, den Privatgarten des Königs, der noch eine weiß lackierte Bank aus fernen Tagen hatte. Im runden Becken mit dem niederen Springbrunnen, der seine Wasserkuppel wölbte, schwammen immer noch Goldfische. Rosen blühten, die Pergola war ausgebrannt. Drüben überm runden See standen hohe Platanen, das Opernhaus war unverletzt und wer jetzt dachte, der König mit dem grauen Spitzbart könne vorbeikommen, das war ein gewisser Eugen Rapp, der eine eng sitzende dunkelblaue Jacke mit hellgrauer Hose trug. Und derselbe hätte sich wahrscheinlich wohler gefühlt in der königlichen Zeit.«

Der halb wirkliche, halb geträumte »Privatgarten des Königs«, die demokratisierten Gründungsmythen der Reinheit, Einigkeit, Erwähltheit und Sonderung, sahen bei uns daheim ein bisschen anders aus als bei Lenzens in der Birkenwaldstraße. Deren Haus ist der Kunstakademie benachbart, wo meine Mutter studiert hatte. Es liegt gegenüber vom »Weißenhofbäck«, den Hermanns böse Schwester und ihr Mann betrieben. Nicht weit steht die moderne Kirche, in der mein Großvater ein paar Jahre später meine Schwester taufte. Der Goldgrund »Im Steinberg 3« dagegen, wo meine Eltern mit ihrem Sohn wohnten, war kein ästhetisch-monarchistischer Traum. Hier durchdrangen sich jenes väterlich-wissenschaftliche Jacob-Burckhardt-Ideal unbeteiligter Schau historischer Phänomene und die Träume von einer Welt, die meine Mutter nun für die neu entstehenden Modemagazine der jungen Republik zeichnete, so wie sie es im Berlin »Yva«-Else-Ernestine Neulaender-Simons und Helmut Newtons als noch unversehrter Teenager gelernt hatte. Es war die Verbindung von Florenz und Mailand, der Staat als Kunstwerk, und ich (der dann bald kam) war der Prinz und Erbe in ihm: *Ich war so glücklich und erzählte es dem Bützchen und bat es, sich zu freuen auf diese schöne Welt, auf der solche Wunder liegen wie Florenz eines ist, und ich bat Gott, daß er ihm Augen und Ohren gebe, die Schönheit überall zu sehen und zu hören, und sich davon überwältigen zu lassen, dann wird es reicher sein als mit einem vollen Bankkonto.*

Auch den Grund dafür, dass die beiden Nachkriegs-Liebesmonarchien, die ich studiert habe, ihren Quellgrund in der Kultur suchten (nachdem es so lange Volk, Blut und Boden hatten sein müssen), habe ich in jenem Kapitel »Der Staat als Kunstwerk« in Jacob Burckhardts »Die Kultur der Renaissance in Italien« gefunden (vor und während meiner eigenen Italienreise mit Sohn im Jahr 2004 las ich das Buch mit steigender Verblüffung und schließlich selber nur noch hingerissen):

»Die Illegitimität, von dauernden Gefahren umschwebt«, heißt es da über den Seelenzustand solcher Fürsten wie Lodovico Sforza (von dem meine Mutter sich im Mailänder Kastell vorgestellt hatte, wie er *in der Nacht vor seiner Flucht die Schwäne im Wassergraben fütterte und sich mit Leonardo unterhielt*) »vereinsamt den Herrscher; das ehrenvollste Bündnis, welches er nur irgend schließen kann, ist das mit der höhern geistigen Begabung, ohne Rücksicht auf die Herkunft. (...) Mit dem Dichter und Gelehrten zusammen fühlt er sich auf einem neuen Boden, ja fast im Besitz einer neuen Legitimität.«

»Die Bettelmannshochzeit« hatte der Vater meiner Mutter den Gründungsakt des neuen Staates, des postfaschistischen Ehe-Kunstwerks meiner Eltern noch Jahre später genannt. Und dass meine Mutter den *defining moment* ihrer Verbindung, jene Italienreise, in der Art der bei Wackwitzens kursierenden maschinengeschriebenen Familienrundbriefe niederlegte, hatte ihrer mangelnden Legitimation in den Augen der Familie ihres Mannes nicht aufhelfen können. Es war auf diesen Blättern zu viel von Luxus, Mode, Männerblicken die Rede gewesen. Dass es der jungen Frau an »christlicher Substanz« mangelte, war in dieser gut gemeinten familiären Pflichtübung nur so recht offenbar an den Tag gekommen. »Dann fiel ihm ein, dass Vater Treutlein gesagt hatte, heiraten komme erst in Frage, wenn der Eugen Rapp genügend Geld verdiene, und er dachte: Eigentlich hat der Mann Recht...« Treutlein Hannis Ehemann Hermann Lenz blieb mit seiner Schriftstellerei bis in die späten siebziger Jahre hinein ein obskurer Versager. Erst danach verbrieften Peter Handke, Siegfried Unseld und die Deutsche Akademie für Sprache und Dichtung seine Legitimation mit dem Büchnerpreis und machten alles wieder gut. Und es rührte mich beim Lesen und Abschreiben mehr als ich hier hinschreiben kann, auch im Bericht meiner Mutter aus Florenz – damenhaft-elegant herabgestimmt und märchenhaft zugleich – der spätantiken Metapher des Sterns wie-

derzubegegnen, in dessen Gestalt ein anderes Jenseits in diese Ehe und Familie hineinschien, jetzt ganz verwandelt und fern von Rassenwahn, Pflichtwut und Männermief: *Ich kann dir gar nicht aufzählen, wie viele unserer Lieblingsbilder ich gesehen habe; man geht durch die alten Säle wie das Sterntalerkind und weiß nicht, wie man das Gold alles halten soll, das da herabsinkt.*

Die Italienreise meiner Mutter war ein Gründungsakt, ihr Bericht definiert das kulturreligiöse Urmeter dieser Ehe, bewahrt den Funken für immer: *Wohin Du guckst, siehst Du die Urbilder der Kunstwerke, die Du aus Büchern kennst, fast alle kleiner und bescheidener, und unendlich viel schöner, als man sie sich vorstellt.* Aber auch der Traum von Luxus und Weltläufigkeit, den meine Mutter im Mailänder Palasthotel an der Piazza della Repubblica gesehen und ein paar Urlaubstage lang bewohnt hatte, als sie 1951 mit mir schwanger war, das Ideal einer Verbindung von Kunsthandwerk, großer Welt und Erotik, wurde – in bescheidenerem Rahmen – in der (für die beiden übrigens viel zu teuren) Vierzimmerwohnung »Im Steinberg« jetzt verwirklicht. »Ihr Zimmer war, wie er sagte, ein Kabinett, als gehörte es zu einem Schloss. Und eigentlich war es recht stilvoll, nur hatte sie es hier bescheidener als in ihrem Münchener Haus. Und Eugen war nicht verwundert, als sie einmal zu ihm sagte, seine Dachstube sei doch ein Kulminationspunkt, also der Zenit und Gipfel einer Entwicklung, sozusagen. Es leuchtete ihm ein, allerdings nur für einen Augenblick, denn danach kam es ihm kurios vor, dass seine Bude mit den Vater- und Großvatermöbeln etwas Außergewöhnliches, eine letzte Möglichkeit und Vollendung bedeuten sollte. Dann fiel ihm ein, dass Treutlein Hanni einen zierlichen Biedermeier-Tisch und ein Nachttischchen mit drei Schubladen dort hineingestellt hatte, und diese beiden Möbelstücke erhöhten seine Bude, gaben ihr gewissermaßen eine Weihe.«

Dass man der jeweiligen »Bude« schon durch einen Besuch bei Ikea »gewissermaßen eine Weihe« geben und überhaupt die Person, die man auf den ersten Blick zu sein scheint, durch den Erwerb symbolischer Gegenstände »hochmodulieren« kann – diese Erkenntnis ist seit 1952, als Hermann und Hanne Lenz oder Gustav und Margot Wackwitz auf dem Stuttgarter Killesberg ihre ästhetischen Kleinstaaten, Haushaltungen, Liebesmonarchien gründeten, zum Ausgangspunkt einer ausgedehnten Volkskunst (und der entsprechenden Zulieferindustrien) geworden, in der sich alle traditionellen Klassenkulturen aufgelöst haben. Manchmal kann es einem scheinen, als arbeiteten wir inzwischen alle nur noch daran, uns durch den Kauf von Kleidungsstücken, Möbelstücken, Compactdisks, Antiquitäten und Kunst alle paar Jahre neu zu beschreiben (uns zu *verklären*, unseren letzten Konversionserlebnissen wieder neu gerecht zu werden), auf einer lebenslangen, Madonna- oder Bob-Dylan-artigen Suche nach der Person, die wir lieber wären als wir selbst (»No matter, what your occupation is/Everybody is in Showbiz«). In den fünfziger Jahren aber war es, anders als heute, etwas Unsolides, noch nicht recht Abgesichertes, etwas fast Revolutionäres und jedenfalls leicht Bohemehaftes, was die Lenzens und die Wackwitzens damals in ihren neu eingerichteten Wohnungen unternahmen. Ihre Eltern jedenfalls sahen es mit einer Art von amüsiertem Misstrauen. Sie würden zeitlebens fest in den aus den 20er Jahren überlieferten Kulturen des Pastoren- und des gehobenen Prokuristenmilieus verwurzelt bleiben.

Denn es war eine Zivilisationstechnik der Juden und der Schwulen, die meine Eltern für ihre ästhetische Selbsterfindung jetzt benutzen und anzuwenden lernten. Und die Idee, die wie *à côté de chez* Lenzens und Wackwitzens jetzt die Wirklichkeit avancierter junger Haushaltsgründungen (und wenig später überhaupt die Massen) ergriff, die Idee nämlich, »dass Neubeschreibung, dass Sprache die Macht hat, neue und andere Dinge möglich und wichtig zu machen« (noch einmal der unerschöpfliche und unvermeidliche Richard Rorty), diese Idee ist, wenn meine Forschungen einigermaßen das Richtige getroffen haben, außerdem aus der avantgardistischen Kunsttheorie in das Leben junger Ehepaare der Nachkriegszeit eingewandert. Wir könnten, um den entsprechenden Horizont anzudeuten, an Rimbauds »Je est un autre« erinnern sowie an seine »Abschaffung des empirischen Ich« durch »langes, grenzenloses, vernunftgelenktes Verwirren aller Sinne, um durch diesen Akt willentlicher Zerstörung der herkömmlichen Kommunikationsmöglichkeiten ›kollektive Tiefenschichten‹ (H. Friedrich) freizusetzen und der poetischen Imagination einen bisher unzugänglichen Wirklichkeitsbereich zu erschließen...« (wir blenden die aktuelle Ausgabe von »Kindlers Literaturlexikon« wieder aus).

Das Misstrauen der Großelterngeneration gegen die »willentliche Zerstörung der herkömmlichen Kommunikationsmöglichkeiten« in der Art, wie ihre Söhne und Töchter jetzt auf einmal ihre Wohnungen einrichteten, sich kleideten, ihr Leben planten, war aus deren Sicht ja nicht unberechtigt. Denn diese Macht der ästhetischen Neubeschreibung »kann man nur anerkennen, wenn man das Ziel hat, ein immer größeres Repertoire alternativer Beschreibungen anzusammeln, nicht aber die einzig richtige Beschreibung zu finden. Ein solcher Wechsel der Ziele ist aber nur in dem Maße möglich, in dem die Welt und das Selbst entgöttert werden.« Es war auch in diesem Sinn eine Art Götterdämmerung, was damals vorging (»und über den Rest der Orakel des Landes ist Verstummen gekommen und gänzliche Verlassenheit über einige«). Es würde von nun an und für immer viele und individuell fast unbegrenzt veränderbare Versionen der Wirklichkeit geben, und es war nicht ausgemacht, wer was war und wie lange er es bleiben würde.

Verwandlung (Die Heilige Familie)

Nicht lange nach der Heimkehr meiner Mutter aus Italien trennten sich meine Eltern eine Weile, um in kühnen Auslandsaufenthalten ihr Glück zu machen. Mein Vater ging nach London, um im British Museum für seine Doktorarbeit zu exzerpieren. Und meine Mutter ging, einem seit Jahrhunderten irgendwie eingebauten Sehnsuchtstrieb der Familie folgend, mit ihrem kleinen Kind für ein Jahr nach Amerika (wo die reichen Tanten auf sie warteten und ihre junge Schwester, die sich im Kernland des Imperiums verheiratet hatte; eine andere Geschichte). Es ist meine früheste Deckerinnerung: An der Hand meiner Mutter (ich reiche ihr nur bis zum Knie) gehe ich eine Metalltreppe hinauf (»er ging nach dem Kolleg im Seminar die Wendeltreppe, die, weil sie aus Eisen war, ihn immer an ein altes Dampfschiff auf dem Bodensee erinnerte, hinter Fräulein Treutwein zur Galerie hinauf«). Sie trägt ein rostbraunes Kostüm (später würde sie es zu einer Jacke für mich umarbeiten) und hochhackige Schuhe, die sie unsicher steigen lassen. Oben angekommen, sind wir in alle Richtungen umgeben von dem grauen, unendlichen, in entsetzlicher Leere, Kraft, Sinnlosigkeit rollenden und stampfenden Ozean.

Die überteuerte Vierzimmerwohnung auf dem Stuttgarter Killesberg war dann schon eine lebensgeschichtliche Kompromissbildung. Meinem Vater ist es ebenso wenig gelungen, eine akademische Karriere einzuschlagen, wie später dann mir (der ich es in seinem Alter, von meinem Unterbewusstsein dämonisch gesteuert, gleichfalls in London versucht habe). Und meine Mutter hatte es in Amerika, wo schon die Fotografie die Modezeitschriften zu beherrschen begann, nicht zu einer gut bezahlten Anstellung als Modezeichnerin gebracht, die ihr erlaubt hätte, ihren, wie es geplant war, dann schon mit einem Doktortitel versehenen Ehemann nachzuholen. Die reale Verwandlung war schon gescheitert, als die ästhetische begann. Die Hauptrolle in ihr spielte, glaube ich, meine Mutter, die gruppendynamisch jetzt überhaupt die Führung zu übernehmen scheint.

Wieder finde ich die Anlage dieser Rolle in Hermann Lenz' Roman »Das stille Haus« von 1947 vorformuliert, den meine Eltern doch sicher nicht gekannt haben: »Aber... ich mach' dir gar nichts, flick' dir keine Strümpf, näh' keine Hosenknöpfe an, und alle Leute werden sagen: ›Ach, der arme Doktor Clary mit seiner komischen Frau, die nichts anderes tut, als im Gartenhaus zu sitzen und im weißen Malerkittel herumlaufen!‹ Überleg' dir's noch!« Dass eine Frau sich vorwiegend damit beschäftigt und ausgefüllt fühlt, für ihren Mann und ihre Kinder zu sorgen, war hier 1952 fast schon so undenkbar geworden, wie es in westlichen Ländern für eine junge Ehefrau heute die ultimative Beleidigung und Zumutung darstellt und fast schon der »Missbrauch« ist. Und auch die merkwürdige Selbststilisierung zeitgenössischer junger Frauen und Ehefrauen als vor allem mit vage ästhetischen Zielstellungen und Aufgaben beschäftigt (etwas, das für meine beiden Großmütter ganz undenkbar war), findet sich zu Beginn der fünfziger Jahre in voller Blüte. Die Frau von Stephan Clary in Lenz' Roman ist Malerin. Meine Mutter hat, unter anderem wohl aufgrund ihres künstlerischen Berufs, erst lange nach Kriegsende, schon über dreißig, geheiratet.

Meine Mutter hat die gelbe Insel-Ausgabe von Morgensterns Galgenliedern irgendwann, als ich ein Baby war, zu einem Geburtstag oder einem Ehejubiläum mit Feder, Tusche

und Wasserfarben für meinen Vater illustriert und ihm geschenkt. Auf der ersten dieser Zeichnungen ist das Selbstbewusstsein einer jungen Familie der frühen bundesdeutschen Fünfzigerjahre als paradiesische Ursprungsphantasie dargestellt. Nackt in einer Frühlingslandschaft liege ich in einem Korb. Mein Vater, so mager wie junge Männer damals noch waren, liest in einem Buch. Und meine Mutter führt den Pinsel. Sie sind die ersten Menschen. Sie haben keine Vergangenheit. Sie sind nie Hitlerjunge, Kriegsgefangener, BdM-Mädel, Luftwaffenhelferin und Tieffliegeropfer gewesen. Sie fangen jetzt erst an.

Die Heiligkeit dieser Familie (nicht nur die Republik beginnt, deren Bürger ich heute noch bin, sondern eine neue Welt und neue Menschen) ist in meiner frühen Kindheit vor allem in Zeichnungen meiner Mutter ausgearbeitet und definiert worden. In den vielen Bleistiftskizzen von mir (meistens im Schlaf, weil ich wach nicht stillhalten wollte). In den Bildern und Bildgeschichten, die sie für mich malte. In der Illustration eines Kinderbuchs von James Krüss, das in den frühen fünfziger Jahren irgendwann gedruckt wurde. Und vor allem in den Zeichnungen luxuriöser Damenunterwäsche, die meine Mutter in dem winzigen Arbeitszimmer unserer Wohnung (im »Atelier«) anfertigte und, elegant gekleidet, oft zusammen mit ihrem kleinen Sohn, in einer großen Mappe in die Redaktionen jener jetzt wieder aufblühenden Modezeitschriften der jungen Republik trug und mit denen sie die Kosten des jungen Haushalts wohl zum größten Teil bestritten hat (Helmut Newton: »We did a lot of underwear catalogues, which I loved.«). Es sind merkwürdig enthusiastische, die Weiblichkeit der fünfziger Jahre feiernde kleine Kunstwerke, die – wie sie heute ordentlich gerahmt an der Wand meiner Bibliothek hängen – bei männlichen Besuchern skeptische Seitenblicke provozieren – und bei den weiblichen Entzückensschreie oder zumindest ein gewisses Glänzen in den Augen.

In diesen Arbeiten (muss ich betonen, dass sie meine erotischen Phantasien bis heute nicht losgelassen haben?) ist das weibliche Selbstheiligungs- und Verwandlungsversprechen der Berliner zwanziger Jahre in unserer Familie lebendig und Teil unseres Haushaltsbudgets gewesen. Sie sind heute noch meine Seelenverbindung zu der Welt »Yvas« und Helmut Newtons, zur Zivilisationstechnik der ästhetischen Selbsthelfer und Lebenskünstler Christian Adolf Isermeyer und Richard »Ricky« Schultz. Sie sind letzte Echos aus einer Zeit, in der die Selbsterschaffung des jüdischen Bildungsbürgertums im Berliner Salon Rahel Varnhagens ihren Anfang nahm. Hier hätte eine andere Geschichte auch meines Lebens schon damals beginnen können. Aber als ich ins Schulalter kam, meine Mutter, wie mir damals schien, aus irgendeinem Grund das Interesse an mir verlor und es lange Jahre nicht wiederfand, scheine ich an der Schwelle zur Pubertät, im Begriff, ein Mann zu werden, unterbewusst beschlossen zu haben, die während der Erfolgsgeschichte meiner Familie und meines Landes (während wir alle Amerikaner wurden) fast schon vergessene Vorgeschichte und Unterströmung unseres Familien- und Bildungsromans zur Hilfe zu rufen, sie neurotisch zu radikalisieren und mir die verlorene Prinzenposition auf diese Weise wiederzuverschaffen (»acheronta movebo«; und schon 1951 hatte meine mit mir schwangere Mutter, unruhig träumend in ihrem Hotelbett in Florenz, den Wahnsinn im Zentrum des ästhetischen Selbstheiligungsunternehmens gesehen).

Wirrnis und Allegorie

I.

Heil dir, o Jesu Herr und Christ
am Kreutz für uns gestorben bist.
Du hast uns viele Güter bracht
die herrliger sind als Pracht und Macht:

das ewge Himmelreich!

Du hast für uns ertragen Kreutz,
Striemen, Geiseln, Dorn und Tod.
Dein Leib der voller Wunden,
Er ist von Blut so rot.

Du hast dein Kreutz getragen
bis an die Richterstatt.
Wo man dich nach Verhöhnung,
ans Kreutz geschlagen hat.

II.

Ich fuhr neulich an der apostolischen Kirche vorbei, und da kam mir ein Gedanke, wie man vielen Leuten etwas sagen kann von Gott, ohne daß sie in die Kirche gehen. Man könnte von aussen an die Vorderfont die Wort aufmontieren lassen: »Gott hat uns lieb«. Das wäre doch eine gute Verkündigung. Ich weiß nicht, wo man solche Vorschläge einreicht, aber Sie wissen es sicher. Bitte geben sie doch meinen Vorschlag an die zuständige Stelle weiter. Vielen Dank!

Stephan Wackwitz

III.

Universitäts-Nervenklinik Tübingen
Direktor: Prof. Dr. W. Schulte
Abteilung für Jugendpsychiatrie und -neurologie
– Klinisches Jugendheim –
Vorsteher: Prof. Dr. R. Lempp
Tübingen, den 2.10. 1968
Osianderstr. 22
Tel. 71 26 84
A. Z.: Prof.Le/P.

Herrn Gustav Wackwitz
7902 Blaubeuren
Mühlweg 18

Sehr geehrter Herr Wackwitz!

Entschuldigen Sie bitte, wenn ich mich wieder einmal an Sie wende. Sie waren 1965 mit Ihrem Sohn Stephan wegen einer Zwangsneurose bei mir gewesen. Wir haben Ihnen damals empfohlen, eine psychotherapeutische Behandlung bei Fräulein I. in U. durchführen zu lassen, die meines Wissens auch zustande gekommen ist.

Da uns diese Fälle sehr interessieren, wäre ich Ihnen sehr dankbar, wenn Sie mich gelegentlich einmal wissen liessen, wie es Stephan in der Zwischenzeit gegangen ist und wie es ihm heute geht.

Mit freundlichen Grüßen auch an Ihre Frau bin ich Ihr
Professor Dr. R. Lempp
Abteilungsvorsteher

IV.

Gustav Wackwitz
7902 Blaubeuren
Mühlweg 18

Herrn Prof. Dr. R. Lempp
Universitäts-Nervenklinik
Tübingen
Abt. f. Jugendpsychiatrie
Klinisches Jugendheim
19.11.68

Sehr geehrter Herr Professor Lempp!

Herzlichen Dank für Ihre Anfrage! Der Berg kam zum Propheten: Ich wollte seit langem schreiben, immer blieb es liegen; ich hätte es aber schon noch einmal getan, um zu berichten und Dankeschön zu sagen.

Mit Stephan ist es sehr gut und schön geworden!

Sie hatten uns damals in der ersten schlimmen Zeit über die Diagnose seiner Neurose beruhigt und die Behandlung eingeleitet, die dann Fräulein I. in U. über ein halbes Jahr regelmäßig, mit großer Konsequenz, nie ermüdender Freundlichkeit und pädagogischer Sicherheit gegenüber Stephan und uns Eltern weitergeführt hat. Sie hat uns dabei über den Berg gebracht. Die Belastungen, die Stephans Entwicklungsneurose für ihn selbst und uns bedeuteten, waren im ersten Halbjahr 65 erheblich, mit schwankender Intensität des neurotischen Komplexes (Sie werden es sich zutreffender denken können, als ich es beschreiben kann), etwa wie bei chronischer Migräne, die kommt und nachläßt, bis im Lauf des Sommers das Nachlassen immer deutlicher wurde und Stephan – unter der konzentrierten Einwirkung von Eltern und v.a. Frau I. – langsam lernte, seine neurotischen Zwänge aufzulösen, darüber hinauszukommen und wieder nach vorne zu leben. Auch wir Eltern lernten, uns im Nahkampf mit der wirren Sache nicht immer wieder über den Haufen ängstigen zu lassen, Auflösung des Komplexes und unsere größere Gelassenheit entsprachen einander. Auch dafür haben wir Frau I. und Ihrem sicheren Rat zu danken.

Stephan kam in der Schule natürlich ziemlich zurück, wir drängten auch nicht, ließen ihn bis Ostern mehr oder weniger draußen, die Schule sollte auch nicht so merken, was vorging. Die religiös geprägten Erscheinungen der Neurose, Stephans kirchlicher Dienst, Aufopferungs- und Kasteiungs-»Fimmel« (Altersheim, Straßensammlungen, Missionierungsversuche etc.) wurden ihm schließlich selbst so unerträglich und wider sein Gefühl für guten Geschmack, daß der Umschlag in die andere Richtung kam. Er kam dann 65/66 in den Konfirmationsunterricht, wurde konfirmiert, war inzwischen schon weitgehend Herr seiner Lage geworden, und nach der Konfirmation ging er nicht mehr in die Kirche, nicht aus Abkehr vom Christentum und dem Glauben (und was halt ein konfirmiertes Kind davon und darunter versteht), sondern als Nebendemonstration seines Befreiungsprozesses aus kirchenfrommen Zwangshandlungen, die ihm nun peinlich waren –: Hinter der ganzen Kirchenwelt schien ihm nun ein heuchlerischer Betrieb! Im Jahre 66, nach der Konfirmation, war es überstanden; er wußte über sich Bescheid, hatte hin und wieder, wenn sich Jahreszeiten und gewisse äußere Dinge wieder-

holten, unangenehme Erinnerungen und Angst, das Alte könnte wiederkommen, aber das legte sich auch bald.

Die Pubertät setzte mit Macht ein. Er wuchs um etwa 20 cm, ist jetzt 183 cm groß, er wurde sportlich, war viel mit dem Rad unterwegs, in seinem Zimmer lag der Expander und die ersten Beatle- und Pin-up-Girls erschienen in seinem Zimmer, zusammen mit Paul Klee und Plakatgrafik. Lesehungrig war er immer, das steigerte sich, dafür war es mit der speziellen, übertriebenen Elektrotechnik ziemlich vorbei. Fröhliche Unordnung überall, und viel outdoor. Zuerst wohl bewußte Angewöhnung, zur Überwindung introvertierter circuli, dann mit Lust und zunehmender Emphase. Zunehmender Gegensatz auch zu mir, wir gingen uns immer stärker auf die Nerven, aber er war dabei zum Glück der Robustere. Anfang 67 schlug ihm der Stadtpfarrer das Ev.-Theolog. Seminar in Schöntal und Urach vor, er griff zu, halb mißtrauisch, halb mit großen Erwartungen, Vorbereitungs-Freizeit kühlte ihn etwas ab, bestärkte aber seinen rationalen Entschluß, eine offenbar gute, jedenfalls bessere Ausbildung als die in Blaubeuren, auch um den Preis einer unsicheren und nicht ganz geheuren Internatszukunft anzupacken. Wir haben ihn bestärkt, aber nicht gedrängt und kujoniert. Er wollte. An sich ist er ja auch immer geneigt, das eigentlich Schwerere bei Alternativentscheidungen zu wählen.

Seit Herbst 67 ist er also in Schöntal. Der erste Winter ging schlecht, das Internat fiel ihm sehr aufs Gemüt, er hatte Heimweh. Wir stellten frei, er möge zurückkommen. Das lehnte er immer wieder ab, trotz häufigem Katzenjammer. Er erkannte, daß die Ausbildung vorzüglich ist, fand seine Lehrer respektabel, obwohl die erdrückende Vaterfigur des Ephorus ihn ergrimmte. Latein ist sein Lieblingsfach, neben Deutsch, er liest wie ein trockener Schwamm, Eltern haben Mühe, seinen literarischen Bildungsvorstößen zu folgen und als Diskussionspartner akzeptabel zu bleiben; bei Brecht ging es noch, aber

Beckett und Handke müssen wir selbst erst lesen und zu Weihnachten kriegt er moderne Lyrik u. Ä. auf seine Tonbänder. Die wellenförmige Unruhe der jungen Generation macht er mit kritischem Enthusiasmus mit, liest Marx, versucht in Dokumentensammlungen der unbegreiflichen Verblödung der älteren Generation in der sentimental-pathetischen Nazizeit auf die Spur zu kommen, bewegt sich im psychologisch-soziologischen Jargon zwischen Marcuse und »Spiegel«, liest Freud und Lorenz mit dem selbstverständlichen Interesse des Mannes, der Bescheid weiß, und überrascht und beglückt uns durch rapide Erweiterung und Dimensonierung seines intellektuellen Horizonts. Das Beste dabei: seine kritische Selbständigkeit auch gegenüber den »revolutionären« Moden. Das zweierlei Maß gegenüber Vietnam und der Tschechoslowakei stößt ihn ab. Immer stärker, geschulter, wärmer seine Fähigkeit, sich in andere hineinzudenken und dann großmütig, ritterlich und einfach nett zu sein. (Obwohl sein unbändiger Drang zum Jokus, zur Alberei, zur kindsköpfigen Penetranz mich zum Ohropax zwingt. Seine Schwester – 12 Jahre – ist begeistert oder mit Wonne beleidigt, abwechselnd.) Uns Eltern findet er zum Teil lächerlich altmodisch, zum Teil nur rührend altmodisch. Wir unsererseits sind gerührt und glücklich, daß er sich uns gegenüber offen hält, gewiß vieles nicht sagt, aber das ist ja richtig. In Schöntal erscheint das Elternhaus in besonderer Verklärung, aber jetzt im zweiten Jahr geht es dort offenbar viel besser als im ersten; er hat bei Lehrern und Kameraden Erfolg, ist in seinem Kreis arriviert und offenbar bei Initiativen dabei, pubertäre Eifersuchts- und frustrative Erscheinungen, die im Jungeninternat auftauchen müssen, sind vorüber und nicht mehr weiter schwierig. Natürlich »stinkt« ihm alles »gewaltig«, aber das sagt er mit Genuß. Natürlich freut er sich auf die Tanzstunde nächstes Jahr in Urach und wenn er nach Hause kommt, ist es für uns alle etwas Besonderes.

Sie sehen, es hätte gar nicht besser werden können. Was er werden will, ist noch unklar, daß mal etwas Interessantes aus ihm wird, vielleicht etwas außerhalb des konformistisch Üblichen, glauben wir zuversichtlich. Daß Sie ihn sich damals so genau angesehen haben, ihn auf die richtige therapeutische Bahn gesetzt und uns Eltern so klar beraten und beruhigt haben, dafür danken meine Frau und ich Ihnen von Herzen.

Mit den besten Grüßen und Wünschen
Ihr Gustav Wackwitz

Beim Onkel Otto

Die »Evangelisch-Theologischen Seminare«, wie die Klosterschulen der Württembergischen Landeskirche seit 1806 heißen, wurden 1559 durch den schwäbischen Reformator Johannes Brenz gegründet. Seither hat man in diesen Seminaren viel Erfahrung damit gesammelt, wie man die pietistisch entzündeten jungen Psychopathen des Schwabenlands einerseits im Herrn und in seiner Zucht erhält, andererseits so weit wieder auf den Teppich bringt, dass sie in der Verwaltung von Staat und Kirche einigermaßen verwendbar (und zum Teil sogar außerordentlich tüchtig) werden; was sie jahrhundertelang ja wirklich waren. Württemberg, so informiert uns die Psychiatriehistorie und -statistik, ist neben der Gegend um Dublin das europäische Gebiet mit der größten Häufung psychotischer und neurotischer Erkrankungen. Zu den Zeiten des deutschen Kaiserreichs gehörte ein *field trip* von Berlin nach Stuttgart und Tübingen, um dort »die herrlichen schwäbischen Schizophrenien« differenzialdiagnostisch durchzuchecken, zu den Höhepunkten des psychiatrischen Ausbildungsgangs.

Ob die reiche und bis heute geradezu erschreckend lebendige pietistische Tradition dieser Gegend der Grund für diese Häufung ekklesiogener und ekklesioformer Dachschäden im Schwabenland ist oder sich umgekehrt jener verdankt, ist eine offene und wahrscheinlich nicht entscheidbare Frage. Fest steht, dass die jahrhundertealte, vor allem literarisch-philosophische Blüte der schwäbischen Kultur sehr dicht an einem Abgrund psychopathologischer Erregungs-, Erwartungs- und Selbstverkapselungszustände entstanden ist. Man muss die Krater, Auswurfkegel und Lavafelder des Wahns in der geistigen Landschaft des achtzehnten Jahrhunderts vielleicht überhaupt als das verschwiegene Glutzentrum der Goethezeit und ihrer kulturellen Beschleunigung in Rechnung stellen.

Brenz, der noch Luther selbst in Heidelberg disputieren hörte, war ein realistischer, begabter, tatkräftiger und mutiger Administrator, Fürstenberater und Politiker. Aber schon sein Nachfolger (und übrigens leiblicher Urenkel) Johann Albrecht Bengel, Leiter der Denkendorfer Klosterschule, erscheint im Rückblick sehr verschattet von Prophetentum, kabbalistischen Zahlenspekulationen und ekstatischer Verzückung. Sein sentimentales Angedenken ist in den entsprechenden württembergischen Kreisen noch heute auf eine leicht gruselige Weise lebendig. Und seine Datierung des Weltendes auf den 18.6.1836 war der Grund für eine der großen schwäbischen Auswanderungswellen in das Heiligungs- und Verklärungsland überm Meer, nach Pennsylvania.

Bengels Schüler Friedrich Christoph Oetinger wiederum erlebte seine dramatische Konversion 1720 als neunzehnjähriger Blaubeurer Klosterschüler unterm Einfluss der Schriften Jakob Böhmes. In seinem Werk kann man die krause, kranke, entzündet-hochfahrende Endzeiterwartung, das seltsame und unheimliche Pathos des schwäbischen Pietismus schon in voller Blüte studieren. Die esoterischen Berechnungen. Die alptraumhaften naturphilosophischen Phantasmen. Den stieren Blick in das unsichtbar immer weit offen stehende Jenseits. Den unfreiwillig komischen Swedenborg-Ton unmittelbaren Umgangs mit den Toten und dem Allerhöchsten selber. Ich studierte das alles im verregneten Frühling 2004 mit einer Art ungläubigem, sich steigerndem Entsetzen. Denn in genau diesem unheimlichen Blütezustand ist die schwäbische Gnosis in die philosophischen und literarischen Entwürfe des Deutschen Idealismus eingegangen. Hegel, Schelling und Hölderlin teilten sich bekanntlich eine Stube in der den Klosterschulen folgenden universitären Einrichtung, dem Tübinger »Stift«. »Reich Gottes« war die Parole und Abklatschformel, mit der die drei nach ihren Universitätsjahren auseinander gingen, um ihre Philosophen- und Dichterkarrieren zu verfolgen und auf die sie sich in ihrer Korrespondenz noch Jahrzehnte danach bezogen (»*gimme five*, Hegel! Reich Gottes!«).

Nach meinem eigenen kleinen Ausflug auf die *Neverland Ranch* des gnostischen Jugendirreseins bestand ich das so genannte »Landexamen«, mit dem man eine Freistelle in den »Evangelisch-Theologischen Seminaren« erwirbt. Ich erlebte die württembergischen Klosterschulen in Schöntal und Urach im Prinzip zwar noch in dem gleichen Zustand, wie der Zögling Hermann Hesse sie in »Unterm Rad« beschrieb. Andererseits war die strenge, im Kern noch auf Brenz zurückgehende Ordnung im »Semi« 1968 schon seltsam ausgefranst. Das Bildungspathos Bengels und Oetingers begann sich mit dem protestantischen Millenarismus Rudi Dutschkes zu vermischen. Die theologischen Fakultäten der Universität Tübingen (die evangelische war erst im neunzehnten Jahrhundert aus jenem »Stift« hervorgegangen, auf das unsere Schule uns vorbereitete), waren das Schanghai jener Roten Garden und »Befreiungstheologen«, die ein paar Jahre lang in einer heute nicht mehr vorstellbaren Weise den Ton auch unter frommen bundesrepublikanischen Intellektuellen angaben (der spätere Kardinal Ratzinger wandelte sich erst in Tübingen von einem liberalen Theologen in einen konservativen Literalisten). »Ich muss mich in diesem Urlaub einfach mal wieder mit dem ›Prinzip Hoffnung‹ in meinem Studierzimmer einschließen«, sagte, wie ich mich aus irgendeinem Grund genau erinnern kann, einer unserer »Repetenten«, ein junger Theologe, dessen

Schlaf- und Arbeitszimmer jahrelang zwischen unseren Schlafsälen und Studierstuben lag.

Woodstock kam. Dutschke wurde in den Kopf geschossen. »Beggars Banquet«. »The White Album«. »Get yer Ya-ya's out«. »Blow-up«. »Let it Bleed«. »Sticky fingers«. Ich fuhr nach Paris. Die Tanzstunde. Das Abitur. Die plötzliche Vereinsamung danach. Marcuses »Versuch über die Befreiung«. Mein erstes Auto. Einsame, ziellose Reisen. Joints, ein paar LSD-Trips. Tübingen. München. Stuttgart. *Careless Love.* Der geistige und dann auch lebensgeschichtliche Schock, den die Begriffe der klassischen deutschen Philosophie und ihr gnostisches Pathos bei der ersten Begegnung in mir ausgelöst haben, kam erst Jahre nach meiner fundamentalprotestantischen Schulzeit.

Dieser Schock (dieses Bekehrungserlebnis?) ist mit Hilfe einer Notiz auf dem Schmutztitel der »suhrkamp taschenbuch wissenschaft«-Ausgabe von Walter Benjamins Dissertation »Über den Begriff der Kunstkritik in der deutschen Romantik« bis auf den Tag und auf eine bestimmte Gegend der Stuttgarter Außenbezirke genau datierbar. »Stephan Wackwitz. 1. XI. 75. über Wangen«, steht da, sehr sorgfältig geschrieben, in der Art eines Epitaphs oder vielleicht eines Romanbeginns. Und als hätte ich den Zentralsatz dieses Romans (den mein Leben in den nächsten Jahren fertigschreiben würde) notieren wollen, steht darunter, mitten auf dem Blatt: »... im Hexensabbat der klassischen deutschen Philosophie mittanzen.«

Das ehemalige Weingärtnerdorf Hedelfingen ist heute eine Industriegemeinde, in der vor allem die Arbeiter der nahe gelegenen Daimler-Chrysler-Werke und des Kodak-Konzerns ein wenig neckaraufwärts wohnen. Es gibt dort aber auch noch Weinbauern, die ihre Wohnzimmer, Hobbykeller und Veranden im Herbst zu »Besenwirtschaften« öffnen, wo der neue Jahrgang zu Butterbrezeln und Zwiebelkuchen bis spät in die Nacht ausgeschenkt wird. Betrunkene Gänge in den frühen Morgenstunden über die Neckarbrücke zum Taxistand in Obertürkheim; der nächtliche Blick auf die Kräne, Lastschiffe und Container des beleuchteten Neckarhafens. Auf die Höhen über Wangen steigt man auf alten Weingartenpfaden und -staffeln, an einer Kirche aus den fünfziger Jahren vorbei. Dann erreicht der steile Weg den Absatz der Hochfläche und legt sich einem ebenerdig zu Füßen. Von dort oben kann man, ohne noch einmal steigen zu müssen, zwischen Schreberhäuschen, Obstgärten und Weinberghängen bis in die Stuttgarter Innenstadt weitergehen. Dramatisch wechselnde Ausblicke auf das von Produktionshallen, Autobahnen, Gaskesseln, von der Eisenbahnlinie und der Daimler-Teststrecke versiegelte Tal zu beiden Seiten des kanalisierten Stroms tun sich auf. Die tiefgestaffelten Weinberge des gegenüberliegenden Hang- und Seitentalsystems erscheinen am jenseitigen Anstieg des Flusstals. Der Melac-Turm aus dem siebzehnten Jahrhundert, der schon zum Befestigungssystem der freien Reichsstadt Esslingen gehört, wird im Weitergehen drüben sichtbar. Die klassizistische Grabkapelle der Württembergischen Könige auf dem Rotenberg zitiert in einer surrealistischen Wendung mitten in der romantisch-industriellen Flusslandschaft das römische Pantheon.

Ich wohnte mit meiner Freundin in drei kleinen Zimmern eines Hauses, dessen Fenster im frühen neunzehnten Jahrhundert in einen Garten hinausgesehen haben müssen, der in die noch unregulierten Neckarauen überging. Jetzt drangen hierher nicht mehr der Nebel, die Anmutungen, Gerüche und Vogelstimmen einer Flusslandschaft. Nicht Baumkronen, Wiesen und Felder waren in der Nähe. Auf Güterwaggons montierte Container waren aus unseren Fenstern zu sehen und schoben sich in tage- und nächtelangen Prozessionen vorbei. Einmal, als ich an meinem Schreibtisch saß, stand ein schmaler Mond über der Gleislandschaft, und die türkisenen und orangenen Farben des winterlichen Spätnachmittags leuchteten. Der hintere Teil des heruntergekommenen Hauses bestand aus einem Atelier. Ein wandgroßes Fenster ging auf einen zugewucherten Garten voll dunkler Nadelgewächse hinaus. An Nachmittagen saßen wir mit dem jungen Maler, der dort wohnte und mit dem wir die Toilette teilten, in unserer Küche, tranken Nescafé oder rauchten einen Joint, während im Ofen die Briketts zu glühenden Krümeln verbrannten. Einmal besuchte ich ihn mit zwei Bierdosen in dem saalartig großen, mit unverkauften Leinwänden vollgestellten Raum, wo er in einer irgendwie abgetrennten Ecke sein Bett hatte. Ich hatte einen fürchterlichen Streit mit meiner Freundin gehabt. Es hatte geschneit. Wir saßen im abnehmenden Licht, das durch sein Atelierfenster zu uns hereindrang, sahen gemeinsam in die Dämmerung hinaus, sagten nicht viel und tranken die beiden Biere.

Es muss eine oder zwei Wochen vor diesem Abend gewesen sein, als ich an einem Samstag (meine Freundin hatte Dienst im Katharinenhospital), Benjamins »Begriff der Kunstkritik in der deutschen Romantik« in der Jackentasche, mit der Straßenbahn nach Obertürkheim fuhr, die Neckarbrücke überquerte und mich auf den spätherbstlichen Höhen über Hedelfingen und Wangen verlor. Es scheint mir, dass man an diesem Nachmittag noch draußen sitzen konnte, und zwischen den Seiten von Benjamins Dissertation fiel vorhin, als ich das Buch aus dem Regal holte, ein gelbes Kirschblatt heraus, das im Sommer 1975 dort oben gewachsen und schließlich zu Boden gefallen ist.

Der Schock auf den Weinberghöhen bestand in der vollkommenen Einfachheit und zugleich Unlösbarkeit eines von Fichte entdeckten und von den Frühromantikern ins Medium der Literatur hinübergespielten Problems. Schon Kant hat mit den einfachen Verhältnissen der klassisch-christlichen Tradition gebrochen, nach der Gott nicht nur uns, sondern auch die Welt geschaffen hat. Die Philosophie hatte das jahrtausendelang gültige Vertrauen darauf erschüttert, dass die Dinge sich dem Schöpfungsplan gemäß mehr oder weniger genau in unserem Innern spiegeln. Fichte, auf den sich die Frühromantiker in einer von Benjamin detailliert geschilderten Weise beziehen, ging bekanntlich noch einen Schritt ins Nichts (in den Wahnsinn) hinein weiter. Er bestimmte das Subjekt und die es umgebende Welt als Produkte einer doppelten Setzung. Diese Setzung heißt bei ihm »Tathandlung«. In ihr bringt sich das Ich zusammen mit dem Nicht-Ich in einer nicht näher geklärten (und wohl eigentlich nicht klärbaren) Weise hervor. So weit, so gut, so dynamisch-welterobernd, so wahnsinnig.

Jenes wirklich unlösbare und einen vollkommen um den Verstand bringende Problem besteht nun aber darin, dass das Ich, das sich da zugleich mit dem Nicht-Ich gesetzt hat, zugleich darüber Bescheid weiß, was es gemacht hat und seine »Tathandlung« reflektieren kann. Wer oder was aber ist das Subjekt dieser Reflexion zweiter Ordnung? Das Ich bestimmt sich am Nicht-Ich. Woran bestimmt sich die Reflexion des Ichs? Gibt es über dem Ich erster Ordnung ein Ich zweiter Ordnung, das die Tathandlung reflektieren kann und über diesem ein drittes, das die Reflexion der Tathandlung reflektieren kann und so bis in die Unendlichkeit weiter bis zum Ich n-ter Ordnung? Dabei stellt sich bei allen Reflexionen mit einem Exponenten über 2 noch eine zusätzliche Verzweiflung ein. Es lässt sich nämlich nicht klären, ob die Reflexionen dritter, vierter und aller weiterer Ordnungen sich nur auf ihre jeweils unmittelbaren Vorgängerreflexionen oder auf alle vorangegangenen Reflexionen zugleich beziehen.

»Hier wird nun die Höhe so schwindelnd und dünnluftig, dass keine Begriffe mehr zu- und nachreichen, sondern wir müssen mit und an der Sprache ohne jene weiter hinauf zu kommen versuchen«, schreibt Jean Paul, der ein vernünftiger Mann war, über die logischen Ungeheuerlichkeiten im Innern des deutschen Idealismus. In seinem »Clavis Fichtiana«, einem dem Roman »Titan« angehängten Traktat, wird Schoppe, eine zu komischen Zwecken in das essayistische Projekt ausgegliederte Figur des »Titan«, über dem Studium Fichtes wahnsinnig. »Wer nun mit mir der bloßen, von Begriff und Anschauung freien Sprache mächtig ist, der kläret sich dadurch zwei Ewigkeiten auf, die eine, welche das absolute Ich zubringt durch Werden oder unbestimmtes Handeln ohne Sein, und die zweite, die es gleichzeitig, aber durch Sein, obwohl endlich führt. Und ohne diese Sprache der höchsten Reflexion ist auch das Setzen eines Nicht-Ichs und Ichs oder das eigenhändige Einschränken des absoluten um nichts begreiflicher als die so oft getadelte Schöpfung aus nichts. Diese absolute Freiheit, die sich selber einen Widerstand (die sinnliche Welt) erschafft, weniger um zu handeln (denn das Erschaffen ist auch Handeln) als um gegen den Widerstand zu handeln, weil jedes Handeln, ausgenommen das schaffende, einen Widerstand voraussetzt, liegt nicht mehr in unserem Denk-, sondern bloß in unserem Sprachvermögen.«

Jean Paul hat also verstanden, was seine Figur verrückt macht. Er weiß, dass die »Tathandlung« bloß ein Sprachspiel ist, dem man auch folgen kann (die Wirklichkeit als seine eigene Schöpfung behandeln und deshalb auch verändern kann), wenn man nicht wirklich weiß, wie die Schöpfung der Welt aus dem Ich zugegangen sein soll. Die Tathandlung ist eine Metapher, die uns ermutigen und gut klingende Gründe dafür liefern kann, zu tun, was wir sowieso vorhatten (Napoleon aus Deutschland vertreiben zum Beispiel). »Eine solche Rechtfertigung für ausreichend zu halten, hieße, die Konsequenz zu ziehen aus Wittgensteins Beharren darauf, dass Vokabulare – und zwar alle Vokabulare, sogar diejenigen, welche die Wörter enthalten, die für uns am wichtigsten, für unsere Selbstbeschreibungen entscheidend sind – von Menschen geschaffen wurden, Werkzeuge für das Erschaffen anderer menschlicher Artefakte sind, zum Beispiel von Gedichten, utopischen Gesellschaften, wissenschaftlichen Theorien und zukünftigen Generationen. Es hieße genau genommen, die Rhetorik des Liberalismus um diesen Gedanken herum zu bauen. Man würde dann die Idee aufgeben müssen, dass der Liberalismus gerechtfertigt und die nazistischen oder marxistischen Feinde des Liberalismus dadurch widerlegt werden könnten, dass man sie gegen eine Wand von Argumenten zurückdrängt – und sie zu dem Eingeständnis zwingt, liberale Freiheit habe ein ›moralisches Privileg‹, das ihren eigenen Werten fehlt. Aus der Perspektive betrachtet, die ich empfehle, wird jeder Versuch, einen Gegner in dieser Weise in die Enge zu treiben, sofort scheitern, wenn sich zeigt, dass die Wand, gegen die er gedrängt wird, nur ein anderes Vokabular, eine weitere Art ist, Dinge zu beschreiben. Dann zeigt sich, dass die Wand nur eine gemalte Kulisse ist, wieder nur ein Menschenwerk, ein Bühnenbild für die Kultur. Eine ästhetisierte Kultur wäre eine, die nicht darauf beharrt, dass wir die echte Wand hinter den gemalten Wänden finden, die echten Prüfsteine der Wahrheit im Gegensatz zu Prüfsteinen, die nur kulturelle Artefakte sind. Sie wäre eine Kultur, die gerade dadurch, dass sie zu schätzen weiß, dass alle Prüfsteine solche Artefakte sind, sich die Erschaffung immer vielfältigerer und vielfarbigerer Artefakte zum Ziel setzte« (Richard Rorty).

Die Frühromantiker, scheint es, waren solche Liberale einer »ästhetisierten Kultur«. Ihr Ziel war nicht die endgültige begriffliche Klärung der »Tathandlung« (die Fichte in immer neuen Überarbeitungen seiner Wissenschaftslehre versuchte, bis er es aufgab und politischer Publizist wurde). Sie hatten vielmehr »die Erschaffung immer vielfältigerer und vielfarbigerer Artefakte zum Ziel«. Sie wurden nicht verrückt über dem Versuch, die Reflexionsprobleme der Tathandlung zu durchdenken, sondern nahmen Fichtes Metapher zum Anlass dafür, etwas möglichst Neues, Interessantes und Anregendes zu machen, egal, wie es sich mit der ins Unendliche gehenden

Reflexion der Tathandlung im Einzelnen verhalten mochte. »Wie Fichte das gesamte Wirkliche in den Setzungen unterbrachte – freilich nur durch ein Telos, das er in sie legte – so sieht Schlegel unmittelbar, und ohne dass er dies eines Beweises für bedürftig hielte, das ganze Wirkliche in seinem vollen Inhalt mit steigender Deutlichkeit bis zur höchsten Klarheit im Absoluten sich in den Reflexionen entfalten«, schreibt Benjamin. Mit anderen Worten: Verstehen tun die Tathandlung beide nicht (sie ist ein in den absoluten Schwindel und Schwurbel führendes Paradox), sie nehmen sie nur zum Anlass für das Sprachspiel, das ihnen interessant und fruchtbar erscheint und das sie gerne spielen wollen. Fichte stand dabei eher auf Setzung, Gründung und Franzosenfressen (das »granitene Fundament der Überzeugungen« seines späten Epigonen Adolf Hitler wirft schon de-chirico-artig lange Schatten über sein weiteres Lebenswerk). Die beiden Schlegel, Novalis und Schleiermacher dagegen fühlen sich eher zur unendlichen Reflexion, zum Fragment, zur freien Liebe, zur nicht aufhörenden Konversation, zum Erfinden immer neuer Metaphern hingezogen.

Keine Frage, wem die Turmgesellschaft, der ich mich mit fünfzig zugehörig fühle, verbunden ist: Schlegel statt Fichte. Kein Wunder aber auch, dass der Dreiundzwanzigjährige, der ich 1975 war, sich auf den Höhen über Wangen schwor, nicht zu ruhen und zu rasten, bis er den philosophischen Grund einer Sprache, den Eckstein eines Gedankengebäudes gefunden haben würde, das allen Angriffen widerstehen würde und in dem ich als mit der Arbeiterklasse verbundener junger Intellektueller mein Leben würde verbringen können. Der geheime Sinn dieses Gedankenbaus hat darin bestanden, absolut sicherzustellen, dass ich erstens selbst kein Nazi war und dass mir zweitens kein Nazi je etwas würde tun können. Und doch war auch ich in jenem Hitler-Traum von »granitenen Fundamenten der Überzeugung« gefangen, als ich am 1. November 1975 nach einem langen Spaziergang und herbstlicher Freiluft-Benjaminlektüre schließlich im Ausflugslokal »Beim Onkel Otto« saß und über einem »Haberschlachter Heuchelberg« oder »Fleiner Kirchweinberg« ins Neckartal hinuntersah (die Dämmerung und die Novemberkühle lagen schon auf den Höhen und die Farben der letzten Kirschblätter an den Zweigen leuchteten noch einmal auf, bevor sie im Nebel verschwanden).

Fichte und sein »Hexensabbat«, so etwa werde ich mir die Dinge »Beim Onkel Otto« damals zurechtgelegt haben, waren nur eine Sackgasse gewesen, wenn auch eine interessante und notwendige (der »subjektive Idealismus«). Der zukunftsweisende Hauptstrom war in Hegels »Phänomenologie« weitergeflossen, in den (da freilich noch »objektiv idealistisch« befangenen) Bildungsroman des absoluten Geistes. Hegels Buch würde den Himmelssturz dieses Geistes in die Welt und seine Biographie auf dem Weg zur Selbsterkenntnis in der Geschichte beschreiben, »die Wissenschaft des erscheinenden Wissens«. Aber auch diese merkwürdige, schreckliche, unfreiwillig komische und absolut knalldeutsche *Philosophic Gothic Novel* wäre nur eine Sackgasse auf dem langen Marsch zur absoluten (wenn auch dialektisch vermittelten) Wahrheit, glaubte ich, während ich (nun war es wirklich dunkel und der Mercedes-Stern leuchtete blau aus dem Tal herauf) einen zweiten »Fleiner Kirchweinberg« orderte. Marx und Engels würden die Wissenschaft des erscheinenden Wissens vom Kopf auf die Füße stellen (»It's the economy, stupid!«). Und auf die beiden Rauschebärte würde der mit dem Tatarenbart folgen, der die Wissenschaft wirklich machen würde (»dann scheint die Sonn' ohn' Unterlass« wie es im grauenhaften, halb illiteraten, halb poesiealbumhaften Deutsch der »Internationale« heißt; übrigens eigentlich eine schreckliche Vorstellung). Aber so weit war es noch nicht. Ich zahlte, steckte Benjamins »Begriff der Kunstkritik in der deutschen Romantik« ein und nahm die nächste Straßenbahn in die Innenstadt, wo ich meine Freundin (die nach dem Dienst immer ein bisschen nach Sagrotan roch) vom Krankenhaus abholte und wir in eine Pizzeria und dann ins Kino gingen. Dass ich mit ihr damals zum ersten Mal »Do it again, Sam«, »Take the money and run« und »Bananas« von Woody Allen gesehen habe, weiß ich zuverlässig.

Der politische Roman

Meiner Freundin war es egal, ob es mir und meinen Genossen gelingen würde, in Fichte und Hegel, Marx und Lenin ein abschließendes Fundamentalvokabular unseres Lebens und unserer politischen Umtriebe zu finden. Frauen sind *liberals by design*; ihre Probleme, wenn sie welche haben, gehören eher in den hysterischen als den zwanghaften Formenkreis pathologischen Phantasierens. Sie wollte jetzt Spaß und Unterstützung und später Kinder mit einem lieben und treuen Ehemann. Und mir, ihrem hoffnungs-, treu- und humorlosen Galan des Jahres 1974, ist vielleicht erst an den letzten Wochenendvormittagen aufgegangen (im Jahr 2004 ist es fast schon wieder Herbst), dass die deutsche Achsenzeit fiebrig überhitzter Theorieproduktion, das Jahrzehnt zwischen Fichtes erster »Wissenschaftslehre« bis zu Hegels »Phänomenologie« eine tief unheimliche Periode ist. Es ist damals dämonisch zugegangen im intellektuellen Deutschland, ironiefrei und so fern aller Heiterkeit wie zwanzig Jahre später dann beim Grübeln, Stipulieren und Weltenzerschmettern von Marx und Engels im Vorfeld der europäischen Revolution. Vielleicht nicht zufällig zur Zeit des Vormärz entzifferte im alten, unheimlichen Amerika Joseph Smith, der Gründer des mormonischen Glaubens, vergrabene Goldtafeln, die ihm »der Engel Moroni« im Traum gezeigt hatte. Er benutzte dazu einen Wahrsagestein. Er legte ihn in das Dunkel seines Huts, sah Hieroglyphen und übersetzte Moronis Weltdeutung »aus dem Reformägyptischen« ins Englische.

Auch Ende des achtzehnten Jahrhunderts in Deutschland beherrschte ein Machtroman die Seelen der ehrgeizigen jungen Männer. Eine tief ohnmächtige und perspektivlose Generation junger Intellektueller, arm, vor die Wahl zwischen Landpfarre und Hofmeisterexistenz gestellt, brütete ihn aus. Sie waren auf der Suche nach einem Stein der Weisen, den sie ab da unerkannt in der Tasche mit sich tragen würden und der sie zu Fürsten dieser Welt machen würde. Es gehört zum Machtroman, dass die Weltformel, der geheime Gottesname, nicht wirklich ausgesprochen wird. »Um den Menschen von der Welt zu erlösen, muss vor allem die Erlösungsmöglichkeit in der Seinsordnung angelegt sein. In der Ontologie der alten Gnosis wird sie durch den Glauben an den ›fremden‹, den ›verborgenen‹ Gott gesichert, der den Menschen zu Hilfe kommt, ihnen seinen Abgesandten schickt und ihnen den Weg weist aus dem Gefängnis des bösen Gottes dieser Welt (sei es Zeus oder Jahweh oder ein anderer der alten Vatergötter). In der modernen Gnosis wird sie gesichert durch die Annahme eines absoluten Geistes, der in der dialektischen Entfaltung des Bewusstseins aus der Entfremdung zu sich selbst kommt; oder eines dialektisch-materialistischen Prozesses der Natur, der in seinem Gang über die Entfremdung durch Gott und Privateigentum zur Freiheit des voll-menschlichen Daseins führt.« Das hat der deutsch-jüdische Politologe Eric Voegelin geschrieben, ein Mann, dessen Werkverzeichnis Titel enthält wie »Hegel – eine Studie über Zauberei«. Nirgends habe ich meine Familiengeschichte, meine theologischen und politischen Jugendverwirrungen so genau, unbarmherzig und tröstlich beschrieben gefunden wie während des Herbsts 2003 in den wundervollen, poetisch-ideengeschichtlichen Büchern dieses Gelehrten. »Das ist Größenwahn in großem Ausmaß. Dennoch haben die Erlöser des frühen 19. Jahrhunderts einen so tiefen Eindruck auf die so genannte Moderne hinterlassen, dass wir an ihren Wahnsinn gewöhnt worden sind; unsere Sensibilität für das Element der Groteske in ihrem Unternehmen ist abgestumpft worden.«

Hegel, das hat der große, konservative und vielleicht selber ein bisschen verrückte Eric Voegelin ganz richtig gesehen, hat sich wahrscheinlich wirklich als ein Zauberer verstanden. Die »Phänomenologie des Geistes« war der ausgesprochene geheime Gottesname, der die Rückkehr der Welt in ihren Ursprung bewirkte, die Allversöhnung, die »Apokatastasis panton« Friedrich Christian Oetingers. Auch der größenwahnsinnige Lebensentwurf, den ich mir während der nun folgenden Jahre aus so dämonischen, gespenstisch deutschen, dunklen und großartigen Büchern wie der »Phänomenologie«, dem »Kapital«, dem »Hyperion«, den verschiedenen Entwürfen zur »Wissenschaftslehre«, aus der »Dialektik der Aufklärung« und aus Georg Lukács' »Geschichte und Klassenbewußtsein« zusammenbastelte, war etwas tief Unheimliches. Und verborgenen Schichten meines Wesens ist das noch auf dem Höhepunkt meines geschichtsphilosophischen Irreseins klar gewesen. Darüber belehren mich Träume, die ich mir damals in mein Tagebuch notierte und von denen mir manche heute, beim Wiederlesen nach zwanzig Jahren, die Haare zu Berge stehen lassen:

20./21. März (1972) Auf einem Spaziergang komme ich an einem seltsamen Gartenhaus vorbei und stehe unter dem Zwang einzutreten, obwohl ich weiß, daß ich mich zu sehr damit einlasse, mich in die Gewalt dieses Hauses (Goethes Gartenhaus?) bringe. Es wird bewohnt von einem ganz kugelrunden, überall, auch an Händen und Gesicht, mit Fell bewachsenen Zwerg, der zwei riesige Hunde mit doggenartigen, dünnlippigen Menschengesichtern auf mich hetzt, die mich allwissend und gedankenschnell, ausweichlich, nicht zu entkommen, in einen Turm (Schöntal) hetzen, verfolgen bis in einen riesigen, dämmerigen, an den Speisesaal im Semi erinnernden Saal, in dem in langen Reihen Leichen aus den letzten 3 Jahr-

hunderten in Schränken mit ihrem Namen und Porträt an der Tür (darunter Hegel und Hölderlin) stehen. Ich flüchte in einen Schrank, die Hunde öffnen die Tür, ich erwache.

Aber so unheimlich das Bildungskonzept gewesen ist, unter dessen Zwang ich mich mit meinen Genossen damals befand, so fruchtbar ist es, glaube ich, als akademische Perfektibilitätsideologie zugleich gewesen. Denn es machte die messianisch verzauberte Tradition in einem so wörtlichen Sinn zu unserer Sache, dass man sagen könnte, dass einige von uns damals nicht Literaturwissenschaft studiert haben, sondern so etwas wie Literaturtheologie. So haben wir damals auf unsere verrückte Art durchaus etwas über die Macht und die Wirklichkeit geistiger Traditionen gelernt. Ich lese die Widmung, die der linke Gottfried-Keller-Forscher G. mir in das Exemplar seiner Dissertation über Kellers »Martin Salander« schrieb. Und ich weiß wieder, wie die Butterbrezeln im Café »Nast« zum Kaffee schmeckten, wenn wir in Lektürepausen aus der Stuttgarter Landesbibliothek zusammen dort hingingen. Wie unsicher und zugleich allmächtig wir uns in jenem Traum fühlten, den wir ein paar Jahre in diesen Straßen zusammen träumten – im Traum von einer Arbeit an Texten, deren »utopische Energien« (das versuchten wir damals zu glauben) einmal das Gesetz unseres Landes und unseres Lebens abgeben würden.

Stephan,
eingedenk aller gemeinsamen Machenschaften, vom Rotweinkonsum über die abendelangen Diskussionen bis zum Versuch, Praxis politisch zu machen: lies das Büchlein, genieße die oft sehr schönen literarischen Zitate (z. B. 5, 42 f., 55, etc, etc), lies dann den Keller nochmal. Und prüfe, ob auch das aus dem Büchlein herauslugt, was ich mir heute gedacht habe: Hat der Keller schon – trotz falscher Voraussetzungen – so viel Schönheit etabliert (er mußte sie leider alsbald auch wieder

abbauen), was muß da an Genüssen noch auf uns zukommen? Später?
18.1.1979

»Später« hieß: im wahren Sozialismus. Dann würden die Frauen wirklich so sein wie Kellers geträumte Judith. Und ich erinnerte mich über meinen Tagebüchern an den *seminal moment* meiner eigenen Dissertation über Hölderlins Elegie »Menons Klagen um Diotima«. Ich würde sie ein paar Jahre später, in einer langen, langweiligen und labyrinthischen Untersuchung, interpretieren als Dokument der geschichtlichen Rettung des girondistischen Utopiepotenzials, das in der Demiurgenwelt des kapitalistischen Directoire untergegangen war. In Hölderlins Elegie, glaubte ich, wurde die frühbürgerliche Utopie weitergegeben an eine Zukunft »wo die Gesänge wahr und länger die Frühlinge schön sind/Und von neuem ein Jahr unserer Seele beginnt«. Es war dieselbe Zukunft, die ich mit meinem Kampf in den Reihen der fortschrittlichen Studentenbewegung zusammen mit meinen Genossen hervorbringen wollte (Heinz Schlaffer würde das alles mit einem »gut« benoten, das mindestens so ernüchternd war wie die 2– Christian Adolf Isermeyers für den Aufsatz meines Vaters über den Enthusiasmus, den die Geschichte in uns erregt).

Es war ein Herbsttag nach einer Italienreise zusammen mit meiner Freundin gewesen. Ich hatte während dieser zwei Wochen wieder nicht den Mut aufgebracht, mich von ihr zu trennen. Meine Eltern waren noch in ihrem eigenen Urlaub, in Griechenland, glaube ich. Und ich hatte mir über der »Kleinen Stuttgarter Ausgabe« des Dichters, die ich in unserem Wohnzimmer aus dem Regal genommen hatte, ein gutes Drittel einer in der Schweiz irgendwo gekauften Flasche exquisiten Birnengeists eingeflößt. Worauf der betrunkene junge Mann irgendwie in unserem Wohnzimmer gestanden und mit großer (merkwürdiger- und für die Zeit eben typischerweise:), klassenkämpferischer Geste »Menons Klagen um Diotima« laut in die Stille der verlassenen Wohnung hinein deklamiert haben muss (furchtbar).

Am Freitag, 27.10.74, nach einem halb erfolgreichen Faschismus-Seminar beim Niedlich gewesen, Bemerkungen von halbseidenen Herren über Münchner Erlebnisse, mit G. und trüber B. unter marxistischen Gesprächen nach Blaubeuren über die herbstliche Autobahn, in der herbstlichen Wohnung ein gutes Fuder Obstler in mich gekippt, Hölderlin laut gelesen, als läse ich ihn vor einer Versammlung revolutionärer Arbeiter, nicht im Quartier Latin, nein, in Stuttgart-Untertürkheim, wo sich das gehört. Dann mit B. über mögliche Reformen unserer Beziehung geredet, sehr besoffen und schön ihr Komplimente gemacht, mich sehr frei gefühlt, ins Jugendhaus an den Obstbäumen der längstvergangenen Jugend vorbei in die dickste Junge-Union-Scheiße, gottseidank hat B. ihre neuen hohen Stiefel an, so daß wir durch diesen Sumpf waten können.

Im Grunde ging es mir, wie ich heute glaube, bei meiner klassenkämpferischen Umdeutung der alten Texte weniger um die Befreiung der Arbeiterklasse als um eine neue Freundin (absurderweise um eine, die nicht, wie jene B., tatsächlich aus der Arbeiterklasse stammte). Aber es fehlte jenem jungen Mann an dem Mut und der Erfahrenheit, eine Weile lang die Einsamkeit zu ertragen und sich eine neue zu suchen. Es fehlte ihm an der Klugheit, sein Leben zu leben. Und es fehlte vielleicht auch an einem liberalen Vokabular, an einer Sprache der Freiheit, die auch die alten Texte freigesetzt hätte. Sodass mein Versuch, die Tradition neu zu lesen und damit auch eigene Hoffnungen zu befreien, mich in der Folge noch tiefer in eine literalistische Kirche hineingeführt hat (verfolgt von *riesigen Hunden mit doggenartigen, dünnlippigen Menschengesichtern*).

Novelle

Zehntausende junge Deutsche haben in den siebziger Jahren schriftlich den Eintritt in totalitäre Parteien und Organisationen erklärt – oft nach langen, abschreckenden Initiationszeiten und -riten; nachdem sie viel Zeit gehabt hätten, sich noch einmal eines Besseren zu besinnen. Nicht nur ich bin damals ins soziale Nichts hinausgesprungen. Viele andere, befangen in ihren eigenen Seelendrehbüchern, waren genauso dumm wie ich. Wir haben inzwischen vergessen (vergessen wollen), dass der Neuleninismus zwischen 1972 und 1980 eine viel massenhaftere Bewegung war als die der »Achtundsechziger« zu ihren besten Zeiten. In der DKP und beim MSB Spartakus wurde zwar nur eine Art »Totalitarismus light« praktiziert (die RAF und einige maoistische Gruppierungen waren aus ganz anderem Holz). Aber man muss es heute sagen und hinschreiben, dass der deutsche Kommunismus der siebziger Jahre die zweite totalitäre Massenbewegung des letzten Jahrhunderts in Deutschland gewesen ist. Und die erste, bei der Mitglied gewesen zu sein als Kavaliersdelikt gilt.

Eine kluge Vierundzwanzigjährige sagte mir neulich, sie finde es an Männern ihres Alters so anstrengend, dass zumindest die interessanteren unter ihnen ihr Leben führten wie die Hauptdarsteller in einem von ihnen selbst geschriebenen Theaterstück oder Film. Darauf, dass sie ihre Rolle zu Ende spielten, komme es ihnen am Ende mehr an als auf die Stimmigkeit (sozusagen die literarische Qualität) des selbst erfundenen Szenarios oder darauf, ob es zu ihnen selbst und zu ihrer Umgebung passt. Und mir wurde plötzlich klar, warum mich die alle vierzehn Tage in meinem Büro sitzenden, von einer künstlerischen oder organisatorischen Projektidee glühend besessenen jungen Männer so erschöpfen.

Ihr bohrender, die sozial gebotenen Distanzen auch in einem ganz konkret körperlichen Sinn unterschreitender »ödipaler Penetrationsblick«, den sie in mich hineinschrauben, während ich auf meinem Besprechungssofa zusammensinke und mich schlagartig wirklich in den alternden Bürokraten verwandle, den sie in mir sehen. Die Haltlosigkeit und Scharlatanerie der meisten jener flammend und mit einer gewissen düsteren Verzweiflung vorgetragenen Ideen, Projekte, Welterlösungspläne. Das quälend unabweisbare Gefühl, hier in einem Film, den man nicht kennt, die Rolle des bösen Vaters aufgebrummt bekommen zu haben. Das Mitleid mit dem durch sich selbst irregeleiteten jungen Mann, das man nicht zeigen darf, weil es sofort ausgenutzt wird. Und jene heroische Ungeduschtheit.

Die globalpolitischen, kulturpolitischen, großkünstlerischen Erlösungswerke und Weltumgestaltungspläne des jungen Mannes sind die weltzugewandte Außenseite eines unsichtbaren und unbewussten inneren Drehbuchs, in dem es um Vater, Mutter und die eigene Rolle zwischen ihnen geht. Es geht um einen Platz in der Welt, auf dem man den verrückten und widersprüchlichen Anforderungen gerecht werden könnte, die Erziehung fast jedem (und jeder) aufbürdet. Aber besonders Männer lernen erst spät im Leben, dass man diesen Forderungen niemals wirklich gerecht wird; dass man sein Leben nur in einem neutralen Feld zwischen diesen Forderungen fruchtbar und unterhaltsam zubringen kann; dass man Gespenster gegeneinander ausspielen muss.

Jedes Mal, wenn ich in den letzten Jahren die Empörung und die Jugendlichkeit jener Jahre an Jüngeren wiederzuerkennen glaubte, das ödipale Glühen und Muffeln, das mich selbst damals erfüllte und umschwebte, dann fragte ich mich, ob das alles nicht noch einmal wiederkommen könnte. Als sei die Gnosis ewig und der Teufel sehr alt (»so werdet alt, ihn zu verstehen«, hat Max Weber gesagt). Und über dem in dieser psychoanalytisch-soziologischen Novelle dokumentierten Unternehmen, die »Kunst soziologischer Feinmalerei« (Michael Rutschky) auf meinen eigenen Eintritt in den »Marxistischen Studentenbund Spartakus« anzuwenden, zeigte sich zudem, dass mein scheinbar hochpolitisch-hypermoralischer Schritt in die Weltablehnung (in eine Art sozialen Tod hinein) in Wirklichkeit ein symbolischer Selbstmord aus Liebeskummer war. Es war keine Entscheidung, sondern eine Übersprungshandlung (was für radikale politische Entscheidungen sehr junger Leute möglicherweise typisch ist).

30.10.74 F.: ziemlich dick, noch halber Babyspeck, sehr nett angezogen, ein kindliches rundes Gesicht, die Schneidezähne hinter sehr leicht beweglichen dicken zarten Lippen stark einwärts gebogen wie bei Pfarrer L. Sie hat ein ausgesprochenes Näschen, das im Profil genausoweit vorsteht wie die Lippen, das gibt ihr etwas sehr Hübsches, sehr Junges. Das Besondere an ihr sind die Farben. Sie hat einen bräunlich-rosigen Teint, der eigentlich nach sehr gutem Make-up aussieht, aber echt ist. Verwirklichtes Idealbild also. Diese Farbe zusammen mit ihrer dicklichen Hübschheit verschmelzen manchmal, wenn sie grad lächelt z. B. bei undeutlicher Beleuchtung, zu einem wirklich engelshaften Hübschsein. Dazu hat sie sehr schöne blonde Haare, dunkler als B.s, mit mehr kupferfarbigen Elementen. Und so sitzt sie neben mir, gibt mir gefaltete Bonbonpapiere, Gedichte auf Französisch über die Distanz zwischen Leuten, demonstriert ihr Interesse an mir. Sie sagt: »Am nächsten Mo fällt die Genetik-Vorlesung aus. Der hat gesehen, daß ich das letzte Mal nicht da war und hat gesagt, daß sie dies-

mal auch ausfällt.« (Ich kapiere erst, als ich dieses holde Lächeln sehe). »Da heb ich mir DM 1,40 auf und lade Dich zum Kaffee ein.«

Diese Tagebuchnotiz datiert keine Woche nach der heroisch-klassenkämpferischen Rezitation von Hölderlins Elegie »Menons Klagen um Diotima« unter Birnengeisteinfluss im leeren Blaubeurer Wohnzimmer meiner Eltern. Und sie steht vermutlich in unmittelbarem psychodynamischen Zusammenhang mit – vollkommen vergessenen – Vorkommnissen, Gesprächen, Blicken und Abschiedsküsschen, die sich, wiederum ein paar Tage zuvor, während einer geschwänzten Genetik-Vorlesung irgendwo in einer der Cafeterias der beiden Kollegiengebäude der Stuttgarter Uni begeben haben müssen. Denn während ich dies schreibe und abschreibe, taucht von irgendwoher aus meiner Erinnerung das Bild eines frühen Oktoberabends dort auf. Das schwach beleuchtete, loft- oder ballsaalartig offene Untergeschoss eines dieser beiden betongrauen (in meiner Erinnerung irgendwie walfarbenen) Hochhäuser. Das Knacken der braunen Plastikbecher, in denen man dort seinen Kaffee bekam. Der Geruch nach selbst gedrehten Zigaretten. Das Gefühl, die beiden Letzten in einem abendlich verlassenen öffentlichen Ort zu sein, wo man bald zusperren wird. Das Bewusstsein, dass gerade Dinge gesagt worden und passiert sind, hinter die man nicht mehr zurück kann. Der Geruch nach rostigem Metallstaub auf dem Stuttgarter Hauptbahnhof, wo der Vorortzug nach Untertürkheim dann bald abfuhr. Ein Moment festlich-banger Erhobenheit inmitten des Alltags.

Kaum zwei Monate, nachdem ich gegen erhebliche (und sehr nachvollziehbare) Widerstände unserer Eltern durchgesetzt hatte, dass meine Freundin und ich zusammenzogen, hatte ich es demnach an diesem Oktoberabend nun glücklich geschafft, mich mit allen Anzeichen schwerer Verliebtheit in eine andere Frau auszustatten. Ich hatte Gefühle in mir heraufbeschworen, die mir einerseits Distanz vor meiner plötzlich so dramatisch nah gerückten Freundin verschafften und damit meine Angst vor dem ödipalen Verschlungenwerden besänftigten. Und zugleich war der Goldstaub ödipaler Verlockung (*Diese Farbe zusammen mit ihrer dicklichen Hübschheit verschmelzen manchmal, wenn sie grad lächelt z. B. bei undeutlicher Beleuchtung, zu einem wirklich engelshaften Hübschsein. Dazu hat sie sehr schöne blonde Haare, dunkler als B.s, mit mehr kupferfarbigen Elementen)* weiter in die Welt hineingeweht worden und war dort draußen wieder an jemand ganz anderem haften geblieben, an jemandem, der wieder fern und mir verboten war (also ungefährlich war), erobert werden musste (also nicht erobert werden durfte), so unabsehbar interessant war wie das erste Liebesobjekt (das einen nicht verschlingen kann, weil es ja mit jemand anderem beschäftigt ist).

Die grausam komische Gewalt der neurotischen Liebe, die ich kurz zuvor noch in den ersten Filmen Woody Allens belacht hatte, entfaltete sich in den nun folgenden Wochen in meinem Leben mit der Macht des ersten Mals (mit der Autorität der definitiven Tragikomödie meines Liebeslebens). Beim Blättern in den zwanghaft genauen Protokollen dieser Erfahrung, die ich 1974 mit Füller, Kugelschreiber und Bleistift in eine heute schon fast aufgelöste, mit knallroter Plastikfolie überzogene Kladde hineinschrieb, überm Abschreiben, Rekonstruieren und Mich-Erinnern haben mich mehr als einmal eine so schamerfüllte Melancholie und zugleich eine so intensive Lachlust angewandelt, dass ich niemandem, dem ich von meinen derzeitigen Schreibvorhaben erzählte, recht erklären konnte, wie mir über dieser Arbeit zumute war.

Das Drama meines Spätherbsts 1974 (zu dessen folgenreichsten Nachwirkungen der große Sprung nach vorn in jene marxistisch-leninistische Nachwuchsorganisation gehörte) nahm seinen Verlauf zwischen zwei Wochenenden. Zweimal besuchte ich meine neue Liebe in der nicht weit entfernten Stadt des mittleren Neckartals, wo sie bei ihren Eltern lebte, und sah sie die dazwischenliegende Woche über an der Universität. Wie alle regelpoetisch folgerichtigen Tragikomödien hat auch diese einen traumhaften Höhepunkt und eine klar definierte, mir damals völlig unverständliche und schicksalhaft über mich hereinbrechende Peripetie. Sie ist die frühest fassbare, hier in meine geschriebene Geschichte eintretende Version viel älterer ödipaler Symptombildungsartefakte (verwitterte Steinkreise und Kolossalskulpturen, die in bestimmten, nur im Traum manchmal besuchten Tiefebenen meines Unterbewusstseins stehen; »Sie waren schon immer da«, sagen die Eingeborenen meiner Seele).

Am 1.11.74 war ich, nach langsamem Aufstehen und Gesprächen beim Frühstück, Selbstgedrehtem mit A. und B. durch sonnigen Herbst in der Provinz, über Z., wo ich damals mit M. spazierenging, in K. F. holt mich, sehr schick in etwas blöden Kleidern, vom Gleis ab.

Das Buch, das ich auf dieser herbstlichen Bahnreise dabeihatte, steht heute noch einen halben Meter von meinem Kopf entfernt auf meinem Regal. Es handelt sich um die pistazieneisgrün broschierte »insel taschenbuch«-Ausgabe einer von Hans Magnus Enzensberger herausgegebenen kommentierten und zusammengestellten Sammlung von Prozessakten, Briefen, Berichten zu Georg Büchners und Ludwig Weidigs politischer Flugschrift »Der hessische Landbote«. Mehr als der »Landbote« selbst, der neben Thomas Müntzers »Fürstenpredigt«, Fichtes »Reden an die deutsche Nation« und dem »Kommunistischen Manifest« von Marx und Engels zu den großen gnostischen Basistexten der deutschen Literatur gehört, hatte es mir im Oktober 1974 allerdings eine kurze Erinnerung des radikaldemokratischen Naturforschers und Paulskirchenabgeordneten Karl Vogt an seinen Studienkollegen Georg Büchner angetan. Diese Schilderung Büchners muss mir in jenen Wochen als ein Porträt meines idealen Selbstbilds erschienen sein und ich benutzte demnach die erste sich bietende Gelegenheit, sie meinem neuen Schwarm vorzulesen, als wir schließlich in ihrem teddybärengeschmückten Jungmädchenzimmer in einer Villenvorstadt jener nahe gelegenen Industriestadt saßen.

»Offen gestanden, dieser Georg Büchner war uns nicht sympathisch«, hat Vogt bezeugt. »Er trug einen hohen Zylinderhut, der ihm immer tief unten im Nacken saß, machte beständig ein Gesicht wie eine Katze, wenn's donnert, hielt sich gänzlich abseits, verkehrte nur mit einem etwas verlotterten und verlumpten Genie, August Becker, gewöhnlich nur der ›rote August‹ genannt. Seine Zurückgezogenheit wurde für Hochmut ausgelegt, und da er offenbar mit politischen Umtrieben zu tun hatte, ein- oder zweimal auch revolutionäre Äußerungen hatte fallen lassen, so geschah es nicht selten, dass man abends, von der Kneipe kommend, vor seiner Wohnung still hielt und ihm ein ironisches Vivat brachte: ›Der Erhalter des europäischen Gleichgewichtes, der Abschaffer des Sklavenhandels, Georg Büchner, er lebe hoch!‹ – Er tat, als höre er das Gejohle nicht, obgleich seine Lampe brannte und zeigte, dass er zu Hause sei.«

Nicht nur das klassische Motiv des verkannt und sehr gering auf Erden wallenden zukünftigen Dichtertitanen und Revolutionärs konnte ich damals in meinen eigenen Künstler-, Macht- und Bildungsroman einbauen; auch meine (halb eingebildete, halb reale) Isolation an der Universität, in der großen Stadt erkannte ich in dieser Darstellung des verhöhnten großen Mannes wieder. Nicht zuletzt die Beschreibung des exzentrischen Äußeren Jung-Büchners (er sieht in diesem Abschnitt aus den Lebenserinnerungen Karl Vogts bei näherem Hinsehen ja ein bisschen aus wie der verrückte Hutmacher in

Lewis Carrolls »Alice im Wunderland«) scheint mir damals eine große Tröstung gewesen zu sein und die literarhistorisch ultimative Bestätigung dafür, dass ich mit meiner eigenen Italowestern-Aufmachung ganz auf dem richtigen Weg zum revolutionären und literarischen Ruhm war.

Neben der Lesung aus Karl Vogts Lebenserinnerungen verzeichnet mein Tagebuchbericht über den ersten Nachmittag und Frühabend in jenem Jungmädchendachbodenzimmer allerlei Rezitationen großer Gedichte der Weltliteratur. Scheinbar spontan Gedichte auswendig herzusagen war eine Flirttechnik, die dem glühend-muffelnden jungen Mann, der ich einmal war, nicht nur das Herz bestimmter Mädchen verschaffen sollte (was überraschend oft klappte), sondern ihm darüber hinaus auch dazu diente, in sich die Geister der großen Tradition lebendig werden zu lassen und sich in ihre Reihen – wenn auch vorerst nur phonozentrisch-imitatorisch – einzuschreiben. Aber die schöne junge F. selber scheint, wohl sogar mit Selbstverfasstem, durchaus dagegengehalten zu haben.

F. zeigt mir ihre Gedichte, ich lese ihr eine Beschreibung Büchners (»Ehrlich gesagt, dieser G. B. war uns nicht sympathisch«), auch ich schreibe auf ihrer alten »Erika« meinen guten alten Ulmer Fetzer, von ihren dunklen Augen tief verfolgt. Ich lasse sie lesen und sie nimmt mich in den Arm (Halt: »Und lieben lernt ich unter Blumen« hatte ich ganz vergessen). Wir unterhalten uns über Lebenswege, daß wir nicht ineinander verliebt sind, über Paris, F. zieht alle Register, sieht (mit Ohrringen) »verworfen« aus (überhaupt nicht), sitzt »unzüchtig« (ganz und gar nicht) da rum, wir sehen in die von Herbstblättern bedeckten Gärten hinaus, sage ihr »zum Trost« Shakespeare auf, mehr davon lehnt sie ab. Sie will auch ihre Ruhe, ich wollte bei diesem Besuch mich selbst dieser schönen Frau einfach zeigen (G.(eorg) *B.*(üchner) *geht zu M.*(arylin) *M.*(onroe)) *und das ist gelungen, mehr gibts nicht zu sagen.*

Passiert war also, außer dass wir eine Menge eigene und fremde Gedichte aus dem Kopf zitierten, so gut wie nichts. Und doch ist der ferne Oktobernachmittag in einer schwäbischen Industriestadt, der früh einbrechende Abend, das Leuchten der Herbstblätter in den Vorgärten mir beim Abschreiben gerade so gegenwärtig und nah gewesen, als habe sich in dieser Vorstadtgegend damals mein Schicksal entschieden, und so überstäubt ist das alles von narzisstischem Flitter wie die dämmernden Schneelandschaften auf manchen Weihnachtskarten und Adventskalendern: Goldstaub, der einem Kind als der Inbegriff des Kostbaren erscheinen kann, als Verheißung einer Offenbarung, zu der es dann vielleicht das ganze folgende Leben lang nicht mehr kommt.

Mo, 4.11.74
Mit B. nach Fachschaftssitzung und K.s Vorlesung Kaffee getrunken, ins Tutorium. F. in weißer Bluse, mit denselben Ohrringen wie am Samstag und einem schwarzen Halstuch, hat mir in der Physikvorlesung zwei Zigaretten gedreht. Das Tutorium, dann mit ihr zum Bismarckturm. Sie erzählt mir Sachen, um mir zu imponieren, wir fahren nach Blick in das unglaublich trist versmogte Tal im Auto durch gute Gebiete, durch den Kaisemer, sie ist verliebt in mich und ich bin glücklich. Ins Café »Schmutziger Löffel«, Szene mit Schal und Zigaretten, sie nimmt verliebt meine Hand, wir sitzen im Auto, ich beiße ihr zärtlich ins Ohr. Erscheint mir in der jetzigen Stimmung à la fulsere vere quondam candidi tibi soles. Geschifft im Hauptbahnhofsklo.

Was ich, damals schon im Rückblick (unbeschreiblich prätentiöserweise mit einem Zitat aus dem berühmten Gedicht VIII von Gaius Valerius Catullus: »Miser Catulle, desinas ineptire/Et quod vides perisse perditum ducas«), als ein vergangenes Lebensideal geschildert habe, ist mir vermutlich als die

Verbindung des väterlichen mit dem mütterlichen, des hochkulturellen mit dem modisch-erotischen Lebenstraum erschienen, einen Spätnachmittag im frühen November des Jahres 1974 lang. Als ich es hinschrieb, war es schon wieder aus. Es war der Traum, der im kanadischen Urwald meinem Vater in Christian Adolf Isermeyer erschienen ist. Es war der Traum, der die Stuttgarter Liebesmonarchie meiner Eltern in den 50er Jahren regiert hatte. Der Traum, der 1970 in Paris eine Woche lang wiederaufgetaucht war und den ich in meinem eigenen Leben dann einsame und schamerfüllte Jahre lang weitergeträumt habe.

Es gehört zu den plötzlich erfüllten ödipalen und narzisstischen Paradiesen, dass man sich immer schon aus ihnen vertrieben wiederfindet. Denn schon zwei Tage nachdem *(fulsere vere quondam candidi tibi soles)* die Glücksupernova jener plötzlich vereinten widersprüchlichen Sterne oder Sonnen einen nebligen Herbstspätnachmittag lang explodierte, war es zu einem der Zerwürfnisse gekommen, über die die Liebesgeschichten junger Leute dann nicht mehr hinwegkommen. Ein Ereignis von der Art war eingetreten, das kein Grübeln, Diskutieren, Betteln mehr rückgängig machen kann, weil es ein narzisstisches Gleichgewicht gestört hat, das nicht gestört werden durfte, wenn es nicht für immer vergehen soll und gleichzeitig notwendigerweise gestört werden musste, weil die Liebesgeschichte der beiden jungen Neurotiker sich in der wirklichen Welt begeben hat.

Ich wusste damals nicht (kann mir heute aber ungefähr denken) womit und auf welche Weise ich die kostbare Mingvase des fragilen jugendlichen Selbstbilds bei meiner Freundin damals beschädigt oder bedroht habe. Ich habe sie ja überhaupt nie gut genug kennen gelernt, dass ich mich in sie irgendwie hätte hineindenken können. Aber mein eigenes Tagebuch verzeichnet das Auftauchen eines der abgespaltenen Bilder von mir selbst, die in der Diagnostik und Therapie narzisstischer Störungen als »Größenselbst« bezeichnet werden, mit lachhafter oder lehrbuchhafter Genauigkeit. Und so weiß ich zumindest zuverlässig, welche Mingvase im Lauf der Ereignisse, die nun folgen sollten, in meinem eigenen Innern kaputtzugehen drohte.

Ich träumte, ich läge in einem sauberen, glitzernden Wasser am warmen Strand. Der Ort, wo es kein Unrecht und keinen Schmutz gibt. Wie in »I wish I was a catfish/Swimming in the deep blue sea/I had all these goodlooking women/Fishing after me...«

Es war die Mingvase einer frühkindlichen *splendid isolation*, weit genug entfernt von *all these goodlooking women*, von all dem *Unrecht* und *Schmutz*, den wirkliche Beziehungen zu ihnen (in deren Verlauf der Adventskalendergoldstaub der narzisstischen Projektion verblasst und sich verkrümelt) in die warmen, sauberen, glitzenden Strandlandschaften meiner Seele erfahrungsgemäß einschleppen. Aber diese ideale Traumwelt war ihnen doch noch nahe genug, dass sie so verführerisch nach mir angeln konnten wie es in Muddy Waters ungebremst narzisstischem »Catfish blues« beschrieben ist. So dachte ich mir das. Stattdessen passierte Folgendes:

Mittwoch morgen F. gesehen, sie hat Sorgen mit daheim, der Vater schimpft sie, weil sie irgendeine Paprikaschote gegessen hat, die Mutter legt der 18jährigen die Haare aus dem Duschausguß auf den Schreibtisch. Das übliche Theater. Sie will nicht heimgehen und weint. Ich rate zu rationaler und sachlicher Auseinandersetzung und Auszug.

Das wird es wohl gewesen sein. In diesem Moment ging F.s Mingvase kaputt. Mit all der filmskriptartig antrainierten Erwachsenenüberlegenheit und Rationalität meines frisch erworbenen Marxismus (hinter der auch die Angst gestanden haben wird, sie andernfalls vielleicht auf irgendeine Weise endgültig am Hals zu haben) scheine ich sie an jenem Mittwoch (Punktum! Unterstreichung! Basta!) zu *rationaler und sachlicher Auseinandersetzung* nach Hause geschickt zu haben, während sie wohl nur von dem immerhin drei Jahre älteren jungen Mann väterlich in den Arm genommen und getröstet werden wollte. Wie auch immer. Jedenfalls stürzte mit dem nun nicht mehr rückgängig zu machenden Zerwürfnis (*Sie sagt, dass ich mich nicht so benähme, wie ich wirklich sei, es sei ihr am Mittwoch aufgegangen, ich liebe sie nicht, sie mich nicht, lässt es aber in der Schwebe*), das sich am folgenden Samstag, wieder bei ihr in jener nicht weit entfernten Industriestadt, ganz offenbarte, ein kompliziertes und über Jahre austariertes narzisstisches Gleichgewicht ein; zumal meine eigentliche Freundin und Wohnungsgenossin sich verständlicherweise von mir abwandte, nachdem ich ihr in der damals im Schwange befindlichen Siebziger-Jahre-Manier alles brühwarm und »offen« erzählte, was ich in der nicht weit entfernten Industriestadt an jenen beiden Wochenenden so getrieben hatte.

Es wäre jetzt für einen erfahreneren, stabileren und weniger kränkbaren jungen Mann, als ich es damals war, vielleicht an der Zeit gewesen, für seine neue Liebe zu kämpfen, sich um die junge Frau zu bemühen, sie und sich selbst besser kennen zu lernen und möglicherweise doch noch etwas miteinander aufzubauen. Was stattdessen aber wirklich passierte, kann man nur verstehen, wenn man noch einmal in die »insel taschenbuch«-Ausgabe des von Hans Magnus Enzensberger kommentierten »Hessischen Landboten« hineinsieht, die ich auf meinem ersten Ausflug in die nahe gelegene Industriestadt mit mir geführt hatte.

Enzensberger, muss man wissen, »war schon was« im Haushalt meiner Eltern. Das schmale, auf kostbare Weise nach Eigendruck aussehende Bändchen mit dem kleingeschriebenen Titel »verteidigung der wölfe« stand zwar nicht in unserem Wohnzimmer (dessen Regale der historischen Bibliothek meines Vaters und nur ganz wenigen repräsentativen literarischen Gesamtausgaben vorbehalten waren), sondern auf einem Regal im Arbeitszimmer meiner Mutter, wo sich Bücher verminderter Respektabilität versammelten. Aber die schneidende Brillanz des damals noch sehr jungen Enzensberger (cooler als die immer etwas kriegsteilnehmerhaft verschwitzten älteren und irgendwie eigentlicheren Mitglieder der Gruppe 47) imponierte meinem Vater durchaus, und ich kann mich erinnern, dass ich ihn damals während eines unserer Gespräche über Literatur habe sagen hören, der Enzensberger – also das »sei schon was«.

Enzensbergers Nachwort zu Büchners »Hessischem Landboten« heißt »Politischer Kontext 1964«. Beim heutigen Wiederlesen scheint mir der Text allerdings eher die Atmosphäre des Jahres 1974 zu treffen. Es ist da wieder die merkwürdige (fast ein bisschen gespenstische) Verfrühtheit am Werk, mit der dieser Schriftsteller die Mehrheitsstimmungen der Republik um jeweils fünf bis zehn Jahre vorausnahm. Denn es kann nicht wirklich auf die Entstehungszeit dieses Essays gemünzt sein, wenn Enzensberger in »Politischer Kontext 1964« schreibt, der »Hessische Landbote« werde in Deutschland geradezu enervierend viel gelesen und die Schrift von einem scheinrevolutionären Philistertum allenthalben wegen seiner revolutionären Radikalität heuchlerisch bis über den grünen Klee gelobt (»Höchstens, dass hier und da eine Stimme laut wird darüber, dass ein Landpfarrer sie verwässert hat mit der Milch einer frömmeren Denkungsart und so der unbedingten Botschaft Eintrag getan, ihre revolutionäre Sprengkraft entschärft hat«).

Diese angeblichen Philisterstimmen aus dem Jahr 1964 scheinen vielmehr zum Zweck einer Argumentation aus dem

Hut gezaubert, die mehr mit dem politischen Radikalisierungsprozess Enzensbergers Mitte der Sechziger zu tun hat, als mit der wirklichen Gestimmtheit des intellektuellen *juste milieu* dieser Zeit. Auf den *radical schick* an germanistischen Instituten zehn Jahre später dagegen, auf den Herbst 1974 bezogen, wäre an Enzensbergers Zeitdiagnose schon etwas drangewesen: »So sehen wir uns, ein einig Volk von radikalen Lesern, erpicht auf einen Klassiker, der uns für eineinhalb Jahrhunderte versäumter Revolutionen aufkommen soll. Wir bestehen auf dem Umsturz aller gesellschaftlichen Verhältnisse – im Irrealis der Vergangenheit, und zwar umso mehr, je weniger an ihre reale Veränderung zu denken ist.« Wobei den Germanistikstudenten der frühen Siebziger im Fall des Klassikers Büchner neben dessen astreiner revolutionärer Gesinnung vor allem auch der überschaubare Umfang seines Gesamtwerks entgegenkam, das man sich, stark in Anspruch genommen vom revolutionären *dolce far niente*, notfalls auch kurz vor dem Examen »reinziehen« konnte, damit es noch zur Lebenszeitstellung als beamteter Deutschlehrer reichte.

Eine solche Askesehaltung gegenüber intellektueller Arbeit und anspruchsvoller Lektüre konnte man mir damals freilich nicht vorwerfen. Eher schon einen fatal in mir rumorenden Drang, von der aufrührerischen Lektüre zur Aktion fortzuschreiten. Dieser Drang durchzieht auch – als eine Art vorwurfsvoll dem Leser vor Augen geführte, angeblich eigentlich selbstverständliche und längst schon fällige implizite Forderung – das Nachwort von Enzensberger zu Büchners »Hessischem Landboten« (ohne dass übrigens der vor impliziter Einforderungsrhetorik höhnisch schnaubende Autor selber derartige Schritte je vollzogen hätte). »Schließlich gibt es in unserm Land«, schreibt er, »nur eine einzige, schwache, demoralisierte, verlorene Partei, die dergleichen im Sinn hat, und die ist verboten. Man hat nicht vernommen, dass die Gelehrten, die Weidigs Kompromisse tadeln, für die Aufhebung dieses Verbots und für eine Zulassung der Kommunistischen Partei eingetreten wären. So war es freilich nicht gemeint. Die Textkritik, die sich mit so löblichem Eifer auf Büchners radikale Seite schlägt, will sich bei seinem Wort beileibe nicht nehmen lassen. Das ist verständlich. Denn die Verhältnisse, sie sind nicht so.«

Wie waren die Verhältnisse? Enzensbergers Nachwort entwirft eine doppelte Sicht des vom Kapitalismus verpfuschten Weltenbaus. Dessen Außenansicht ist nur Schein. »Zwar haben es die Hüter unserer Verfassung keineswegs verlernt, sich etwas außerhalb der Gesetzlichkeit zu bewegen, zwar legt die Notstandslegitimation, die sie vorbereiten, gewisse Reminiszenzen an das vergangene Jahrhundert nahe, zwar erinnert man sich, zu wessen Hure die deutsche Justiz vor wenigen Jahren sich gemacht hat. Doch da ist kein Hunger und die Regierung kann Anzeigen in die Zeitungen setzen lassen, darin steht: Der Klassenkampf ist zu Ende. Wer ihn gewonnen und wer ihn verloren hat, das wird nicht angezeigt.«

1964 muss das noch als der brillant überzogene Wahnsinn erkennbar gewesen sein, der es ist. 1974 war es, nur erheblich schlechter formuliert, ein irgendwie von jedem mehr oder weniger geteilter Gemeinplatz geworden. Dass »die Massen« leidlich zufrieden waren mit sich und der schlechtesten aller denkbaren Welten, bedeutete nicht, dass die Verhältnisse so schlecht gar nicht waren, sondern dass die Zufriedenen blind waren (»Der Glückliche/ hat die furchtbare Nachricht nur noch nicht empfangen«, wie es in Brechts berühmtem Gedicht heißt). Blind oder böse mussten sie sein, die in den verfehlten Weltenbau klaglos und korrupt integrierten Massen (»blind *und* böse«, sagte es schneidend damals dann gleich in uns). »Die alte Schrift hat heute in unserem Lande Leser, aber keine Adressaten. Denn an passive Beobachter und reiche Nutznießer war sie nie gerichtet. Mithin spricht sie nicht zu, sondern gegen uns.«

Aber Büchners und Weidigs alte Flammenrede hat, abgesehen von uns unwürdig zufriedenen Bewohnern der Demiurgenwelt (in der wir es uns »eingerichtet haben«, wie die damals gängige Fluchformel lautete), auch Adressaten, die sie wirklich etwas angeht. »Heute ist jeder Gedanke Büchners denen zugedacht, die vor uns ›wie Dünger auf dem Acker liegen‹. Was 1834 Winkelpolitik war, ist zur Weltpolitik geworden. Was der Gießener Student und der Butzbacher Landpfarrer schrieben, geht heute eine Milliarde Menschen an. Was 1964 am *Landboten* gilt, gilt nicht für Hessen, es gilt für den Nahen Osten, den indischen Subkontinent und Südostasien, für große Teile Afrikas und für viele Länder des lateinamerikanischen Amerika.« So passte es damals in den Politkrimi vom revolutionären Erlösungsfunken, der sich von uns abgewandt habe. Unsere »satte« Verstrickung ins universale Böse (»die vollends aufgeklärte Erde strahlt im Zeichen triumphalen Unheils«) war seiner nicht würdig. Das Göttliche und Reine hatte sich den niederen Reisbauern, Barfußärzten und Rotgardisten zugewandt, dem »Eckstein, den die Bauleute verworfen haben«, der ab jetzt, so wollten es Enzensberger, Henze, Dutschke, der eigentliche Adressat unserer klassischen Tradition sei (als ob die vietnamesischen Reisbauern jetzt den »Hessischen Landboten« läsen).

Enzensberger sieht im Iran, wo er sich seit seiner Bekanntschaft mit Bahran Nirumand gut auskannte, ein besonders typisches Beispiel des inzwischen im Weltmaßstab installierten Großherzogtums Hessen (vier Jahre später erst wird Benno Ohnesorg auf einer Berliner Demonstration gegen den persischen Diktator erschossen werden). Er beschreibt, wie jener damals dort sein Unwesen treibende Schah mit Hilfe seiner Geheimpolizei die Opposition terrorisierte, das Volk verelenden ließ und mit den Profiten seiner Ölproduktion eine von den USA und anderen reichen Demokratien aus durchsichtigen Gründen (sie brauchten das Öl) unterstützte Operettendiktatur unterhielt. Ein Jahr, bevor ich im Herbst 1974 Enzensberger über Büchner las, hatte der amerikanische Geheimdienst in Chile eine frei gewählte sozialistische Regierung destabilisieren helfen und in einer derart skandalösen Weise durch eine Militärdiktatur ersetzt, dass auch klarsichtigere politische Beobachter als ich darauf kommen konnten, der damals für das globale Unheil verantwortlich gemachte Gegengott (der »Herr dieser Welt«, der Demiurg, *Das Kapital*) habe eine eingebaute Vorliebe für böse Regierungen.

Die chilenischen Ereignisse waren im Herbst 1973 ein wirklicher und schwerer Schock für mich gewesen, eins der eine ganze Jugend und vielleicht eine Generation definierenden Erlebnisse politischer Fernstenliebe. Dieses Verbrechen der amerikanischen Regierung hat mich damals vielleicht noch nicht zu dem Entschluss gebracht, »Politiker zu werden« (dazu brauchte es noch die Lebenskrise des folgenden Herbsts), aber es löste eine leidenschaftliche Empörung aus, ein jugendliches Mitleiden und ein intensives Interesse an politischer Lektüre. Dem boten sich freilich eben nur jene fatalen, von Denkfehlern und -fallen durchsetzten Bücher und Broschüren der marxistischen Gnosis an. Ihr gemeinsames Vorbild war Lenins Schrift »Der Imperialismus als höchstes Stadium des Kapitalismus«. Und daran felsenfest zu glauben, dass *Das Kapital* mit teuflischer Folgerichtigkeit autoritäre Regierungen hervorbrachte (»Kapitalismus führt zu Faschismus, Kapitalismus muss weg«), wurde auch durch die heute weitgehend vergessene Tatsache erleichtert, dass Mitte der siebziger Jahre ganz Südeuropa mit Ausnahme Italiens von Diktaturen beherrscht war, die mit amerikanischen Geheimdiensten und Regierungsstellen im Bunde waren.

Ein Bericht in meinem Tagebuch vom November 1973 über eine Stuttgarter Demonstration gegen das griechische Obristenregime zeigt mich folgerichtig schon, mit der Mehrheit der politisch Interessierten meiner Generation, auf glühend antiamerikanischen Positionen:

> *Mi, 22.11. Nach einem ganzen Tag Lernen (Matthias, Geschichte Olshausen) Griechenland-Demo. Man sammelt sich am Karlsplatz, alle Gruppen, die gegen den Faschismus sind, G., H. + Frau und ich laufen in einer Reihe, wir haben Fackeln, die griechischen Genossen rufen griechisch, wir deutsch. Viel Faschismus-Haß, unverklemmter und weniger theoretisch als bei den Deutschen. »USA SA SS«, schreien die Frauen, »Papadopoulos SS«. Ein hübsches Mädchen auf der Schulter von einem Mann schwebt unseren Parolen wie Delacroix' Freiheit mit einem Megaphon voran. Die ganze Demo ist sehr solidarisch und gut. Vor dem Konsulat ist die ganze Straße voll mit Bullen in allen Arten und Formen, in Bereitschaftsautos mit laufendem Motor, auf Krädern, mit gezückten Schlagstöcken und Schutzhelmen. Wir versammeln uns, oben schauen die Faschisten aus den dunklen Fenstern mit herabgelassenen Jalousien, wir rufen »Mörder« und »Olopheres«, keine Zwischenfälle, leider. Die Faschisten kriegten echte Angst.*

Keine Zwischenfälle, leider. Ich blende noch einmal Enzensbergers Büchner-Nachwort ein: »Das Verhältnis zwischen armen und reichen Völkern ist das einzige revolutionäre Verhältnis in der Welt. Nur mit Gewalt kann dieses Verhältnis aufrechterhalten, nur mit Gewalt kann ihm abgeholfen werden.«

Die große Denkfalle dieser Jahre war jetzt vollständig aufgebaut. Ihre scharfkantig gezahnten Bügel bestanden einerseits in der Vorstellung einer globalen, von *Dem Kapital* beherrschten Böswelt, in der nur die kleine, verlorene, aber solidarisch-entschlossene Schar der Reinen noch vom Funken des Wissens und der Wahrheit beseelt war (er musste zum Weltenbrand werden). Und auf der gegenüberliegenden Seite derselben, jetzt zuschnappenden Verzweiflung des Denkens und Fühlens stand jene implizite Forderung nach Aktion unter vorlusthaft vibrierender Spannung, die Forderung nach Handeln, nach »Praxis«, möglicherweise nach Gewalt. »Natürlich kann geschossen werden«, hatte Ulrike Meinhof, damals schon aus dem Untergrund, an eine Zeitung geschrieben. Welche Formen der Zerstörung diese Höllenmaschine im Leben junger Einzelner anrichtete, war verschieden. Es kam darauf an, welche Leute einem über den Weg liefen, welche Vorbilder einem imponierten, wie mutig oder dumm der oder die Einzelne waren, welche Adoleszenzkrisen der einzelne Jungmensch in seiner Labilität durch einen großen Sprung nach vorn bewältigen zu müssen glaubte. Ich bin froh, dass mir damals niemand gesagt hat, dann und dann würden in der oder jener Kneipe Waffen ausgegeben, es gehe los, in den Untergrund. Ich weiß nicht, was passiert wäre. Und an vielen meiner Generation, das darf man nicht vergessen, ist diese Zeit auch relativ folgenlos vorübergegangen. Sie durften nur ein bisschen dumm sein, eine Weile lang wild herumreden und weitermachen. Ihnen ist gar nichts geschehen.

Auch ich hätte der Höllenmaschine vielleicht noch entgehen können. *Nacht vom 2./3. 11. 74 (...) Dann steht plötzlich eine Autoritätsgestalt mit Schlüsseln hinter mir und sagt, ich solle ihr folgen (Mischung aus G. und D.). Ich gehe hinter ihm her und er will mich wie Wanda den Severin in ein dunkles Kellergefängnis sperren. Er geht über eine dunkle Treppe hinunter, ich entdecke einen kleinen Steg, der rechts ins Freie geht, über einen dunklen Abgrund, gehe fröhlich über ihn ins Freie, und lasse den Autoritätsnachtwächter allein in sein Verlies tappen. Bin beim Aufwachen sehr froh über diesen Traum.* Aber er hat meinem Wachbewusstsein dann nichts mehr genutzt. Der Liebeskummer durchdrang jetzt die ganze Welt und stellte, wie vorher die Verliebtheit, ihre Einheit her.

Aber nicht nur in meinem Unglück offenbarte sich mir das Seiende im Ganzen. Meine Forschungen und Visionen in der Landesbibliothek hatten mir den historischen Materialismus als eine andere Offenbarung des Weltganzen gezeigt – und zugleich (»Hegel. Eine Studie über Zauberei«) die magische Verfügungsgewalt über die ganze Welt als vom Wissen geleitete revolutionäre »Praxis« einer Partei der Welterkenntnis, Weltbeherrschung, Welterlösung. Die Einheit der Welt war mir einen verliebten Montagnachmittag lang als »Glanz im Mutterauge« erschienen; noch keine fünf Jahre zuvor schien sich im chiliastischen Glänzen der Achtundsechziger-Verheißung schlechterdings alles – der Staat, der Alltag, die Liebe, sogar die Natur – vollständig wandeln zu wollen. »Der Aufbau einer solchen Gesellschaft setzt jedoch einen Menschentyp voraus, der sowohl eine andere Sensibilität als auch ein anderes Bewusstsein besitzt: Menschen, die eine andere Sprache sprechen, andere Ausdrucksformen haben, anderen Impulsen folgen; Menschen, die eine Schranke gegen Grausamkeit, Brutalität und Hässlichkeit aufgerichtet haben. Solch eine triebmäßige Transformation ist nur dann als Faktor sozialen Wandels denkbar, wenn sie in die gesellschaftliche Arbeitsteilung eindringt, in die Produktionsverhältnisse selbst. Diese würden von Männern und Frauen geformt, die ein gutes Gewissen haben, menschlich und sinnlich zu sein, denn...« (wir blenden Herbert Marcuses »Versuch über die Befreiung« langsam aus).

»Reformatio generalis«, eine vollkommene Umwandlung der Welt, hatten schon die protestantischen Mystiker des siebzehnten Jahrhunderts erwartet. »Es gaffe niemand mehr nach der Zeit«, schrieb damals Jakob Böhme. »Sie ist schon geboren. Wens trifft, den triffts; wer da wachet, der siehets und der da schläft, der siehts nicht. Sie ist erschienen die Zeit und wird bald erscheinen: wer da wachet, der sieht sie.« In der Umwandlung aller Dinge, der Wiederkunft des Verlorenen sollte sich auch jetzt wieder, so schien es mir, wenn ich aus meinem Liebeskummer aufsah, die Einheit der Welt zeigen. Ich wollte jetzt zu denen gehören, die wachen, zu den klugen Jungfrauen, die das Öl in ihren Lampen bewahren, denn »der siebte Engel der Apocalypse hat seine Posaune gerichtet. Es stehen des Himmels Kräfte in sonderlicher Bewegung, dazu beide Türen offen, in großer Begierde, Licht und Finsternis. Wie ein jedes wird ergriffen werden, also wird es eingehen. Wessen sich einer hoch wird erfreuen, das wird der andere verspotten. Darauf ergehet das schwere und strenge Gerichte über Babel.«

Auf das Gericht über Babel, auf die Geburt der Zeit, auf den Durchbruch des Lichts kam es auch jetzt an. Doch hatte meine Generation der hysterischen Naherwartung der Achtundsechziger schon misstrauen gelernt (und ich gerade gesehen, wie schnell der Glanz im Mutterauge aus dem Gesicht meiner Geliebten verflogen war). Der Marxismus-Leninismus dagegen versprach eine gleichsam väterliche Erscheinung und Verwandlung der Welteinheit und -ganzheit, ein langsames, systematisches Durchdringen der Welt mit Wissen. Eine Generalreformation noch des Kleinsten durch die geduldige, generationenverschleißende Arbeit der Partei, einer Art tätigen Weltgehirns, dessen kleine, aber unabdingbare Zelle ich nun werden sollte (»Du musst die Führung übernehmen«; »nichts, auch das kleinste, das alltäglichste nicht ohne den Geist und die Götter!«).

Besonders in frühen Stadien der Verliebtheit scheint der erhobene Seelenzustand etwas Objektives, gar nicht an seinen Gegenstand Gebundenes. Das Hochgefühl kommt einem von schlecherdings jedem Weltdetail entgegen und stiftet eine merkwürdige Einheit des Universums (deren Negativ im Liebeskummer erscheinen wird). Im Oktober 1974 scheint es als rettende Idee erschienen zu sein, die Verliebtheit in die treulose junge F. in ein marxistisch-leninistisches Umarmen der ganzen Welt zu verwandeln. Ich wollte den Schwung meiner Liebe in ein objektives, politisches Weltverhältnis umarbeiten. Ich wollte die blitzartig erschienene Erfüllung meiner Lebens-, Bildungs- und Familienromane befestigen, auf Dauer stellen und damit wirklich ein anderer werden. Und in der Metaphorik des Gestirnglaubens, der an den jeweiligen Wendepunkten unseres Familien- und Bildungsromans als Pathosformel erschienen ist (von der Sterndämonie der südafrikanischen HJ-Visionen meines Vaters, über die Pflicht-Sterne seiner kanadischen Gefangenschaft und die Sterntalerträume meiner Mutter in den Florentiner Uffizien bis in mein eigenes Leben hinein) schrieb ich über den 5.11. 1974 (»Es stehen des Himmels Kräfte in sonderlicher Bewegung, dazu beide Türen offen, in großer Begierde, Licht und Finsternis«) in mein Tagebuch:

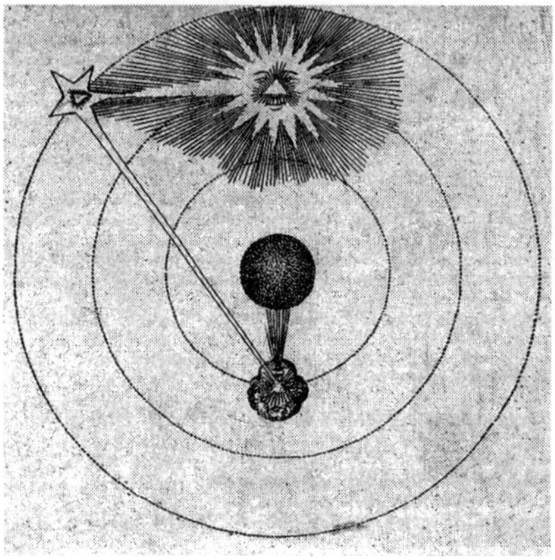

Di glaub ich nicht so bedeutend, doofes Bier mit N., aber die Liebesgeschichte bringt mich mit ihrem Freud und Leid von der polit.-wissenschaftlichen lebendigen kollektiven Front, wo meine Zukunft wirklich liegt, in die weiten Gefilde der Gefühle, Ahnungen und persönlichen Visionen, die eigentlich den echten Kampf nur begleiten sollten, zurück, wirft mich wieder auf mein Ego und das ist nicht gut. Mein Hoffnungsstern steht woanders und ist ein Fixstern, kein Komet. Der scheint allerdings heller zu sein. Sollte ich einfach nur F. im Kopf haben?

Ich will nicht in einem rosaroten Ozean versinken, der nur aus Träumen und Parfüm und Schauspielerei besteht.

Die Wochen nach dem Bruch waren fürchterlich. *Frauen scheinen sich für die ihnen im Kapitalismus angetane Schmach der Dummhaltung, Unterbezahlung und Verpuppung rächen zu wollen, indem sie den Männern ihre Zartheit und Schönheit, die nur ihnen, nicht den Männern angedichtet wird, so willkürlich geben und entziehen, daß sie die Macht, deren Gegenbild sie sein sollen, wieder mit sanften Mitteln erlangen. Der objektive Sadomasochismus in den Beziehungen zu schönen Frauen. Das beschreibt »Venus im Pelz« in exakter Übertriebenheit. Am Do auf der Stadtgarten-Bank, wo ich schon mit K. saß, mit F. über Beziehungen in abschreckend geschäftsmäßiger Manier verhandelt, fühle mich trotzdem besser und gehe heim. Abends spöttische Vorwürfe B.s mit dem Tenor: geh nur solange deinen eigenen Weg, bis du so fertig bist, daß du wieder gekrochen kommst.* Undsoweiter. Wut wechselte mit Verzweiflung, steiler Größenwahn mit Gefühlen der Vernichtung.

Und unter *Mo* (es muss um den 20. November 1974 herum gewesen sein) lese ich dann: *Nach Arbeit, F., die sich nicht entblödet, mit S., dem Begünstigten des Weltgeists, zu flirten. Schade, ich hätte gern eine gute Erinnerung an sie bewahrt. Dann unkonzentriert Platten gehört, gegessen, in den MSB eingetreten. Abends von der Flut der neuen Pflichten und Ereignisse traurig gemacht, erst spät den Weg zu B.s Trost gefunden, erst rumgeflippt, hoffentlich zum letzten Mal.*

Es war also passiert. *Dann unkonzentriert Platten gehört, gegessen, in den MSB eingetreten.* Die in meiner Familiengeschichte bereitliegenden häretischen Motive, von meinen Eltern gerade erst in jahrzehntelanger Bemühung in ein ziviles bildungsbürgerliches Lebensprogramm umgearbeitet, waren in einer Krisensituation zum zweiten Mal explodiert. Und diesmal nahm der ewige Wahn wieder eine politische Form an. Ich würde erst fünf Jahre später aus ihm herausfinden, beschädigt an Körper, Geist und Seele. Ich würde meine weiteren Universitätsjahre im Bann des neoleninistischen Heldenromans verbringen, fast alles Wichtige erst später lernen, viel Dummes, Lächerliches und Peinliches tun. Es war passiert.

Zwei Gesellen

> *Er reiste.*
> *Er lernte die Melancholie der Ozeandampfer kennen, die frostkalten Stunden des Erwachens unter dem Zelt, die Betäubung vor Landschaften und Ruinen, die Bitterkeit von Neigungen, die ein schneller Abschied zerriss. Er kam wieder. Er verkehrte in der großen Gesellschaft, und er hatte andere Liebschaften. Aber durch die immer währende Erinnerung an die Erste wurden sie ihm schal und leer; und der Sturm des Begehrens, die Blume des Liebesgefühls war für ihn dahin. Auch sein geistiger Ehrgeiz hatte nachgelassen. Jahre verstrichen. Und er ertrug die Untätigkeit seines Geistes, die Trägheit seines Herzens. Gegen Ende des März 1867, in der sinkenden Dunkelheit, als er allein in seinem Kabinett war, trat eine Frau ein.*
>
> *Flaubert, L'Éducation Sentimentale*

Der realistische Schluss der europäischen Bildungsromane, der Abschied vom Wahn, fällt jedes Mal merkwürdig enttäuschend aus. Es ist, als verkrümelten und verkräuselten sich diese Bücher paradoxerweise gerade da, wo sie uns eigentlich die Lösung all der zuvor so farbig und engagiert geschilderten Wirren und Nöte aufzeigen sollten. Karl Philipp Moritz und Novalis machen es sich mit ihren Bildungsromanen besonders einfach: »Anton Reiser« und »Heinrich von Ofterdingen« sind nie fertig geschrieben worden. In Goethes »Lehrjahren« ist die Turmgesellschaft, das Lebensziel des schließlich »gebildeten« Wilhelm Meister, eine banale, auch schriftstellerisch recht lieblos-gewaltsam aus dem Schnürboden herabgelassene Partei bürgerlicher Biedermänner. Sie bringen die poetische Mignon um (im Text ist von »beiseiteschaffen« die Rede), verhöhnen und resozialisieren den tragischen Harfner, werden Amerikaner, akkumulieren Kapital; nur sexy Philine entgeht ihnen, rettet sich irgendwie, verschwindet und kehrt in »Wilhelm Meisters Wanderjahren« als eine Art Gespenst wieder. Und in diesen »Wanderjahren« – einer grundseltsamen, fast schon postmodernen Fortsetzung des klassischen Bildungsromans – spricht der große Ironiker wahrscheinlich überhaupt sein Schlusswort über die ganze Bildung: Wilhelms Sohn Felix, der in einer »Pädagogischen Provinz« jahrelang nichts anderes gelernt hat als Reiten, Pferdezucht und alles, was damit zusammenhängt, fällt bei seinem ersten Ausflug vom Pferd – seinem Vater direkt vor die Füße.

Am poetisch einleuchtendsten hat sich vielleicht Gottfried Keller aus der Affäre gezogen. Heinrich Lee, der Held seines Romans »Der grüne Heinrich«, wird, nachdem er kein Künstler geworden ist, bloß ein resignierter Stadtschreiber (wie Keller selbst), der erst in der zweiten Fassung seine Judith wiedertrifft (anders als Keller selbst). Es ist eine Passage, die man nicht mehr vergisst, wenn man sie einmal gelesen hat. Das poetisch-erotische Ideal des Romans (eine Figur, wie sie nur ein erotisch tief erfolgloser und vereinsamter Mann erfinden kann) tritt in einem grauen Kostüm aus einer Felswand von fast genau derselben Farbe heraus und steht plötzlich vor ihrem Heinrich, worauf der sie sein restliches Leben lang nicht mehr aus den Augen lassen wird.

»Schwatzhaft erzählten sie jetzt davon und jeder ergänzte das, was der andere nicht wusste« – das wiederum sind die beiden Protagonisten in Flauberts *Éducation Sentimentale.* Sie haben sich mit Mitte dreißig wiedergefunden, als schon enttäuschte, fast alte Männer. In ihrem Heimatstädtchen in der Provinz erzählen sie sich gegenseitig, wieder und wieder, ihr Leben. Als Gymnasiasten zum Beispiel wollten sie die Hure der Stadt besuchen. »Eines Sonntags um die Vesperzeit, pflückten Frédéric und Deslauriers, nachdem sie vormittags sich das Haar hatten brennen lassen, Blumen im Garten von Frau Moreau und gingen durch die Hintertür den Feldern zu.« Aber dann lassen sie doch nur den Blumenstrauß auf der

Schwelle ihres Etablissements liegen und ergreifen die Flucht. Deslauriers wollte später in Paris der neue Robespierre werden, Frédéric Moreau ein großer Dichter. Es ist am Schluss des Romans aber nichts Nennenswertes dabei herausgekommen. »Und als sie zu Ende waren, sagte Frédéric: ›Das war eigentlich unser schönstes Erlebnis.‹ ›Ja, vielleicht war es das schönste‹, sagte Deslauriers.«

Auch der Rest meines eigenen Bildungsromans, die Zeit nach dem Verlust der Illusionen, ist schnell erzählt. Es lohnt fast nicht mehr. »Er reiste.« Gerade hat Flauberts Held eine Revolution erlebt. Jetzt verschwinden Jahre in der Leerstelle eines Zeilenbruchs. Meine endgültige Befreiung von der MSB-Mitgliedschaft ergab sich an der Wende zu den achtziger Jahren. Von der Invasion der Sowjets in Afghanistan erfuhr ich in New York, wohin ich meiner Freundin über den nächtlichen Atlantik hinterhergeflogen war. Sie hatte im kalifornischen San José ein Stipendium und studierte bei Bettina Aptheker, deren Vater Historiker und der Chefideologe der Kommunistischen Partei war. Wir wohnten zwei Wochen lang in seinem Häuschen in einer langweiligen, endlosen Vorstadtgegend. Da hatte sie schon Angela Davis kennen gelernt, betrieb *Gender Studies*, experimentierte mit einer Art Bewegungslesbentum (entsetzlich). Die Sandinisten vertrieben Somoza aus Nicaragua. Iranische Aufständische hielten das Botschaftspersonal in Teheran gefangen. Die NATO beschloss die Stationierung von Kurzstreckenraketen und Cruise-Missiles in Europa.

Seltsame neo-dandyistische Bewegungen beunruhigten meinen Kleidergeschmack und mein Selbstbild in den nächsten Monaten und Jahren. »Empty Glass« von Pete Townshend kam heraus. Es gab plötzlich eine ganz andere Art von Frauen, die sich für mich interessierten. Wo waren sie so lange gewesen? Wie hatte ich ohne sie leben können? Wie hätte ich einer von ihnen jetzt widerstehen können? Ihr Vater hatte eine Eisdiele in einem kleinen Ort in der Nähe. Sie gab ihre – mir geradezu märchenhaft komfortabel erscheinenden – Einkünfte für Kosmetika und Garderobe aus. Sie hatte weder Hegel noch Hölderlin oder Lenin gelesen. An einem Sommermorgen sah der Stuttgarter Talkessel wie eine Landschaft an der Côte d'Azur aus, als ich aufstand und aus ihren Fenstern sah (sie schlief noch). Sie hatte eine zimmereckengroße, mit fünfzigerjahrebunten runden Mosaikplatten umrandete Badewanne. Ein kleiner Garten sah zum Fenster herein. Sie sagte, sie wolle in den nächsten Jahren einen netten, gut verdienenden Mann kennen lernen (so einen wie mich, sagte sie und lächelte auf eine Art, an die ich heute noch vor dem Einschlafen manchmal denke) »und dann bambini, bambini«.

Ich habe auch diese Chance nicht ergriffen (eine andere Geschichte). Die achtziger Jahre kamen. Es würde nur noch neun Jahre dauern, bis junge Frauen und Männer auch in Warschau, Bratislava, Nowa Huta, Budapest und Prag nicht mehr in ihren staatlich verordneten Heldenromanen würden mitspielen müssen. Sie würden sich wie Menschen kleiden können. Sie würden in schicken Restaurants und Bars sitzen und einkaufen dürfen, was sie haben möchten und bezahlen können. Das kurze zwanzigste Jahrhundert war aus, unsere samtene Revolution kam, ein Jahrzehnt vor 1989. Ich würde in den nächsten zehn Jahren die Mitglieder der Turmgesellschaft kennen lernen, deren Anteilnahme und Geduld mich zu einem *liberal* gemacht hat. Die Heldenzeit ist damals erst in Deutschland wirklich zu Ende gegangen.

Wie gesagt: All das ist schnell erzählt. Der Romantiker in uns kann die *Cliffhanger*-Technik der klassischen europäischen Bildungsromanschlüsse nicht recht leiden. Nicht nur, weil sie schriftstellerisch so wenig hergibt. Sondern auch, weil wir unsere überwundenen Verrücktheiten insgeheim noch gar nicht völlig loslassen wollen. Wie eine Liebesgeschichte, von der wir noch so gut wissen mögen, dass sie keine Zukunft hat. »Es ist im Grunde ein fatales und albernes Buch«, schrieb

Novalis verbittert über Goethes »Lehrjahre«, den Roman, den er und seine Freunde doch bewunderten wie sonst nur Kants Philosophie und die Französische Revolution – »so prätentiös und pretiös – undichterisch im höchsten Grade, was den Geist betrifft – so poetisch auch die Darstellung ist. Es ist eine Satire auf die Poesie, Religion etc. Aus Stroh und Hobelspänen ein wohlschmeckendes Gericht, ein Götterbild zusammengesetzt. Hinten wird alles Farce. Die ökonomische Natur ist die wahre – übrig bleibende. WM ist eigentlich ein Candide, gegen die Poesie gerichtet. Die Poesie ist der Harlekin in der ganzen Farce.«

Das Staatsexamen, die abgelehnte Beamtenstelle am Staufergymnasium in Waiblingen, dreißig Kilometer von meiner Geburtsstadt entfernt. Arbeit, Schriftstellerei, Einsamkeit in London. »Gegen Ende des Juli 1985, in der sinkenden Dunkelheit, als er allein in seinem Kabinett war, trat eine Frau ein.« Arbeitslosigkeit, Fahrradfahrten, tagelange Museumsbesuche im noch geteilten Berlin (die taz, große Tassen Tee, Nutellabrote am Morgen in meiner Küche). Eine Art Karriere. Ich bin Christian Adolf Isermeyer, dem Lehrer meines Vaters, dem Liebhaber der schönen jungen Männer, heute so nah wie noch nie in meinem Leben. Es geht ja wirklich »um das Recht jedes Menschen, Gott preisen zu dürfen – oder der Dame seines Herzens den Hof machen zu dürfen – mit Liedern, die man sich selber aussucht«.

Im polnischen Frühherbst des Jahres 2004 gehe ich in Nowa Huta spazieren. Nachmittagslicht strömt aus den Tiefen eines tiefblauen, vollkommen wolkenlosen Himmels. Es gibt eine Erzählung Joseph von Eichendorffs mit dem Titel »Die Zauberei im Herbste«, eine Art Bildungsromanskizze oder Bildungsmärchen über zwei junge, hoffnungsvolle Ritter. Sie heißen Ubaldo und Raimund und sind Zwillingsbrüder der »Zwei Gesellen« in Eichendorffs berühmtem Gedicht. Auch in vielen Bildungsromanen des achtzehnten und neunzehnten Jahrhunderts teilen ja Freundespaare die verschiedenen Aspekte der Hauptrolle zwischen sich auf. Einer der beiden, Ubaldo, bricht in Eichendorffs Novelle ins Heilige Land auf, erledigt die Standardaufgaben des bürgerlichen Lebensromans, heiratet, bekommt Kinder. Eines Abends verirrt er sich im Wald. »Ritter Ubaldo war an einem heiteren Herbstabend auf der Jagd weit von den Seinen abgekommen und ritt eben zwischen einsamen Waldbergen hin, als er von dem einen derselben einen Mann in seltsamer, bunter Verkleidung herabsteigen sah. Der Fremde bemerkte ihn nicht, bis er dicht vor ihm stand. Ubaldo sah nun mit Verwunderung, dass derselbe einen sehr zierlichen und prächtig geschmückten Wams trug, der aber durch die Zeit altmodisch und unscheinlich geworden war. Sein Gesicht war schön, aber bleich und wild mit Bart verwachsen.« Es ist, wie sich dann herausstellt, sein Jugendfreund Raimund, der damals nicht mitzog und von einer dämonischen Verführerin vom Leben abgehalten worden war. Er hat die Zeit der Normalität versäumt. Er hat sich die Enttäuschung und Bewährung im bürgerlichen Lebenslauf erspart. Er ist in einem Zauberschloss der Illusionen geblieben. Sein Leben ist vorbei. Der Sukkubus ist davongeflogen. Der Traum ist jetzt der Wahnsinn.

Der Zentralplatz von Nowa Huta öffnet sich, wo ich aus der Straßenbahn steige, auf ein gleichsam weltweit daliegendes Urstromtal. In den 50er Jahren muss es noch ganz unbebaut gewesen sein, reine Natur. Aber noch an diesem späten Augusttag im 21. Jahrhundert sieht man von der Höhe der Platzterrasse bis zu den fernsten Hügeln des Karpatenvorlands. Ich drehe mich um und gehe die zentrale »Rosenallee« hinunter, die vom Zentrum des Ensembles (hier stand die Leninstatue) zu den gebogenen Villensträßchen der »Sportlersiedlung« führt. Ein monumentaler Eingangsbogen wölbt sich in einer Nebenstraße zwei Stockwerke hoch. Dahinter bröckelt die Freitreppe eines verfallenen Verwaltungspalasts, über dessen Eingang kleine Birken wachsen und dessen französische Fenster mit Sperrholzplatten vernagelt sind.

Der Innenhof ist vollkommen still. Aus der Nachmittagshitze bin ich in den Schatten hoher Bäume gekommen. Vögel singen. Die Jahreszeiten fast eines ganzen Menschenlebens haben das städtebauliche Monument meines totalitären Seelenvolks verklärt. »Es war wieder ein heiterer Herbstmorgen wie damals, als er vor vielen Jahren das Schloss verlassen hatte, und die Erinnerung an jene Zeit und der Schmerz über den verlorenen Glanz und Ruhm seiner Jugend befiel da auf einmal seine ganze Seele. Die hohen Linden auf dem steinernen Burghofe rauschten immer noch fort, aber der Platz und das ganze Schloss war leer und öde«, berichtet Eichendorff über Raimund, der sein Leben in jenem zwanghaften Verhexungszustand verloren hat; »und der Wind strich überall durch die verfallenen Fensterbögen.«

Ich denke wieder einmal darüber nach, wie dankbar ich bin, dass ich mich mit meinem Ritterroman der Siebzigerjahre nur lächerlich und nicht strafbar gemacht habe. Es ist damals nichts wirklich Schlimmes passiert. Helmut Schmidt und Gerhard Baum haben auf uns aufgepasst. Und die Geschichte des Mordpiloten Ziad Jarrah kommt mir wieder in den Sinn, der am 11. September 2001 sein Ziel (vielleicht war es das Weiße Haus) verfehlt hat und mit seinen Opfern in einen Acker in Pennsylvania gestürzt ist. Vor ein paar Wochen habe ich über ihn im SPIEGEL gelesen, und der Artikel ist mir lang nicht mehr aus dem Sinn gegangen. »Bis zuletzt hatte Jarrah gezweifelt. Den Spross einer bestens situierten Großfamilie aus dem Libanon zerriss es zwischen seinem religiösen Wahn und seiner Liebe zu der deutsch-türkischen Medizinstudentin Aysel S. (...) Wie ein Traumkandidat für den Dschihad wirkte der junge Mann nie, als er 1996 nach Deutschland kam. Noch an jenem Tag im April, als Jarrah eine Ein-Zimmer-Wohnung bezog, lernte er seine Nachbarin kennen. Es funkte sofort. Die aus der Türkei stammende Aysel S. wollte Ärztin werden, sie mochte Partys und hielt wenig davon, sich zu verhüllen. Auch der Flugzeugbaustudent Jarrah liebte die Piste; in seiner Beiruter Heimat war er dafür bekannt, in Papas Benz herumzukurven, gern mal in Begleitung von drei hübschen Mädchen.«

Aber verführerischer als seine Aysel sind Ziad Jarrah offenbar dann doch die siebzig paradiesischen Gespensterjungfrauen erschienen, die den Märtyrern nach vollbrachtem Ausmerzungs- und Reinigungswerk auf den lichten Ursprungshöhen dem Worte des Propheten zufolge zustehen. Er war ein hübscher Junge, bevor er ein bewaffneter Fichteaner des Orients wurde (ein Massenmörder) und mit seinen Opfern im freien Fall über Pennsylvania verbrannte. Auf dem Foto im SPIEGEL sieht er aus wie ich auf manchen Urlaubsbildern in seinem Alter. Aber was er auf dem SPIEGEL-Foto in die Kamera hält, die gerade ausgestellte US-Fluglizenz, ist eine Mordwaffe. Ich stehe auf von den Stufen der bröckelnden Freitreppe und trete wieder in die Straßen

von Nowa Huta hinaus. Es ist schon fast Abend. Ich mache noch einen Umweg über eine mäandernde, von Alleebäumen fast ganz überwachsene Nebenstraße. »Seht, es ist ein wunderbares, dunkles Reich von Gedanken in des Menschen Brust, da blitzen Kristall und Rubin und alle versteinerten Blumen der Tiefe mit schauerlichem Liebesblick herauf, zauberische Klänge wehen dazwischen, du weißt nicht, woher sie kommen und wohin sie gehen, die Schönheit des irdischen Lebens schimmert von draußen dämmernd herein, die unsichtbaren Quellen lauschen lockend in einem fort und es zieht dich ewig hinunter – hinunter!« In meinem eigenen Ritterroman hat die offene Gesellschaft dann doch noch Zeit und Gelegenheit gefunden, ihren jungen Feind zu bestechen (zu verwandeln). Die Straßenbahn fährt an und biegt kreischend um die Kurve. In einer halben Stunde werde ich zurück in Krakau sein. Ob ich heute Abend noch ein bisschen ausgehe? Ich schaue aus dem Fenster. Ich habe keinen Platz für meine Beine in diesen alten polnischen Straßenbahnwaggons.

Städtisches Niemandsland zieht an mir vorbei. Es gehört zu den Gattungsprivilegien der Bildungsromane, dass ihren Helden am Schluss die unmöglichsten und scheinbar unwichtigsten Dinge durch den Kopf gehen. Ich zum Beispiel denke minutenlang daran herum, ob auch Ziad Jarrah am Morgen des 11. September 2001, als er sich fertig machte für den großen Tag des Amerikanerumbringens, diese komplizierten Reinigungsrituale absolviert hat, über die man im SPIEGEL lesen konnte. Ob er sich im Moment vor dem Ohnmächtigwerden (bevor ihn die siebzig Jungfrauen in ihre Fänge nahmen) nicht doch nur nach Aysel S. gesehnt und sich gewünscht hat, alles noch einmal rückgängig machen zu können. Worauf mir im zauberischen Frühherbst des Jahres 2004, in der Straßenbahn auf der Rückfahrt von Nowa Huta nach Krakau, plötzlich ganz klar zu sein scheint, worin sich unser Lebensroman vom politischen Helden- und von den klassischen europäischen Bildungsromanen unterscheidet: Wir geben nicht so schnell auf. Wir machen weiter. Wir fangen immer noch einmal an (unsere Art der Romantik). Und auch diese Geschichte ist hier nicht zu Ende. Ich verlasse sie jetzt nur.

Jenseits des Realismus (einer literarischen Erfindung des 19. Jahrhunderts, die die Schwiegermütter des realen Lebens gern in fiktive Gräfinnen und wirkliche Lateinlehrer in literarische Tempelritter verwandelte) werden die Verhältnisse zwischen wirklichen Menschen und literarischen Figuren so modern, kompliziert und abgründig, wie die zwischen der »Brillo-Box«, die man im Supermarkt kaufen, und jener, die man in einer Galerie bewundern oder verachten kann. Das vorliegende Buch ist von seinen Hauptfiguren geschrieben worden, auch wenn nur der Name einer einzigen auf dem Umschlag steht. Und nicht einmal diese Figur bin »ich selbst«. »Ich weiß nicht einmal«, schrieb Jorge Luis Borges, »wer von uns diese Seite schreibt.«

Ich danke meinem Vater Gustav Wackwitz für die liberale Nonchalance, mit der er mir sein Archiv öffnete, die Gewissenhaftigkeit, mit der er meine zahlreichen Fehler korrigierte, und die Offenheit, mit der er bereit war, auf diesen Seiten nicht als literarische Fiktion zu erscheinen, sondern unter seinem eigenen Namen (wenn auch ebenfalls keineswegs als »er selbst«).

»Dem Gedächtnis von sechs Liberalen« widmete Richard Rorty sein Hauptwerk – seinen Eltern und seinen Großeltern. Wenn es möglich wäre, Bücher ihren Autoren oder Figuren zu widmen, würde ich im Sinn der Widmung dieses für meinen Bildungsroman fast zu allgegenwärtigen Philosophen über den Eingang in mein Buch die Inschrift setzen: »Für Gustav Wackwitz, der für den Liberalismus seines Erwachsenenalters den Preis einer verlorenen Jugend bezahlte.«

Bild- und Quellennachweise

Die Fotos auf den Seiten 58, 60, 103, 109, 110 stammen aus der Sammlung Christian Isermeyer im Schwulen Museum, Berlin, und sind enthalten in dem Band: Liebe, Forschung, Lehre: Der Kunsthistoriker Christian Adolf Isermeyer. Herausgegeben von Andreas Sternweiler (Reihe Lebensgeschichten, Bd. 4), © 1998 beim Verlag rosa Winkel GmbH, beim Schwulen Museum und beim Autor

Die Abbildung auf Seite 93 stammt aus dem Teilnachlass Richard Schultz im Schwulen Museum, Berlin, und ist enthalten in dem Band von Karl-Heinz Steinle: Der Literarische Salon bei Richard Schultz, © 2002 beim Schwulen Museum, Berlin, und beim Autor

Die Fotos auf den Seiten 62 und 205 sind ursprünglich abgedruckt in Hermann Lenz: Bilder aus meinem Album, © Insel Verlag Frankfurt am Main 1987

Die Fotografie auf Seite 120 wurde entnommen dem Band: Marion Beckers, Elisabeth Moortgat: Yva – Photographien 1925–1938, © Erben Else Neulaender-Simon

Die Abbildung auf Seite 258 stammt aus Robert Fludd: Philosophia Sacralis in: Alexander Roob: Alchemie und Mystik, Taschen 1996, S. 639

Foto Seite 268 aus Der Spiegel, 44/2003, © Der Spiegel

Die Abbildungen auf den Seiten 69, 101, 113, 170, 172, 203, 209 stammen aus dem Archiv des Autors

Richard Rorty: Kontingenz, Ironie und Solidarität. Übersetzt von Christa Krüger. Frankfurt am Main 1992, © dieser Ausgabe: Suhrkamp Verlag, Frankfurt am Main 1989